郭彤彤・著

蹴正身

文化藝術出版社
Culture and Art Publishing House

图书在版编目（CIP）数据

验明正身/郭彤彤著. — 北京：文化艺术出版社，2024.4
ISBN 978-7-5039-7590-5

Ⅰ.①验… Ⅱ.①郭… Ⅲ.①长篇小说－中国－当代
Ⅳ.①I247.5

中国国家版本馆CIP数据核字(2024)第067589号

验明正身

著 者	郭彤彤	
责任编辑	刘利健	
责任校对	董 斌	
书籍设计	顾 紫	
书名篆刻	微 末	
出版发行	文化艺术出版社	
地 址	北京市东城区东四八条52号（100700）	
网 址	www.caaph.com	
电子邮箱	s@caaph.com	
电 话	（010）84057666（总编室）	84057667（办公室）
	84057696—84057699（发行部）	
传 真	（010）84057660（总编室）	84057670（办公室）
	84057690（发行部）	
经 销	新华书店	
印 刷	国英印务有限公司	
版 次	2024年4月第1版	
印 次	2024年4月第1次印刷	
开 本	710毫米×1000毫米 1/32	
印 张	11.375	
字 数	200千字	
书 号	ISBN 978-7-5039-7590-5	
定 价	68.00元	

版权所有，侵权必究。如有印装错误，随时调换。

世界验明了我们的堕落

0

随着季节千篇一律的变化,我昼伏夜出,但这并不意味着我对阳光的羞涩,白天一缕或者再多的阳光透过窗帘照耀在我的脸上,我感到温暖。

我用手轻轻抚摸阳光的神情像一位老人,默默无语、心情黯然是我的基本状态。大约在黄昏来临的时候,我走向建国路马路边一家电话亭,拨打一组熟悉的电话号码,大部分情况下,我听到的是忙音。

挂掉电话,怅然悲凉之情迅速和我拥抱,使我很快想到"孤独"或者"抛弃"这类语词。

个别情况下,我听到的是杨媚的声音。

她说:"喂——"

"喂"这个音节通过电磁波迅速击中我。

瞬间,喉头哽咽、热泪盈眶,直到泣不成声的我挂掉电话。

看电话的女同志对我的游戏视若无睹,她只是耐心地为我计算电话费。

之后我走在建国路的大叶梧桐树下,穿过东大街,折到解放路,顺着北城墙根往东走,右转出安远门,走向位于长安龙首原侧畔,建造在含元殿废墟上的女子监狱——那里住着杨娇。

我将在距女子监狱大约一华里的大华纱厂内的一座苏式风格的水塔上完成对她的眺望。

天已经黑了。

披着一身苍茫夜色的我顺着水塔锈迹斑驳的窄小铁梯攀援而上。

站在水塔顶端,我没有极目远眺的习惯。

沐浴一会儿据说来自汉代长安的夜风后,我把目光折射成45度角直射向女子监狱灰色的建筑群。

我的目光阴郁而湿润,滑过女子监狱所有的建筑及在监狱墙上巡弋的武装到神经的武装警察。

我可以听到目光穿越空气时类似利刃划破锦帛的声音。

靠在水塔顶端的铁栅栏边,我收回目光,微闭眼帘,开始了将持续到黎明的类似祈祷(咒语呓语)般的自言自语。在这个漫长的过程中,"刀子""性暴力""人生""写实""神圣""生命""解构""钱币""红唇""道德""关怀""鲜血""慕斯""毒品""墨瓶西凤酒""诗歌""丝袜""圣洁""跑车""崇高""爱情""超验乳沟主义""人格""芝华士""泡妞""法国菜""友谊""胡辣汤""沦丧"等语词在我的嘴唇微乎其微的开合下像建筑工地上进入搅拌机的砂石,隆隆作响……

东方发白在即,我滑下水塔,潜回我隐秘的寓所。

01

长期以来我进行着打电话、爬水塔、呓语的游戏,直到将游戏推入现在的这部小说——《验明正身》。

游戏是小说《验明正身》终结后的余绪。

游戏的主人公是我,大概率下,也许还可能成为小说《验明正身》的主人公,但目前我仅仅是一个游戏的主人公而已,也就是说我(游戏)只是小说《验明正身》全部先期叙述出现的唯一可视性界面。

打电话。

爬水塔。

呓语。

游戏没有任何意义,它不构成情节。

游戏唯一的作用是调节滋润长期以来幽居生活带给我的枯燥情绪。

幽居中的我一支接一支地抽烟,案上如雪的稿纸落满烟灰,像一块浮雕。我抬眼注视飘袅于房间的烟雾,它们缓缓地不成规则地运动着。

一些美丽或者丑陋的图案不时地出现、消失,再出现、再消失……周而复始。

我的目光追寻着这些图案,并且试图重新拼接。

这时候我听见了寓所外从鄂尔多斯高原呼啸而至的风声,

很快我尘封已久的那段技术劳工生活被风吹到了我面前,像印刷粗糙的单片年历。

我的面部表情在这年历出现后趋于严肃。

……大约在冬季,斯太尔重型卡车将我拉到了由低矮青砖平房和几株长势令人沮丧的大叶杨构成的诺玛镇至察尔班兔儿汗湖高等级公路建设工区基地后,即响起宛若久远童话般的笛声向另处驶去了。

背负着沉重行囊,身着簇新蓝色加厚卡其布工装的我,混杂在大群如我一样的男性青年中间等待来自工区长的命令。

工区基地内的我冻得瑟瑟发抖。

因寒冷而冻凝固的目光被渐渐远去的斯太尔重型卡车拉成两道透明的冰线,让我感到了眼球的疼痛。

疼痛再一次袭来,我的手揉搓着眼睛。然后……我为我已然开始了的叙述感到幸福。

工区长向我及我的伙伴们发出口令。

在偌大的工区基地,我们在工区长的号令下,开始点火、发动那些沉重的筑路机械设备。我们将把这些沉重的机械设备开动到基地外面,穿越狭长的诺玛镇,抵达一片荒芜的戈壁,然后开始自此为期三年的筑路作业。

我将参与的这个筑路作业是为了将一条高等级公路从戈壁滩延展到尽头的雪山,然后翻越雪山,之后抵达紫色的浩渺的大湖——察尔班兔儿汗湖。大湖里蕴含着丰富的工业盐,传说这些盐够全人类使用一万年。

我驾驶着一辆涂着厚厚黄色油漆的 SD320-8 挖掘机,缓缓驶出基地，行进在诺玛镇黑色的道路上。正是雪大如席的时候，雪落在挖掘机的柴油发动机喷吐出来的浓烟中，瞬间融化。

为此，我痛快。

我坐在挖掘机的驾驶室里，透过长条形的窗玻璃，寻找魏晋、刘邦（注意：他们是我叙事中的主人公）。我将把这快意告诉他们，因为他们和我一样，在长安的时候辞去了国有建筑集团设备安装公司的工作，与这家私营筑路公司签订了为时三年高出我们过去工资1.5倍薪资的劳务合同。换一个角度来说这件事，也就是我们将不再拥有世间的铁饭碗，成为所谓的"社会人"。

我从事挖掘机的驾驶工作，魏晋从事筑路石料搅拌机的操作及维护工作，刘邦从事筑路爆破设备的定点安装与启动应用工作。

薄暮时分，我们返回工区基地，开始了我们即将到来的技术劳工生活。

我们的技术劳工生活已接近三年，大家一直相守着与机械装备为伍的枯燥生活，对过去在长安的生活记忆早就淡了，好像我们天生就该到这种不毛之地来从事筑路工作一样。

那个时期，因为诺玛镇方圆七百公里之内的三百多名技术劳工除了来自兰州、南京、徐州、长春、成都这些地方之外，只有我们三个来自长安，所以我们的友谊顺理成章地进入了推心置腹的境界。

多么易于破碎的叙述逻辑啊！因为来自同一座城市，所以就……就友谊……就兄弟……我想笑。

我们常常聚在一起互吹乱诌，无话不谈，但总会围绕着说将来等筑路工程结束，回到长安后也不分开的话题。

然而后来事实证明，当时的话像渐融的冰，虽然晶莹剔透，却也消融在即。为此，我曾有过一段时间产生了那种不合乎少年青春式的黯然神伤的情绪。

大约是快过上元节的时候，工区长奉筑路公司老板的指令，宣布老板花重金，请到了来自长安的演员成分颇为复杂的具有浓郁港台风的歌舞团，给工区的弟兄们送上一台演出。

这真是一场盛大的演出。我猜测有可能是老板支付的演出费用不菲，演员们表演得相当卖力。虽说是隆冬，但演员们依旧穿着薄如蝉翼的服装，后背、前胸、胳膊、大腿一律都很敬业地暴露着，同时我们观看得也不是一般的投入。掌声一次又一次响起，弟兄们的目光盯着每一个女演员漂亮的朦胧的脸蛋儿，尤其是当那些美妙的大腿出现时，弟兄们大多数屏住了呼吸，整个演出现场被笼罩在一派庄严肃穆的气氛之中。其实只要稍加观察，就不难发现，这些由精致的五官及作为背景的娇嫩的皮肤组成的容颜出现在我、魏晋、刘邦及兄弟们的面前时那种不言而喻的冲击力，使我们的嘴巴半张半合，下巴上有若隐若现的冰凌，那是我们的涎水从嘴巴里流出来后被冷空气冻结的结果。毕竟我们这些筑路的技术劳工两三年来极少见过那些诺玛镇之外的女人，有此样态亦是题中之义。

在一个叫作《深沉的乐曲》的独舞演出时，我和魏晋还有刘邦几乎同时瞄上了一位女演员，她穿着黑色域和白色域组合成的紧身曳地长裙，绕着一个白色的凳子舞蹈，她的舞步滞重，她的手臂、脖子、腰肢、腿每营构出一个动作，都是那么的缓慢。

不久，我知道舞蹈者的名字叫唐姬，她是玛莎·葛兰姆的追随者。

演出结束于星河灿烂的时候。

我躺在腾飞–A型活动板房的铁质架子床上，长时间地沉迷于舞台上那一张张已然消逝于我面前的演员们的容颜。当我逐渐意识到我在现下不可能对这些"容颜"有所作为的时候，我产生了写作诗歌的欲念。究其原因是我日前在诺玛镇瞎逛悠时，偶然得到了一本手抄诗集，它成为我整个三年在诺玛镇技术劳工生活中唯一的纸质阅读文本，可想而知它对我有着怎样不可估量的影响力。

还有一册来历不明上面印着英文的24开9页装活页画册于我来说也还挺好玩。其中有一幅名字叫作"Look Mickey"的作品，在我看来它就是一幅漫画，画着著名的鸭子和老鼠，我认为是卡通画，其实我错了。虽然这幅画的黄色、蓝色、红色、白色令我感觉很舒服，甚至有了也用这些颜色画些什么的想法，但诺玛镇根本就没有颜料可以供我挥毫。还有几幅画着超级丑怪的裸体的男人女人，让我看了莫名其妙，因为画里裸体男人身体上的肌肉一律地松弛，挺搞笑的。显然，我看到的这几幅活页印刷的画是两个风格大相径庭的画家的作品。直到很久、很久之后，我才知道画鸭子、老鼠的画家叫罗伊·利希滕斯坦,画丑男人女人的画家叫吕西安·弗洛伊德。

当我躲在被子里以写作诗歌这种方式排遣我无所作为的失落时,我无法知道这些演员们的容颜在今夜的出现,竟准确无误地暗示了多年后的今天,我的叙事进入了实质性操作阶段。

魏晋在工区基地的空旷地带踥蹀,他倾听着牛皮靴子接触积雪的声音。

积雪……声音……空气……走动的魏晋,除了这些,我没有办法再去探究魏晋在这个被那些女演员们的容颜击中后的夜晚,他的所思所念所想所欲了。

唯一可供一窥的是第二天在技术劳工与演员们的互动环节中,魏晋在和其中的一位女演员低语数秒钟后涨得满脸通红,像一只兔子似的迅速逃离了现场。

而那位女演员显然没有意识到魏晋脸色的变化及他的离去,她继续与另外的技术劳工说话。

这个时候我正和唐姬匆匆话别。

此前我告诉她昨夜我写了一首诗,并且背诵了其中的几句。

我最后说:"以后咱们常联系!还有魏晋、刘邦,也是咱们长安的。"

唐姬含笑作答。

与此同时,我也看见了魏晋的逃离过程。

因为我长期以来对工区基地食堂师傅们的烹饪水平持怀

疑态度，面对宴请演员们吃饺子这一重大举措，我有必要马上去食堂亲自调制饺子馅，以保证饺子的美味。

我没有去问魏晋逃跑的原因，更没有看到魏晋在联欢会现场外不远处双眸闪烁射向工区外雪塬上的目光中的那只白色的雪狼。

不过我透过食堂后厨没了一块玻璃的小窗子，边给肉糜里倒酱油，边看到了站在工区基地外雪塬上像一只觅食的鸟一样的唐姬正小心翼翼地打量着远处的雪山。

过了一会儿，刘邦居然从某个地方一点一点跑过去，两个人好像说了点什么，然后就一块儿向工区走来。

在这次老板送给我们的盛大演出之后，大约是春季，我和魏晋、刘邦各自收到了一封来自金沙江上游某水电工程所在地的信。显然，唐姬所在的那个虽然飘忽不定，但基本上出没在西北部、西南部中国大型基础设施建筑工地的演出团队已经巡弋到了那里。

这些信有区别，我和魏晋的信比起刘邦的来信，内容少了许多。再以后半年，信就没了我和魏晋的份。

我冲阅读唐姬来信的刘邦开玩笑说："看来唐姬是归你了。"

刘邦看得正专心，没搭我的话茬，魏晋在一旁发出两声干笑，两道未及捕捉的含混不清的目光一闪而过。

我冲着魏晋的那两声干笑说："你吃醋了？"

魏晋白了我一眼说："人家唐姬早就是刘邦的了，你个瓷锤。"

我说:"好像就你知道。"

刘邦似乎看完了信听见了我们的话,他说:"你们都看见了?"

我笑着问:"我能看见什么?"

魏晋没有吭声。

当然,这些并没有影响我们的友谊。

终于那条高等级公路修筑完成了。

我们三个人从诺玛镇的邮政储蓄所存完老板发放的最后一笔薪资,怀揣着有三十六行存款记录的淡黄色中国农业银行存折(我一直认为这张存折是我人生第一桶金的那个金桶,至今我还保留着这张存折,希望它带给我好运),我们(有钱了)中气十足地坐在诺玛镇邮政储蓄所左侧的镇武装部门口的小卖部台阶上,发表着有关回到长安后,如何使用、消费这笔巨款的激情演说。基本的原则是,再也不做技术劳工的工作了。我们的人生怎么可能永远与冰冷的机械设备为伍,又怎么能永远地被从机械设备大功率柴油发动机排出的浓烟笼罩呢?我们之所以扔掉国有企业的铁饭碗,跑到私营企业里来做临时技术劳工,就是为了能攒下这笔钱,以便来日能在长安过上我们几代人憧憬的舒适生活。

其实我们所谓的舒适生活并不是什么遥不可及的,之所以憧憬迟迟没有变成现实,它完全缘于我们原生家庭在长安生活的状态。

我和魏晋、刘邦都是被长安土著称为伟大的"担族"的后裔。担族的全称为"河南担",这是标准的写法,也有写作

"河南蛋"的，可通用。"担族"名称据说来自20世纪30年代发生在河南花园口那次著名的洪水。当时豫东地区因为这场洪水的到来成为不适于人类居住的一片泽国，在洪水到来之际，幸运活下来的人们选择了前往西部寻找生存之地。他们除了随身携带的包袱之外，基本上都使用着担子这种充满着理论物理学智慧的单人运输工具，担子里也许挑着他们的孩子，也许挑着他们在豫东故乡所有的可能的财物，总归故土的一切都被安置进了每一个人每一个家庭的担子里。他们风餐露宿沿着新修的铁路，自崤函古道进入陕西，一路向西，落脚于潼关、渭南、长安、咸阳、宝鸡……这些地方的人们对他们的到来虽然没有表现出所谓的巨大的欢迎，或者说某种热情，但还是给了他们一个"河南担"的雅号。毕竟这些新到来的人，辨识度最高的还是那副承载了他们几乎所有的担子。

从50年代中后期到80年代上半期，逾三十年间，我们这些生在长安、长在长安的担族后裔除了和长安当地的孩子们一起在幼儿园、小学、初中、高中吟唱《让我们荡起双桨》《雷锋之歌》《大海航行靠舵手》《红梅赞》《在希望的田野上》《军港之夜》之外，长安当地的孩子们还会时不时使用颇具北美说唱的样式。（谁知道长安的孩子们怎么就无师自通地和克拉伦斯·艾万特心有灵犀，居然有着相同的艺术风格呢？）为我们献上一首词与曲简洁有力、意蕴深厚，所指和能指既清晰又模糊，极具后现代主义风格的歌谣：

河南担

炒米饭

锅里扔个手榴弹

……

他们在我们的耳边反复吟唱，不胜其烦，直到被我们暴揍一顿，这时候歌声才会戛然而止。接下来，他们往往拖着具有秦腔表演艺术家李应真、郝彩凤、马友仙在演唱《窦娥冤·杀场》《祥林嫂·砍门槛》中风格各异、极富艺术感染力、令人潸然泪下、回肠百结的哭腔，回家找妈妈告状去了。而我们这些孩子也就相互搂抱推搡追逐着，无论男生女生都哼哼着豫剧表演艺术家马琳演唱的欢快的《朝阳沟》曲调，回家了。

长安当地的孩子们回到的家，大部分是那种高屋广厦。这些房子多数情况下都会坐落在整齐笔直的巷子里，像七贤庄、曹家巷、夏家十字、梁家牌楼、玄风桥大小学习巷等，它们比北京城东四头条到十条、西四头条到十条胡同里的房子还要规整，甚至某些宅院堪比北京史家胡同里的高门大宅。这些房屋基本上都是那种一砖到顶的房子，个别有洋灰建造的。而我们担族在长安的寓所和他们的居所相较，不是坐落在长安明代城墙圈里笔直的街巷，而是星罗棋布在北部城墙、东部城墙内外沿线。我们居住地的巷子纵横交错、蜿蜒曲折，房屋的墙体以年代参差不齐、造型各异的砖头或者某些来路不明的无机物体为主，屋顶多数是麦秸秆混合黄泥，也有豪华一些的，采用了具有现代工业化气质的建筑材料——牛毛毡。当然，更有些神通广大的担族后裔，他们神秘莫测地仿佛天降神物般地搞到了灰白色的塑料布，把它们罩在麦秸秆混合黄泥的屋顶上。刹那间，这栋房屋在我们担族的街区立即就有了鹤立鸡群的景观感。

我们担族寓所房屋最大的建筑特点是夏天吸热，待在里面犹如桑拿房，挥汗如雨且排毒，更重要的是对女生尤其养颜，她们不用所谓50年代到80年代上半叶常用的雪花膏，以及当下新近出现的面膜，一个个的脸蛋到了夏天一律都红扑扑、粉嫩嫩的。冬天，那更是令人欣慰。根据广播里播送的天气预报，那些呼啸而至来自西伯利亚的寒流夹杂着冷雪冻雨，自屋顶至墙体通过一些出乎意料的缝隙均匀地进入房间内，之后形成新的小气候，使得房间里的每个人时时刻刻都保持着类似秦岭漫漫冬雪中金丝猴的造型，我们尽量把四肢包括头部向着一个中心点靠拢，由此我们的身体造型轮廓趋近于球形。在室外，除了双腿需要支撑我们站立之外，脊柱、手臂、脖子、脑袋甚至眼帘和嘴巴都会尽一切可能地相互靠近，以此来减少室外凛冽寒风对我们身体的侵袭面积。这时候的我们和房间内的造型轮廓之区别，仅仅在于我们是两根棍支起来的一个球。

我们在冬季瑟瑟发抖，但不忘以诗歌来直抒胸臆，表达对寒冬的藐视，对温暖的憧憬，体现出我们担族孩子不屈的个性——我们在幼儿园、小学、初中时期，会时不时地冲着长安当地的孩子们使用双语，即长安话和河南话，激情诵读一首创作年代模糊、词曲作者均为佚名的"黄色"歌谣。

那些倾听了我们歌谣的长安当地孩子们，还我们以颜色，疾言厉色地怒斥我们两个字——下流！

综上所述，我们这些生活在长安的担族后裔可以说从小就在心里有一个伟大的梦想，那就是若有可能，此生可以过上夏天不热冬天不冷的舒适生活。至于我们这些担族后裔在长安具体的生活史，它们会如约而至，出现在我的长篇巨著《长安志·河南担卷》中。

所以说，我和魏晋、刘邦之所以在三年前辞去国有建筑集团的公职，来到这家私营筑路公司，来到比长安还冷的诺玛地区修筑公路，都是我们为实现舒适生活追求的一个必须经过的环节。

当下这个环节已经结束，我们归心似箭。

但就在我们三个人要离开诺玛镇的时候，却出了一点状况，刘邦突然向我们宣布他要继续留在诺玛镇。

"你小子疯了？！"

刘邦疯了。

刘邦告诉我和魏晋他没有疯，他的筑路爆破设备的安装与使用技术被一位不远万里从浙江金华来的从事铅锌矿开采业务的老板看中，他需要刘邦的加入。

刘邦向我和魏晋说出了一个令我们咋舌的薪资数字。

"你俩说我该不该留下来？"

我和魏晋点头，再摇头，再点头……不置可否。

刘邦说："回长安，帮我照顾好唐姬。"

魏晋说："你们将来要结婚？"

刘邦看了我一眼，又看了一眼魏晋说："你俩看呢？"

我说："行，放心吧！我俩一定帮你照顾好唐姬。"

刘邦站在诺玛镇道路的尽头，风飘荡着他蓝色的工装。

我看见他注视着渐行渐远的汽车，频频挥手。

刘邦的这一动作从此经常性地令我激动不已，比如现在就使我不由得中断叙事，沉浸在有关友情的伟大感受之中，全身战栗。

02

我和魏晋从诺玛镇回到长安后,就以极大的热情投入到对唐姬无微不至的关怀中。

这期间发生了两件不能不叙述的事件。

魏晋那时候和我虽然还没有能力全面改造我们位于菜市坑街区寓所的居住环境,只是简单地把寓所屋顶的油毛毡换成了石棉瓦……但我们的确不再在建筑工地干活了。

我们基本上有了室内工作的环境。

魏晋在康复路租了一个宽度为1.5米、进深为2.6米的门面房里的摊位,从事袜子批发与零售业务。

我在西七路租了一间4.8平方米的门面房,从事正版挂历及各类盗版图书、淫秽画册、境外火爆杂志的批发与零售业务。

我们每天早上出门上班,不再穿蓝色的工装。

我们穿汉中产的伟志牌西装或者七匹狼夹克。不穿皮鞋的时候,我们穿红星牌运动鞋,或坐着或站着迎接前来挑选袜子、挂历、盗版图书、淫秽画册的顾客。

每一周,魏晋至少来西七路找我两次,会给我带各种质地、颜色的袜子,然后他比长安文化市场稽查大队的那帮货还专业地翻我门面房里的书堆,拿走《花花公子》《创业史》《故事会》《红日》《战争与和平》《阁楼》《查泰莱夫人的情人》

《穆斯林的葬礼》《兵器知识》《龙虎豹》……好多书。他说是借着看，但大部分不还给我。

魏晋只要顺了我的书，就请我去东新街或者桥梓口喝啤酒，吃烤肉，外加牛尾砂锅，然后在微醺的状态下给我讲述上次他拿走我的书的内容。

魏晋的记忆力超出常人。他做筑路搅拌设备操作员时，只要看一下料单，就绝不会错，是个绝活。现在他顺我的书看，像看砂子石料这些料单一样，能背下来书里的好些他认为该记住的篇章。

魏晋不但给我背，还给我讲是啥意思。我一边听，一边吃烤肉，津津有味，大有"汉书佐酒"之意。尤其是每一期新的《花花公子》《龙虎豹》这类杂志新刊载出的女主的名字，他记得准，包括他猜度出来的拍摄机位和布光方位，他都能栩栩如生、条理清晰地给我讲述出来。那些外国女主的名字，魏晋居然可以用纯正的美音讲，也不知道他在哪里学的。

因为魏晋阅读后给我的讲述，我基本上不用阅读，听他讲就行了，我逐渐竟然有了学富五车的感觉。

岁月静好，但这种生活不久即遭到了颠覆。

那天应该是个雨后初晴的日子，并且是个礼拜日。

在我的门面房里，我屁股底下垫着两摞销量尚可的盗版《牛津英汉大词典》，膝盖上摊着一本硬皮印着翁美玲头像的笔记本，为一位属臆想出来的少女写作诗歌。

我有这个爱好，是在诺玛镇从事技术劳工时养成的。

沉浸在诗的氛围中的时候，魏晋来到我身旁，他拿起我写了一半的诗稿，朗诵了几句，说："写得可真好。"

我说："真的好？那你先坐一会儿，等我写完咱俩谝。"我从魏晋手上拿过来我的笔记本，"咋，你今天这么早就收摊咧！"

魏晋说："先别写了，你也收摊，我带你去个好耍的地方。"

"哪儿？"

"我一个小学同学，人家耍股票发咧！把金翅鸟夜总会包咧，过生日呢！那货可是真正的有钱人，我带你见见世面。"

这是一次盛大的生日聚会，对我和魏晋有着不可估量的重要意义。

来金翅鸟参加生日聚会的男女穿戴着华丽的休闲服饰，他们的每一句言谈每一个动作都显示出令我和魏晋羡慕的浮华与高贵。而我们真的像土锤一样，竟然为了以示郑重，穿着比服务生还规整的西装，我居然还在西装里面套了一件马甲，是那种有三颗扣子、劣质绸缎面料、淡团花图案的马甲，而魏晋甚至还给他的一头乱发用摩丝固定出来一个小马哥式的头发造型，要多土锤有多土锤。

当主人宣布我们是康复路和西七路的袜子批发界、图书批发界的商贾时，众人的目光落到了我们身上。

我们看到大家露出了某种尴尬的微笑，我和魏晋不约而同地涨红了脸，我们从来没有过在公众场合被人瞩目的经历。

把目光做成刀子切割下去，我看到在心的底部，像地壳内涌动的岩浆一般涌动着拥有浮华与高贵的欲念和对过去技术劳工岁月的无奈。

我们俩几乎同时全身颤动了一下，企图通过震颤将穿在身上的西装抖下，换上和他们一样的服装……我看到他们的衣服几乎没有牌子，是裁缝铺做的。但后来我终于知道这些没有牌子的服装并不是所谓的裁缝铺的产品，它们被称作"设计师私人定制"，价格不菲。

我们委顿在角落。

接下来的起舞与我和魏晋无关，没有女人和我们共舞。

魏晋小声对我说："咱们走吧！"

我说："不是……不过……"

就在我俩要起身的时候，一个声音传来——"别走呀！"

一个女人站在了我们面前。

女人抬手拍了一下魏晋的肩膀，那意思是邀请魏晋跳舞。

随着若有若无的音乐，他们渐渐舞向远处。

当我还能看清楚他们翩翩起舞的时候，女人在她那张即将朦胧的脸上做出了一个让我稍等的表情。

坐在角落里的我看着眼前泡沫般的人起舞，感觉很滑稽。虽然音乐飘浮在我周围，可我还是对起舞的男女有一种默片时代的感觉。

等到我和女人共舞时，她问我："你叫什么名字？"

我告诉她我的名字叫周勃。

她告诉我她的名字叫杨娇。

杨娇的眉梢挑了我一下，问我："你是三十中的？"

我说："你看着我眼熟？你是三十中垒球队的？"

杨娇说:"我住新民街。"

我说:"我就住在金翅鸟旁边的菜市坑,我家在西坑。"

杨娇用河南话说:"恁老家是河南哪儿的?"

我说:"孟津。"

杨娇说:"俺是偃师。"

我说:"不远。"

杨娇问:"你和你伙伴儿咋穿成这样?"

我不好意思起来,低垂了眼帘,然后说:"我这衣服一千二百块呢!"

杨娇笑了,她说:"土锤!穿成这样,跟工地上的民工跑来吃席一样。"

我说:"你咋看出来我是民工?以前我真的在工地上干活呢!"

杨娇:"啊?真的被我猜中了!本来我也能去工地干活呢!"

我问:"真的?"

杨娇:"本来我也能进建筑公司呢!初中毕业,我没考上建筑安装技校,高中更没我的份了。"

我问:"那你跑哪里去了?"

杨娇说:"我去了六十中,六十中。"

我说:"六十中是艺术职高,你在六十中学啥?"

杨娇:"幼儿师范,我爱唱歌。恁咋不在工地干了?"

我说:"我开挖掘机,没意思。"

杨娇说:"恁本事还大得很,在西七路做批发生意,干这生意，不受罪，干净、体面！"

我说："就是，比在工地强多了，不冷了，能守着炉子挣钱了。"

杨娇说："你那么怕冷？"

我说："怕冷。你不怕冷？"

杨娇说："怎么不怕冷？我去过特别冷的地方唱歌，冷得能把声音冻住。"

我说："啥地方那么冷？以前我在诺玛修路，冷得很，你去的地方比诺玛还冷？"

杨娇吃惊地说："啊，你去过诺玛，我也差一点去呢！本来我们歌舞队的老板给我们说要去诺玛，价钱好得很，唱一首歌三百块，后来听说被另外一家把生意给撬了。"

我问："你知道诺玛？"

我开始给杨娇讲诺玛，我说那里除了冷，还盛产阳光和雪，但缺少氧气。

杨娇给我讲她随着歌舞队走过的地方。

我问杨娇："你现在干啥？"

杨娇告诉我："我还唱歌，但不再随着歌舞队四处漂泊。跑江湖太没有保障了，钱也都让队长，也就是穴头挣咧。"

我点点头。

我问："那你现在在哪儿唱歌？哪天我去听。"

杨娇闪烁其词，说："不大唱了。也唱，说不定。"

杨娇和我说着话跳着舞的时候，我能感觉到有许多的目光在她身上滑过，好像是也想和她共舞。

我问:"你和这里的人都认识?"

杨娇闻言,止住了舞步,脸上一缕尴尬的表情稍纵即逝。

杨娇说:"你这人,没意思。"

我重新坐在角落里,再看舞着的、坐着的人们,没有发现杨娇的身影。直到曲终人散后,我和魏晋站在金翅鸟夜总会门口,准备离开时,和我们一起共舞过的杨娇正拉开一辆出租车的门。

杨娇看见我们就喊:"一起走啊!"

"不了,我们骑自行车!"

以上是第一个事件,关键人物是和我们一起共舞的杨娇。

接下来的事件是这样开始的。

我推开门,唐姬正坐在我的门面房里看我离开时没写完的诗。

唐姬望我一眼,埋怨说:"我都要走了,还以为你不回来了。"

我说:"急事吗?我刚刚跑到长途汽车站给榆林发了十件书,人多,耽误了。"

唐姬直截了当地说:"我明天要去成都看刘邦,你借我点钱。"

说完,唐姬又拿起刚刚放在桌子上的纸玩捏着说:"你的诗写给谁的?这么浪漫,真让人嫉妒这个女娃。"

我装着没听见,问:"多少钱?"

"两万。"

我在书堆上坐着,没吱声。

虽然我当下的生意还行，但因为我这种小图书批发商和出版社以及和零售商之间存在的进货出货结款流程的问题，我并没有多少现钱。

我搓了搓手，又把手在裤子兜里放了好一会儿，再把手摸进上衣内兜，掏出存折，说："就这么多活期了，有八千。"

我把存折递给唐姬。

我说："再去魏晋那里借点。"

我起身，穿好大衣，正要拿链子锁关门，唐姬的手勾过我的肩头。

"围上吧，外面很冷的。"

唐姬拿起我放在书堆上的粗羊毛围巾，替我围上。

我的心一热，恍惚间想一下把唐姬揽进怀里。

我的目光停留在唐姬的脸上。

唐姬用她的眼神将我的目光淡淡化去。

"走吧！"

粗羊毛围巾围在我的脖子上，毛茸茸像时光流过，有一脉凉与热交织了，贴着皮肤。

我蹬着自行车带着唐姬往康复路魏晋的摊位去，我笑嘻嘻地问："你们来演出的第二天，咱们联欢，你怎么没给刘邦送围巾，反给我送了围巾呢？"

唐姬的手擂在我的背上。"你还有个正形没？给你送条围巾是我们几个人喜欢吃你调的馅儿的饺子，大家才决定在镇上的供销门市部买条围巾送给你。怂式子到现在还以为是我专门给你的。"

见到魏晋，他也是迟疑了一会儿才收了袜子摊，一起去银行取了钱，交给唐姬。

我们三个人坐在康复路北口的一家砂锅店里吃砂锅。

魏晋问："刘邦来信叫你去成都，他怎么不顺便回长安一趟呢？"

唐姬说："他到成都买设备，只待两天就得回诺玛镇。"

"刘邦和老板合伙买设备，靠谱吧？"我问。

唐姬正挑着一根砂锅里的粉带往嘴里送，她是想着要和我说"靠谱"，但"靠谱"两字却没说出来，粉带掉到了桌子上。唐姬用筷子夹掉了的粉带，夹了几次都没夹起来，她还要锲而不舍地夹，被魏晋拦住了："就是一根粉带，你重新在锅里夹着吃嘛！"

唐姬不理魏晋说话，她继续夹，反复几次终于夹上来了。唐姬把粉带吸溜进嘴里之后，把筷子放在砂锅的边沿，看看我，又看看魏晋，她说："靠谱，靠谱。刘邦说老板和他谈好了，等将来矿上开始生产了，卖出矿石的钱给他分一成呢！刘邦还说这样比挣老板的工资强多了。"

我俩点点头，似懂非懂。

唐姬说："刘邦说这叫集资。"

我说："对，对，我听过集资这事，现在好像好多生意都集资呢！"

魏晋说："集资好像得国家批准？电视上说私人搞这事，叫非法集资。"

我和唐姬都冲着魏晋笑了。

我说："集资就是凑钱,今天咱俩给唐姬凑的这钱,你去给国家说,看批准不批准?"

魏晋也笑了,说:"我胡说呢,胡说呢!"

"见了刘邦代我俩问他好。"魏晋说。

我附和说:"问他好!"

唐姬走了。

我和魏晋长久地坐着,无言。

我们在月光的照耀下黯然失色。

魏晋很久之后说了一句话:"才两万块钱,咱还得凑。你说,你说咱这小摊贩的生意做的……我得收摊,收摊,卖袜子,卖到猴年马月才能挣上大钱,得做大生意!周勃,得做大生意,明白吗?大生意!!!"

果然,没过几天,魏晋就把他的袜子摊位转让了。他跑到我的门面房,重重地一屁股往摆在地上的书堆坐下,差点坐塌了那堆书。

魏晋喘着气,掏出存折让我看。

存折在魏晋手上短促有力地抖动着,他说:"看见没?看见没?我卖袜子挣了三万八,转让摊位四万,我还差两万二就十万了。知道不,十万块,我拿十万块当本钱呢!十万呀!十万是我的本钱,十万本钱!"

"哦,哦……十万块?你有十万块?"

"你给我集资,集上两万二,我就有十万块了。"

"啥?你说我给你干啥?集资?"

魏晋说:"我说外国话呢,你听不懂,给我弄上两万二,集资。我生意大了，你就把你这碎摊子也转让了，躺到屋里等分红吧！"

我说："一万二我都给你凑不齐，前一阵唐姬才从我这里拿走八千，你又不是不知道。我这生意净是压钱的事情，钱天天都在路上呢，我哪儿来的现钱？！"

魏晋说："走了，等我好消息！"

魏晋从此展开了一些在我看来神秘莫测的商务活动。

因为生意，魏晋和我的约会少而又少，直到有一天魏晋告诉我他欠了一屁股巨额债务的时候，我们的约会便陡然间空前频繁了。

魏晋满脸的不好意思。

魏晋说话语序混乱，词不达意，不过最终我还是听明白了——他现在不仅血本无归，而且已经陷入了被债主追杀的险恶境地。他被各种最后还钱的时间锁定，他身体上的每个器官都被债主们明码标价，届时不还钱，这些器官将离开他的身体，用以抵销债务。

魏晋幽沉地说："他们都是狠人，说话算数。"

我惊得目瞪口呆。

我们平静的生活紊乱如肠套叠患者——疼。

魏晋抨击了我们曾共有的岁月静好。

魏晋用他木棍状的手指颤抖着指向我堆放在桌上的诗稿说："你以为你是谁？是诗人？屁！西七路上的书贩子！"

魏晋突然拿起我放在书堆上的那个硬皮印着翁美玲头像的笔记本，指着我说："看你写的这一摞一摞诗，有什么屁用？"

我低下头，看着我的诗稿……我为浪费了纸张和空掷了时光倍感虚弱无力。

魏晋一支接一支地抽烟，目光在浓厚的烟雾里奔走。

我无言地陪着，没有任何能力帮助魏晋摆脱债务危机，虽然我们的友谊不容置疑。

渐渐地，魏晋的嗓子里有了介乎于人和野兽之间的声音。

魏晋说："我就剩下力气了！"

我说："我把摊位盘出去，你先还债。"

魏晋说："你这破摊位，只能抵我半条胳膊！"

我说："我除了这摊位，也就只有力气了。"

世界在最后只给我们留下了身体的力气，我们只能以力气面对我们的世界，别无他法。

而力气若要利润最大化，只能将其转化成暴力。暴力的具体呈现也只能是劫掠，就是日常说的从事强盗工作。

"怎么样？干吧？"

"干！"

我们没有考虑到这是否能获得成功，但我们还是做了周密的规划。当然，首先考虑的是我们自身的安全问题，不能以真面目示人。素面朝天的不可取之处太多，显然最核心的是它的非神秘性极大地降低了安全性。

强盗界的著名前辈，如法国的佐罗或者英国的罗宾汉的面具看起来不大符合我们的审美，至于传统中国的黑纱蒙面，似乎也提不起我们的兴趣。丝袜蒙面，这在晚近以来的影视剧中倒是一种风潮，可它也的确没有啥创意。

论起来，还是魏晋见多识广，他蛮神秘地对我说："周勃，我带你去康复路旁边的玩具批发市场转转咋样？"

我不明就里，跟着魏晋去了玩具批发市场。

魏晋带着我在一家颇具规模的儿童玩具批发门市部转悠，里面的墙上挂着孙悟空、牛魔王、猪八戒、沙和尚、唐三藏、阿童木、美少女战士、七龙珠、奥特曼、哪吒、海尔兄弟，甚至还有白娘子和许仙……的儿童面具。这些以20世纪80年代初期至今十来年热播的动画片为主题的儿童面具，是春节期间长安周边县城高陵、户县、周至、蓝田的儿童们除了鞭炮之外的最爱。当然，逢长安农村包括城中村过会的时候，这些儿童面具也有相当的销路。而我和魏晋莅临这里的时候，一来距春节尚早，二来也没有恰逢过会，所以生意看起来略显冷清，老板也就特别地热情，给我们一一介绍这些面具。

老板拿下一个《美少女战士》里月野兔的面具，给我们介绍："老弟，看这皮筋，宽的，戴着不勒肉。"说着话，老板把月野兔往我鼻子上杵，说："兄弟，兄弟，你闻闻，啥味都没有，咱这都是高档塑料，食品级的塑料。你放心！"说着他又双手把月野兔揉抓了几下，"你看嘛，看，韧性好得很，根本不脆，耍得时间长，能耍一个正月呢！"

魏晋从老板手里接过来，也照着老板的样子揉抓了几下月野兔，然后往脸上一遮。魏晋在正大笑着的月野兔后面故意闷着声问我："咋样？美着呢吧！"

我冲月野兔后面的魏晋说："美！"

魏晋移开脸前的月野兔说:"各来上一件。"

老板说:"三件以上才能算批发价。"

魏晋说:"你的没听清,我说是各来上一件。你一件一百个,你这有几十种,一个别漏地每样来上一件,你算算得是能批发?"

老板回过了神,兴奋了,忙说:"行,行!送哪儿?走长途车还是给你租小货?"

魏晋说:"你别管,我们做小生意,自己拉货,节省些成本。"

这些造型风格迥异的儿童面具被我和魏晋拉到寓所之后,魏晋把它们一一悬挂在整整两面的墙壁上。

魏晋坐在木椅子上,凝望着这些儿童面具,若有所思。

我们用每一件儿童面具遮盖一次我们的脸,相互审视,直到我们双方只能记住对方变化各异的脸,而忘却了儿童面具后面的那张脸为止。

我们各自手里拎着最后戴的面具,相互看着对方的脸,哑然失笑。原来我们竟然不约而同地选择了那个似乎是正在念紧箍咒的唐三藏儿童塑料面具。

"就是它了。"

"唐三藏。"

我们异口同声。

我们会心一笑。

我们戴上唐三藏儿童塑料面具,引吭高歌:

猴哥猴哥,你真了不得

五行大山压不住你

蹦出个孙行者

猴哥猴哥,你真太难得

紧箍咒再念没改变老孙的本色

拔一根毫毛,吹出猴万个

眨一眨眼皮,能把鬼识破

翻个跟头十万八千里

抖一抖威风,山崩地也裂

哪里有难都想你

哪里有险都有哥

身经百战打头阵

惩恶扬善心如佛

你的美名万人传

你的故事千家说

金箍棒啊永闪烁

扫清天下浊

唱完一遍,我俩不约而同地又不停歇地唱了两遍。
歌声停止,我们意犹未尽。
魏晋提议:"咱唱《白龙马》。"
魏晋也不管我同意不同意,立刻展开歌喉:

    白龙马,蹄朝西

驮着唐三藏跟着仨徒弟

西天取经上大路

一走就是几万里

什么妖魔鬼怪

什么美女画皮

什么刀山火海

什么陷阱诡计

什么妖魔鬼怪

什么美女画皮

什么刀山火海

什么陷阱诡计

都挡不住火眼金睛的如意棒

护送师徒朝西去

白龙马，脖铃儿急

颠簸唐玄奘小跑仨兄弟

西天取经不容易

容易干不成大业绩

什么魔法狠毒

自有招数神奇

八十一难拦路

七十二变制敌

什么魔法狠毒

自有招数神奇

八十一难拦路

七十二变制敌

师徒四个斩妖

斗魔同心合力

邪恶打不过正义

什么魔法狠毒

自有招数神奇

八十一难拦路

七十二变制敌

什么魔法狠毒

自有招数神奇

八十一难拦路

七十二变制敌

师徒四个斩妖

斗魔同心合力

邪恶打不过正义

邪恶打不过正义

在歌声中,我们跃跃欲试。

魏晋不经意地说:"咱弄这事,可不敢伤了人,弄出人命可咋收摊呀!"

我盯着魏晋说:"我不敢杀人,杀人要偿命呢!!!"

魏晋说:"咱得学习。"

我深以为然。

我说:"知识就是力量。"

我们跑到钟楼书店,购置了三本书,一本是英国人米切尔所著的《搏击》,一本是《弹腿十二路》,还有一本是《人体解剖详解》。

我们埋首苦读,发现这些书籍比起我们过去在安装技校学习的《机械应用》《电机与电路原理》《微电子概论》来说,还真是大同小异,尤其是《人体解剖详解》,比起《机械应用》来,看不出有更高明之所在。至于《弹腿十二路》,虽然对腰部和腿部肌肉有些过分的要求,以提高打击速度,但总体上来说,我们的身体还比较适合对其运用,年轻嘛,有的是力气。而那本英国人米切尔所著的《搏击》,看起来是一本技法的总汇,但它的逻辑性相当严密,很对我们的胃口,书中在谈到搏击时如何有效地控制对方、致对方昏厥等技法交代得简洁而清晰,照图索骥,一看就会。

在学习的过程中,结合《人体解剖详解》《搏击》,我们一致选择"致对方昏厥"作为研习以及今后从事强盗工作的终极目标。

我们放下书本,仰头望着满墙的儿童面具,禁不住感慨人生的变幻无常,当年初中毕业,实在不该考建筑安装技校,应该考卫生学校或者体育学校。

魏晋说:"柳青那老汉说得还真对,人生的道路虽然漫长,但紧要处常常只有几步。咱是一步错,步步错!"

……

我们身体里的力气转化成暴力,它像风情万种的少妇,以各种令人痴迷陶醉的动作,引诱着我们绽放出绚丽多彩的兽性……

我们坐在金翅鸟夜总会幽暗的角落里，从容而不失风度地策划着。

暴力辉煌的光环首先照向了魏晋的小学同学——那个举办了盛大生日聚会的年轻有钱人。

我们风一样地飘出金翅鸟夜总会，在长安东大街凄迷的街灯下一晃而过，就出现在了年轻有钱人的卧室。

年轻有钱人对我们的不约而至感到惊讶。

年轻有钱人不明白我们为什么黉夜登门，而他却没有蓬荜生辉的良好感觉。

"你们来怎么也不打个招呼？"

魏晋的嘴角略一抽搐，随即消失。

年轻有钱人咕哝着说："我们是朋友，借钱也用不着这样呀！板着脸好像欠你们似的，再说……我又……"话没说完，年轻有钱人的嘴角已经绽放出一朵鲜艳的血色桃花。

我用刀尖抵住他的心窝，年轻有钱人不再言语，他在为我们拿取现金的过程中体会着被亡命之徒绑架后的全部含义。

魏晋接过钱说："我们还是朋友对吗？"

年轻有钱人不明白什么意思，他呆若木鸡。

魏晋说："朋友，懂了吗？朋友！"

年轻有钱人说："朋友。"

魏晋："对，是朋友！"

我说："朋友就该忘了今天的一切，你说呢？"

年轻有钱人说："是，是，是朋友，我们之间什么事都没发生过。"

我和魏晋离去。

我们背着劫掠而来的现金,哼唱着《猴哥》《白龙马》回到寓所。当歌声停止的时候,我们默然无语,一遍一遍地翻阅着《中国刑法实用辞典》,里面的文字使我们惊心动魄。

我们背负着暴力穿越恐惧,狼奔豕突在《中国刑法实用辞典》里的文字。

一天。

再一天。

又一天。

没有任何人来到我们的寓所干扰我们的生活。

我们看窗外——碧空万里,白云朵朵。

魏晋试探着问:"那货没报案?"

我说:"看起来没有。"

年轻有钱人出于对语词"亡命之徒"颇为复杂的认知,他没有报案(可能是这样吧),成全了我们继续拥揽暴力。

我们在对那个年轻有钱人进行劫掠的过程中有一个收获,那就是通过他,大致了解到了这一个时期居住在长安的有钱人的一些储藏现金的方式——一般他们会给家里买产自河南新乡的新飞牌冰柜,把现金放在里面。现金量少的,会放在褥子底下或米缸里。当然也有新奇的存储方式,把现金缝在棉花被子的中间,盖着睡觉。无论怎么说,这些储存金钱的方式和我与魏晋有着本质的区别,有一点利润就赶紧存到银行,我们显得太过于保守,不利于扩大再生产。

我们首先清理了魏晋的那些债主——劫掠他们，从他们的冰柜里取走大量的现金，而后在阳光明媚的日子里，魏晋拿着钱和他们结清债务。

这期间，我们劫掠的钱往往要多于结清的债务，以至到后来，利润竟然越来越大。比如说，魏晋欠A债主五万元，我们在夜深人静之时劫掠了他八万元，魏晋还给他五万元，如此，我们就有了三万元纯利润，说"财源滚滚"当不为过。

03

一条黑影在墙角处一闪而逝,黑影贴近另一条黑影。

黑影重叠。

黑影重新出现,又消失。

"啪!"灯亮了。

魏晋将一团金器扔在桌上,金器和木质相撞击所发出的声响顿挫有力。

魏晋把自己狠狠摔进沙发。

魏晋像佛一样地坐待黎明。

金器的光芒照耀了魏晋一夜。

魏晋抬眼看窗外旭日东升,心中倏忽间升腾起一股莫名其妙的情绪。

魏晋挥手将金器从桌上扫到地上。

魏晋没有听到任何声响,不需要听到。

魏晋再一次把自己狠狠摔进沙发后便进入了某种幻觉的状态。

本来我和魏晋一直在一起从事强盗工作,但不知何种原因,他没有通知我,自己单干了这么一次。

我最初听魏晋给我讲述他置身午夜约会事件的时候,他先入为主地判断,与他约会的女子可能是警察,我对他这一判断没有丝毫怀疑。

摊在眼前的中国交通地图阻滞着魏晋和我的思维，我们根本不知道逃亡之路在哪里。

我们一支接一支地抽烟，青色的烟灰落满中国交通地图，掩埋了我们设计好的每一条逃亡之路。

我用手指拧灭烟头。

中国交通地图被我们焚毁。

火光中，魏晋的嘴角一次又一次节奏紧促地抽搐，午夜如约而至的女子的影子像鬼魅般缠绕着魏晋。

"你好好想想，以前见过那个女人吗？"我问魏晋，像问一个犯错误的孩子。

"没有！"

"哪怕是一次，或是在街上擦肩而过的，你好好想想！"

"没有！没有！！没有！！！真的没有！"

魏晋狂躁地吼叫："警察已经盯上了我们！"

我不再和魏晋争辩。

我们准备逃亡。

就在我下决心逃亡的一瞬间，魏晋的嘴角不断地抽搐，像一针镇静剂，一下子让我冷静了下来。

我看见魏晋的判断漏洞百出，仅就此一点——假定那个女子是警察的话，到现在早该下手了，警察再不忠于职守也不会如此而为。

我怀疑魏晋的讲述。

"你怎么能肯定她是警察呢？是警察，我俩还能坐在这儿吗？"

"直觉，直觉，我凭直觉！"

"根本不合情理！"

"你想怎么样？"

"我们没必要走，没这个必要！"

魏晋的两道目光定定地看着我，这是魏晋第一次用这种无法明晰接受的目光在接受我，我的心掠过一丝忧伤。

魏晋说："你不信任我，不相信我的直觉！"

我说："不信！我说过了，这不合乎情理！"

魏晋哑然，而后起身收拾行装。

我看着他说："你去旅游可以，但这不是去逃亡，真的没有这个必要。"

"我要走，走！走！走得远远的，我相信我的直觉！"

分歧终于在我们之间产生了。

我不知道用什么方法或什么样的言语可以弥合这一分歧。

魏晋在门旁蓦然回首，他的脸平静如青石，有一缕头发淡然垂向额际，像石头上的一株草，草被我的目光轻轻拂动。

我欠起身，嘴张了张，终于说了两个字："你走。"

魏晋的嘴唇抖了一抖，却什么也没说。

门轻轻掩上，地上那堆烧成灰烬的中国交通地图与我默默相守，无力与虚弱一点一点血一样浸漫我的周身。

……黑白的灰烬在我眼前化蝶飞舞，淡蓝色的窗帘布掀起一波柔浪。

我翩然起舞，戏于蝶戏于柔曼的窗帘，我的舞步轻飘似风中的柳叶。陡然，我僵立不动了，我发现音乐竟始终未能响起。

我轰然倒地，泥堆一摊，然后化水而去。

子夜长安的街道宽阔若平川。

偶尔有从我身旁呼啸闪过的车辆，撕裂一下我的神经。

我后悔没劝住魏晋，不管怎么说，即使走，也应该我们一起走，我脚步加快奔向火车站。

在火车站广场，我发现了魏晋，他的影子变成冬季一条枯枝的模样，他背着行囊，正往候车大厅走。

我尾随而至，一把拉住他说："要是警察发现了我们，咱们能安然地在火车站？别走了，回去吧！"

魏晋凄怆地一笑，说了一句话："不走怎么行呢？我不管什么理由了，总之，我想到外地散散心，要不，要不，要不我会……"

我紧跟着问："你会怎么样？"

"别问我了，让我走吧！"

我略略一顿，然后问："你要不走你会怎么办？"

魏晋眉毛一扬说："我不知道。"

"你骗我。"

"我骗你干吗？我真的不知道。"

"那好，咱俩回去，魏晋……"我拉起魏晋继续说道："别再疑神疑鬼发神经自己吓自己了，你说，你告诉我的什么午夜约会白衣女子的事是不是你编的瞎话骗我？试探我？"

魏晋什么也没说，随着我离开了火车站。

魏晋又是坐着一支接一支地抽烟，一夜未眠。

04

我和魏晋开始为刘邦、唐姬即将举行的新婚大典拾掇房子。

拾掇房子对我们来说不是事儿，无非买套木工板制作的用油漆刷成黄色的组合柜，买件贴着墙角放的转角沙发，外加一个玻璃茶几，接着应该再买个电视机、冰箱，若来上一套音响，要日本山水牌的就更好了。

问题的关键是房子没有着落。

严格说起来，刘邦不是纯种的担族后裔，他有一半血统在长安王曲乡，他外公家在王曲，王曲是长安的著名所在。据刘邦说，柳青写的《创业史》里地主吕二细鬼有他外公的影子。他外公和柳青一样，在刘邦出生前倒了大霉，比柳青还惨，让人民在某次集会中给打死了。如此，刘邦他妈在王曲待不住，跑到长安，嫁给了住在东门外鸡市拐孟家巷的刘邦他爸。刘邦他爸供职于集体企业运输队，主要运输工具是架子车。刘邦他爸脑子不活泛，没手艺做不来生意，除了力气，啥也没有，只能拉架子车。刘邦他爷也是只有力气的人，但毕竟年龄大了，拉不动架子车，只能伙着刘邦他妈跑到中山门里面的旧衣服市场，给担族老乡将收来的旧衣服分类，好像还算有点技术的活。刘邦家这个情况使得他们家在孟家巷的立锥之地，比起其他人家来要逼仄得多，只有一间形状怪异的房子，不到三十平方米。刘邦要结婚，在孟家巷的家里想倒腾出来一点空间布置新房，难度太大。我和魏晋跑去看，刘邦他爸他妈倒也热情，听说是给娃布置新房，他们俩一直把手统一地在衣服下摆上搓，目光满当当地充盈在他家房子的角角落落，好像他们的目光能把房子的空间放大一样。

魏晋说："叔，姨，闪咧。"

至于是不是能把唐姬家作为新房，我和魏晋打过主意。

唐姬说："别去了，肯定不行。"

我说："看看，看看嘛！有我俩呢，咱看看。"

唐姬禁不住我的恳求，带我俩去她家。

唐姬家在文艺路的京剧团院子里。京剧团院子北隔壁是戏曲研究院，再往北是歌舞剧院，西隔壁是人民艺术剧院，一条文艺路，让艺术家塞得满满当当。连文艺路和建西街交叉口看茅房的老汉都是每周逢一、三、五哼京剧，二、四、六哼秦腔，周日嘴里絮絮叨叨地嘟囔些人民艺术剧院当时排练《白居易在长安》时的台词。有一次女主角刘远上厕所出来，听见后吓了一跳，多看了几眼老汉。老汉倒也不迎着女主角刘远的眼光，自顾自地又开始嘟囔《白居易在长安》里面李琦饰演的一个小角色的台词了。

刘远走出好远了，听见老汉以话剧腔喊她："茅子钱，五分茅子钱，五分钱没给呢！"

而更让人惊奇的是，若遇元旦、五一劳动节，出恭的人还能听到他哼哼意大利马斯卡尼《乡村骑士》的调调。听唐姬说，老汉的孙女受爷爷的熏陶，考上了中央戏剧学院，现在在北京吃盒饭演电视剧，快火了。

魏晋问唐姬："你咋知道？"

唐姬说："我爸从北京推销我妈的剧本回来，给我说遇到了，他们认识。"

相当有可信度呀！

当然，唐姬她爸也算是艺术家，有过十来年京剧武小生的舞台经历。据说尚小云先生在长安菊花园住的时候，她爸经常到尚先生家去执弟子礼。尚先生对唐姬她爸青眼有加，也不是没有根据。尚先生遭罪的时候，她爸也变成了戏霸的孝子贤孙，在长安新城广场戴大牌子名字上画叉叉接受人民审判，后来被发配到育才路的塑料三厂做模具工，一直干到20世纪80年代初，唐姬十岁左右，才回到京剧团。十年塑料模具工生活的后果是把唐姬她爸一身武功废了，回到京剧团闲着，拿一份不多也不少的工资，整天在文艺路环城公园瞎转悠，间或会消失几天，去北京。唐姬她妈比她爸强些，本来是青衣，随着唐姬她爸被赶到塑料三厂，她也没戏演，在团里打杂。唐姬她妈的特点是能随遇而安，领导让干啥就干啥，一切都看起来波澜不惊。等到唐姬她爸回到京剧团的时候，领导让她妈继续演青衣，她妈却不置可否，真的有戏了，领导给分配了角色让演，她妈说："演不动了，嗓子淹住了，身上也没功了。"

领导说："那你干啥？老唐落实政策了，你也就落实政策了，你不演戏干啥？总不能还打杂吧？"

唐姬她妈说："我待在家里写剧本吧！"

领导说写剧本也行，算个事情。只是京剧团换了几茬领导了，唐姬她妈也没有一个成形的剧本拿出来。唐姬的爸妈一个闲着一个写剧本没写成，两口子职称也就无从谈起，在京剧团没职称也就谈不上有啥分房子的待遇。所以到当下，全家还住在唐姬刚出生时的一室半的房子里，二十多年前，这是好房子。

唐姬说："看嘛，这能当结婚的房子？给你俩说了，还不信！"

我和魏晋面面相觑，赶紧从她家退出来。

我们仨推着自行车，在京剧团大门口停下来，看着文艺路上来来往往的大小艺术家行色匆匆，都不说话。

魏晋打破沉默，说："要不咱去王曲刘邦他外公家看看，他外公不是王曲的地主吗？咱去看看他地主外公的老房子。"

魏晋话音落了，骗腿蹬上自行车就顺着文艺路往南面骑，我和唐姬也慌忙骑上自行车追他。

我说："魏晋，你这货成啥精呢？"

唐姬骑得慢，在后面喊："我才不去王曲结婚呢，我不去！"

魏晋听后大笑，笑声响彻长安的街市。

魏晋一边飞快地蹬着自行车，一边回头冲唐姬喊道："别当真，瓜瓜娃才当真呢！咱去王曲浪一下，吃王曲的臊子面去！"

骑车上了韦曲灯具厂十字的大坡顶，魏晋喘着气说："再努力一下，下大坡，过韦曲，冲上神禾塬，咱就双手撒把到王曲咧！王曲，臊子面！"

神禾塬顶。

我们累成了狗，一只脚撑着地，一条腿吊在自行车大梁上，上半身尽量趴向车把寻找更大面积的支撑点。

魏晋气喘吁吁地问："你俩看，美不美？"

我和唐姬懒得理他，大喘气。我们知道魏晋的德行，接下来他肯定要给我俩背个啥。

果然我听到了魏晋的声音："听着，周勃、唐姬，你俩听着，听好了！'……在苍苍茫茫的稻地野滩……在大平原的道路上听起来，河水声和鸡啼声是那么幽雅……空气是这样的清香，使人胸脯里感到分外凉爽、舒畅……东方首先发出了鱼肚白。接着，霞光辉映着朵朵的云片，辉映着终南山还没消雪的奇形怪状的巅峰。现在，已经可以看清楚在刚锄过草的麦苗上，在稻地里复种的青稞绿叶上，在河边、路旁和渠岸刚刚发着嫩芽尖的春草上，露珠摇摇欲坠地闪着光了。'"

我们看看神禾塬下的王曲。

我们仨慢慢地骑着自行车，在王曲地界的稻地荷塘溪流间流连，晃悠到通信学院。这里以前是黄埔军校七分校，大门口往左二百米有个臊子面馆子，好吃，撒的韭菜尤其鲜嫩。

吃着面，我问魏晋和唐姬："你俩说以前刘邦的地主外公天天能吃上这臊子面？"

魏晋摸出一百块钱放在桌上，他喊伙计过来收钱，然后冲我和唐姬说："咱有钱呢，天天来吃。下一回咱坐出租车来吃。"

唐姬笑了，说："你俩阔气。"

转悠到晚上，我们也没有在王曲找到刘邦地主外公的大宅院，悻悻回到长安。

最终还是刘邦的来信解决了他和唐姬结婚的房子问题，他说在唐姬家旁边的建西街，也就是人民艺术剧院大门对面的刁家村租上一间房子，托我和魏晋好好看看房子，要有隔断和小厨房的那种，豪华型城中村民宅。

房子租好，收拾。

坐在黑白相间的塑料地板上，看着新家具摆放在新房里，我和魏晋抽着烟，沉浸在对友谊的体验中。

而唐姬在这种时候不怎么搭理我们，她往往把目光懒懒地投向新房里的一个随意的点上，然后在目光与那个点之间营造出一种对未来生活的憧憬。

对友谊的体验、回忆和对未来生活的憧憬交织混杂在新房里，不时发出纤维摩擦时的"咝咝"声，除了可以感到幸福外，还不时有一道遥远的淡蓝色闪电划过我们的幸福。

唐姬再一次伸伸懒腰后，丢给我一张灿烂的脸说："今天就到这儿吧！"同时她又甩给魏晋一个征询的眼色。

魏晋说："我先走，我还有些事。"声音懒散如秋阳，令人有昏昏欲睡之感。

魏晋每一次这样说话后，我都把某种异样的目光投向他，我搞不懂魏晋这懒散的声音后面藏着什么？而一旦当我思考到这一点时，我的脊背就有一股子冷气直冲后脑。

魏晋将我和唐姬单独留在新房里。

"真的，太麻烦你们了！"

唐姬坐在地板上，不知该说什么好。

我提议说："咱们听听音乐吧！"

音乐在新房里嘶吼成困兽状。

我的血管渐渐膨胀。

我的目光鹰一般搜捕着疯狂的舞蹈在空间的音符。

唐姬在疯狂的音符拥抱下静如小兔子，安卧于墙角。

"音乐让我听着害怕。"

虽然唐姬的声音若蚊，但还是撕开紧紧相钩的音符，冲进我的耳膜，我的手按下 STOP 键。

音乐戛然而止。

唐姬长长地出了口气。

"咱们听点轻柔的吧！"唐姬说着话，就去换磁带。

舒缓轻柔的音乐似小桥流水，环绕在唐姬的周身，我的目光也随着音乐流淌在唐姬的身上。

……

这一天，我提着购置的新婚物品 —— 两床新被子和一条毛毯，从南大街福康百货大楼出来，正准备穿越南大街，竟然毫无征兆地碰到了那次在魏晋的小学同学、年轻有钱人生日聚会中相识的杨娇。

杨娇的脸像春天的天气，她看着我说："你是……我们见过。"

"是你！"我惊喜地说。

我和杨娇第二次见面，一丁点都不感到陌生。

杨娇靠在路边的栏杆上问我："是不是喝点什么？"

我说："那就先喝点汽水吧！"

我买完汽水回到她身边的时候，杨娇换了一个引人注目的姿势——她坐在了南大街的栏杆上，我站着，头部刚好位于她玲珑而不失丰满的胸前，除了一缕缕诱人的香气缭绕于我的周围外，胸部的外观造型还昭示我，促使我靠近，为此我产生了虚假的别扭感。

我蹲下来。

据说蹲着谝闲传是我们长安人从祖先那里继承下来最舒服的姿势，我们还喜欢蹲着吃面食，比如羊肉泡馍和油泼面。

我和杨娇谝。春天温暖的风掀起她的裙裾……我一撩眼皮看见了手工制作（设计师定制）的镂空蕾丝底裤。我不准备再变换什么姿势了，在春风中有一眼没一眼地看杨娇美丽的底裤，有一句没一句地闲聊，本身就是一件富有情趣又极具美学意味的欢乐事儿。

"看你那怂式子，看见我裤衩了，怎么样？漂亮吧？"

杨娇语出惊人的问话令我不由得想到也许她是个风尘女子，所以我没理由做闭花羞月状。

我涎着脸说："真的很漂亮。"

"真没劲，你这人咋这么假模假式的，你得是白鹿塬上下来的嫁娃，跑到长安城来耍呢，你咋连色眯眯都不会呀！"杨娇腾的一下跳下栏杆。

我的脸一下子红了。我嗫嚅着说："我老家不是白鹿塬的，我先人是河南的。我爷那一辈就在菜市坑炭市街一带卖带鱼咧!"

杨娇嘴里轻轻地吐出两个字:"土锤。"

杨娇又一蹦,像只猴子,坐在街边的栏杆上,头仰起,头发像瀑布样垂挂在街边。

我知道杨娇垂发的姿势是她在不经意的瞬间完成了,但恰恰如此,也构成了她在我心中的一道风景。

大约杨娇感到自己累了,猛不丁地问了我一句:"知道吗?周勃,最近长兴坊那一片发生了好几起抢劫案,你知道不知道?"

我像赤身裸体冲进了飞雪飘扬的户外,这是我第一次听到外界对我和魏晋劫掠行为的反应,只是惊慌失措并没有出现在我脸上。

"好像听说了。"

"你说怪不怪,长兴坊那儿隔三岔五地发生抢劫,警察怎么就不破案呢?"

真的,我很得意。关于这个问题,我和魏晋讨论了多次也找不到满意的答案。

我说:"警察都是笨怂嘛!"

杨娇说:"哎,你说得可真对。我就认识一个呢,我以前在60中上学的时候,有个吹小号的同学,毕业后先是当了文艺兵,过了几年就转业当了警察。这小伙对我还有意思。"

"笨怂,连你都追不上。"

杨娇愉快地笑起来,在笑声中,我看见她似乎在追忆这个警察追她时的笨怂样子。

"你笑够了没？"

杨娇的笑声在我这句话插入后变得含混不清，假笑。

我注意起杨娇随着假笑而变化多姿的嘴唇。

我非常想亲一下她的嘴唇。

我对常常出现于文学戏剧中一见钟情的故事有种天生的神往，我认为那是美丽的。

如此一来，在为唐姬、刘邦准备结婚诸事的同时，我开始了有目标的诗歌写作运动。

我写给杨娇。

我为杨娇的红唇写出一首首诗歌，颇得柳永诗风之精髓，缠绵婉约且绵绵无期。

我盼望着和杨娇的再度重逢。

我频频向她发出约会的邀请，频繁地在她BP机上留言。

有时候杨娇会给我回电话，我在电话里言语暧昧，但杨娇似乎对此没有回应，我锲而不舍地再次向她发出约会的邀请。

我默默祈祷着杨娇的到来，凭直觉在这种时刻杨娇一定会出现在我的视线中。月光明亮可爱，令我在焦躁不安中想起我和杨娇共舞的那个浮华之夜。

微风拂面的时候，我呼吸到了杨娇身体上那股淡淡的幽香，我有种投入杨娇怀抱的欲望，我渴望在她怀里得到某种安全，某种永久性的宁静。

我望眼欲穿。

……

终于，杨娇以一叶浮萍的姿势出现在我面前。

杨娇嫣然浅笑。

我的目光依偎向杨娇胸前。

"怎么不看着我的眼睛呢？为你我描了眼线，还涂了眼影。"

杨娇用她的眼波一勾，就将我的目光拽入了她眸中，那里是一池春水。

我走近杨娇，揽她入怀。

我的唇轻拂在杨娇的唇上，口红的化学气味拒绝着我可能进行的动作，杨娇的手臂像藤蔓似的搭在我身上。

杨娇说话了，我听到——"你和你的伙计魏晋有什么不可以做呢？"

我通体冰凉。

这怎么可能？难道我和魏晋的行为都被这个叫杨娇的美丽女人所知了吗？

不可能，绝对不可能！

在杨娇腰间放着的我的手有汗大片大片浸出。

我无语。

杨娇搭于我肩的手臂缓缓移动，她的舌尖像一条欲食的春蚕摩挲着我的唇与齿。

我们吻得天长地久、泣鬼惊神。

"你在舞台上唱歌的时候一定比现在美。"

"真的？"杨娇说，"你又没见过我唱歌时的样子。"

我用手抚摸着杨娇的长发，一下又一下，像打磨玉器。

我语气真诚地说:"那次咱们跳舞时我就这么想了。"

"你呢?你说你在诺玛,雪塬是白色的,挖掘机是黄色的,挖掘机喷出的烟是黑色的,白色、黄色、黑色……肯定很浪漫。"

没有,我从来没有感到过那是一种浪漫,只有刘邦在雪塬上奔向唐姬的那一道风景让我不能忘怀,而其他关于诺玛的所有一切,的确都已被时间侵蚀得杂乱无章、千疮百孔了。

我怀中的杨娇千娇百媚、絮语不绝,我静静地听着,虽然我并不在意她什么,但我希望永远这么听下去。

的确,话语的内容在这个时候并不重要,重要的是话语的这种形式。

我在杨娇所给予的语境中拥她移向一棵枝繁叶茂的梧桐下,被枝杈树叶随意分割的月光一小片一小片地跌落在我们头上、脸上、身上。我注意到有一小片月光躺在杨娇的脖颈上,皮肤上淡淡的细小绒毛游戏着它。我把唇凑向那片月光,月光被我吸入体内,而刚刚被那一小片月光浸漫的皮肤和细小绒毛却挣扎着与被我吸入的月光诀别。

我松开杨娇,靠在树旁。

杨娇理了一下鬓发,淡然浅笑,然后说:"你爱上我了,喜欢我吗?"

我说:"喜欢。我喜欢每个像你这么美丽的女人。"

杨娇说。"你真的很诚实。"

真的,我很诚实。

05

在火车站,我几乎认不出刘邦了,说不上霜尘满面,但脸上的确有着被诺玛雪山戈壁雕刻过的印迹。

我笑。

我右手握拳,捶在刘邦厚实的胸前,我的手竟然被硌了一下——"你这货胸肌咋这么发达?把我手都硌疼了。"

我用左手拽过唐姬说:"伙计,唐姬完璧归刘,不信晚上你仔细检查检查……"

还没有等刘邦和唐姬有什么反应,我接着说:"要是有什么质量问题,我可包管退货啊!"

话音刚落,刘邦的拳头已经落在了我的胸前,捶得我胸口一闷,一口气差点没喘上来。

刘邦说:"周勃,你油嘴滑舌他妈的一点没变。"

我笑嘻嘻侧眸一望,唐姬小脸绯红,旋即我一推唐姬说:"别在我旁边小鸟依人了,过去吧!"

刘邦就势揽过唐姬。

我看唐姬真的小鸟一般依偎在刘邦的胸前。

刘邦以沉静的笑靥与我的笑脸相映,笑脸居然在空间凝住了,像两幅利希滕斯坦的画悬挂着。

我想再说什么话,竟然说不出来。刘邦似乎也想说什么,同样是嘴唇动了动没说出来。

"别站着呀！咱们回去吧！看你们俩见了面，除了周勃乱开玩笑，连句话都不会说，就知道傻笑。"

唐姬打破了凝固的笑，说着一拉我的胳膊："走啊！"

"走，走，咱们回去慢慢聊。唐姬，你别拉我，我帮刘邦把行李拿上，你俩从现在起还不如胶似膝啦！"我边说边提上了地上的行李。

唐姬和刘邦一路卿卿我我，和久别的恋人重逢别无二致，他们忘掉了我的存在。

一打开房门，刘邦惊呆了眼睛。

见此情景，我心里一阵高兴，说："没想到吧，怎么样？我们给你筑的爱巢还满意吧？"

刘邦环视新房。

刘邦说："你们生意做得这么大，没想到，没想到，家具啥的买这么齐全，我再有一段时间就分红咧，分了红加倍还钱给你俩。"

"看你，谁也没指望你啥时候还，忘了那年离开诺玛工地的时候你说的话了？"我冲唐姬一挤眼，"你让我们照顾唐姬，这就叫照顾到底。来、来，先坐下试试这转角沙发的感觉，比咱们在诺玛下苦时的架子床强多了，软和！"我拉刘邦坐下，"唐姬，别老站着傻看呀！还不快给咱们煮咖啡。"

唐姬进厨房煮咖啡了，新房里只剩下我和刘邦。

我们呼吸着新房里家具散发出的油漆与木质的混合气味。

突然，我们都哑然了。

我拿起茶几上的香烟给刘邦一支，替他燃着。刘邦深深吸一口，换个姿势又吸了一口，我看得出刘邦是想对我说什么，可他确是真的一下子找不着话题。

我起身打开山水牌音响，音乐从音柱里涌出来，像水一样地流满整个新房，我在音柱旁坐下来，看着刘邦。

刘邦像这新房里来的陌生人，尤其是他的衣装，怎么看都和这新房不搭调。

我脱口说道："歇一会儿把你穿的衣服脱了，换一身。"

我起身拉开组合衣柜门，取出一身衣服扔在沙发上，问道："穿这身怎么样？我和唐姬挑的，喜欢吧？"

我关上衣柜门，转回身。

我忽然有些不知所措了，从进门到拿衣服这一系列动作中，我猛然意识到仿佛我是这新房的主人，我站着，干笑两声，说："刘邦，你一会儿换上吧！要是不喜欢，你自己在衣柜里挑，你自己挑，都是唐姬给你挑的。"

刘邦满脸的不自然。

我做得似乎超出了兄弟所为，我想赶快走。

"刘邦，你先歇着，明天我来，叫唐姬给咱们好好做几道菜，咱哥仨痛痛快快喝顿大酒。"

我话音没落就往门外走，一头撞上了端着托盘的唐姬。

三杯滚烫的咖啡洒在我身上，而唐姬的手也被烫红了。我顾不上我身上的咖啡，顾不上烫，顾不上地上碎了的杯子和壶，一把拉过唐姬的手放在我嘴边吹着气，我连连说："烫着没？疼吗？都怪我，怪我！"

唐姬的眼泪花都出来了。

刘邦坐着，如石头。

唐姬抽回手，转身从门背后的不锈钢小杆上抽出毛巾为我擦身上的咖啡，催促说："还不快把衬衣脱了！"

未及我动手，唐姬就替我麻利地脱了衬衣。

我赶忙说："我，我自己来。"

唐姬将我的衬衣一反手扔向沙发，正好落在刘邦的身上。

唐姬冲着刘邦说："你坐着干吗呢？还不快到厨房拿点油！"

唐姬的手摩挲着我胸前被烫得发红的皮肤，忙不迭地问："疼不疼周勃？疼不疼？疼吗？"

我调侃着说："不疼，你的小手摸着就不疼了。"

唐姬俯下身子，用嘴轻轻地向着我的烫处吹气。

唐姬的发丝在我的皮肤上游动，我看见那些发丝像鱼翔溪底。

刘邦不知什么时候已站在我俩身旁，把油瓶子递给唐姬。

唐姬说："你去拿点药棉呀！让你干啥你才干啥，瓷得和砖一样。"

"咚"的一声，刘邦把油瓶子蹾在茶几上说："我咋知道药棉放在什么地方？！"

刘邦的声音充满了源自内心深处说不清道不明的某种意绪。

唐姬猛然意识到了什么，从我身前走开，柔柔地送一串眼波给刘邦，自己去找药棉了。

刘邦站在我身边，关心地问："疼不？你也不小心点！"

"没事,真的不疼,没事。"我抓起沙发上的衬衣往身上穿。

"你逞什么能?!烫成这样还说不疼,快擦点油。"唐姬嗔怪地说,然后用药棉蘸了油替我擦着。

"好了,好了,真的没事了,没事了。都怪我不好,瞎折腾一气,耽误了你俩的好事。走了啊!要不等我走了以后,你俩不得骂我是电灯泡了。"

我拉开门向外走去。

唐姬站在门旁,冲已经走出门的我喊道:"别忘了回去再擦点牙膏。"

我回头望着倚门而立的唐姬大声说:"没事!"

我隐约看到唐姬冲我娇嗔的笑容。

我再回头,只有门的轮廓。

对于魏晋为什么没有和我一块儿去接刘邦,我并不想有过多的猜测,我记得魏晋只是坐在屋里抽着烟不吭一声。在我临出门时,他说有急事让我先走。

这无疑是一个托词,但魏晋到底干什么去了呢?他为什么不去接刘邦?我只有疑问,而不可能有答案。但为了某种纯粹是我个人的需要,我认为应该是这样的——

魏晋站在火车站广场的边缘。

魏晋的眼睑缓缓张开,像落满尘埃的幕布。

魏晋的目光落在刘邦的身上,一种似乎永远都说不清道不明的感觉袭遍了他的全身。

魏晋欲用热情的言语与刘邦的言语相糅相杂，然后弄出一片雪样的冰凉来，却也是那种纯之又纯的友情，像当年在诺玛时那样。

魏晋的目光滑落在我和唐姬的身上。

魏晋依旧没动地方。

魏晋这样站在火车站广场边缘，看着我们仨的会面及消失于此的场景。

这时，一声长长的汽笛声宛若久远的童话震撼了伫立在火车站广场边缘的魏晋，雾起于魏晋的眸间。

有歌声涌出：

　　我看不见我的脸
　　只听见我的声音
　　我的手摸摸我的脸
　　却摸不着我的声音
　　……

夕阳西下的黄昏，长安城中的每一条大街、每一条小巷、每一个年轻人都在唱这首歌，歌声喑哑低沉，同时充满了焦渴与期待。

魏晋也在这些歌唱者的行列。

歌唱者们由这首歌的歌唱形成队伍，开始从长安城南的樊川走向长安城北端的龙首塬，队伍不断壮大，他们的双脚随着歌唱的节奏拍击着干燥的水泥路面，尘埃扬起，逐渐迷漫了魏晋的双眼，黄昏的某些诗情与浪漫同时也被尘埃吞没。尽管这样，还是有大批大批的青年加入队伍，尽情吟唱。行走的歌唱者，男性皆赤膊，女性皆蓬松发辫，他们在尘埃弥漫之中拒绝着黄昏的诗情与浪漫。

魏晋在行进，他的目光在人流中跳跃，他希望通过目光的跳跃寻觅到我、唐姬、刘邦以至于他在长安每一个熟悉的容颜，他被人群裹挟，如同渭河里鱼汛时期的一条鲫鱼。

终于，魏晋的目光不再跳跃，他已失望至极。

一轮粉红色的弦月在长安开远门城门楼的上空出现，黄昏已成过去。魏晋向毛主席起誓，发现弦月的人在歌唱者中仅他一人而已。

又是熟悉的诺玛，雪塬之上一只浑身雪白的狼与魏晋在凄厉的风中对峙，每一秒钟都像针一样刺入他的生命，魏晋每一秒的呼吸都充满了恐惧的咝咝声，他的大脑如陀螺般飞快地旋转。当东方有一缕血色的朝霞挂在雪塬边际时，魏晋看见这只白色的狼缓缓地、缓缓地闭上了眼睛，歌声戛然而止。

朝霞如新鲜血液涂满浸透在雪狼被风吹卷的白色鬃毛上。

白色的雪狼身后，雪山在天地间舒展开来。魏晋身后则是空旷与寂寥。

白色的狼必定从雪山深处走来。

魏晋张开双臂向白色的狼扑过去，像拥抱情人。

魏晋期望用他锐利的牙齿狠狠镶入白色的狼的喉管，将温热的血吸吮。

牙齿与狼体接触的瞬间,魏晋听见白色的狼的咽喉内发出一声哀鸣,然后那颗倔犟的头颅猝然软绵绵地倒入了魏晋的臂腕间。

这是一只年老的白色的狼——雪狼。

"我摸不着我的声音。"

魏晋念了一句歌词,像咒语,臂弯中的雪狼神奇地消失了,歌唱者们也消失了,只有满目的人群。

魏晋的目光滞涩如一把钝刀,割开人流贴至我和唐姬、刘邦的身上。

魏晋收回目光,低头,他看见自己胸前挂着数根白色的纤维物。

雪狼的毛?

真的吗?

当我溜达到火车站时,我看见了魏晋。

我来到魏晋身旁,问道:"你咋站在这儿?"

魏晋如梦方醒。

魏晋问:"你把刘邦接回去了?"

"你不是都看见了吗?"我的话轻飘如风。

我被我的语气惊醒似的意识到我们兄弟一般的岁月今天就算结束了。

唐姬已是刘邦的新娘。就像魏晋和我结束在诺玛的技术劳工生活和刘邦分别的时刻那样,一切的一切都戛然而止。

关于友谊的故事也就这样结束了。

我失落。

魏晋把一只手搭在我的肩上，语气低沉地说："周勃，有一天咱俩也该各走各的了。"

我掩饰着说："怎么会呢？一根绳上的蚂蚱。"我转头看了一眼魏晋，接着说："咱们和唐姬来往太亲密，说不定哪一天会连累她，那样咱把刘邦也连累了。"

魏晋没接我的话茬。

坐在南新街的木屋酒吧里，因为灯光的原因，我的心情逐渐变得让我自己都不可捉摸。我看看腕上的手表，十点三十分，现在刘邦和唐姬该上床了。我偷眼瞧魏晋，他正在沉静而优雅地一口一口喝啤酒……

刘邦俯在唐姬身上……我想唐姬该是沉醉的，我没有想过他们在此以前是否有过云雨之欢，而现在我为我没有想到过而感到深深的歉意。接下来我继续思考刘邦和唐姬今夜此刻的生活，"干柴烈火"这个词像箭一样射入我的脑海，忽然就有了一股被人欺骗的感觉涌上来，我忽地一仰脖喝尽了大半杯子啤酒，就势将杯子狠狠摔向不远处的吧台，钢化玻璃杯和酒橱相撞击引出一片清脆的稀里哗啦的声响。

吧台旁的小姐顷刻间花容失色，当然别的酒客也都被这突如其来的声响搞得惊乱起来，然后所有的目光都汇聚在我的身上。

没有人走近我。

我拎起一个酒瓶子。

魏晋站起来，走向吧台，对受了意外惊吓的小姐说了些什么，那小姐很快就转向内间，拿出收捡残局的工具开始工作了。

魏晋将两张钞票放在吧台上,小姐收下,冲魏晋微笑了。

"走吧!"

魏晋拉我起来。

在南新街路口,我告诉魏晋,我想一个人走走,让他先回去。魏晋没说什么,只是盯着我看了好长时间,然后转身走了。

我不知道我为什么有了那样一种感觉,思维和刚才的感觉一接轨,立刻全身的血都往头上涌,我的头发根根竖起,像黑夜里疯长的竹笋,能听见声音。

我绕着钟楼来回兜圈子。

我的影子扔在东、西、南、北四条大街上,支离破碎,使得街灯不知所措地随地泼洒。

我把烟头甩在影子上,我想点燃寸步不离的我的影子。

……

我和魏晋征询刘邦、唐姬的意见,是不是把认识的朋友都通知一下,包括我们过去在安装技校的同学们。

刘邦先看看唐姬,像是要唐姬表态,未及唐姬有反应,刘邦说:"都通知吧!"说完从抽屉里拿出一叠钱递给魏晋说:"我这么多年都不在,不知道在哪里办合适,你俩把这些钱拿去,有劳你俩了。"

魏晋迟疑了一下,接过钱,认真地数了一下说:"八千四百五。"说完魏晋乐了,"咋就这一点钱?"

我也看到了这一摞钱,心里很是惊诧,就说:"咋弄的嘛,你不是和那个浙江老板一块开矿吗？咋就这一点？"

刘邦哂然一笑说："看你俩没见过世面的样子，还没到分红的时间呢！你俩等着，过一阵分红下来了，看我不拿钱把你俩砸死！"

刘邦说完显得真像有钱人那样，把身体全都靠在沙发上，下意识地捋了捋短短的头发。魏晋也把身体放松，头枕到沙发上，不经意地深深吸了一口烟，然后吐出一个一个的烟圈，入迷地看着烟圈从嘴里跳出来，一跃一跃地升腾，成缕、成丝、成团、成片，最后成雾散去。

我觉得我待在这儿有些多余，几天来出乎意料且令我把握不住的心情搅得我不知道如何面对唐姬，面对我们过去的岁月，本来我是不想在刘邦、唐姬新婚时期出现的。

我给魏晋说我想出去走走。

魏晋虎着脸说："刘邦、唐姬结婚，你心情不好，什么意思？"

我无言以对。

我的神经猛地抽搐了一下，刚才魏晋和刘邦的对话像玻璃片在水泥地面上划过的声音一样响起……

我扔给刘邦一支烟，魏晋替刘邦燃着。

我说："刘邦，还记得咱仨刚到诺玛工地的时候吗？"

"那时候我根本都不觉得厕所臭。"魏晋接过我的话说，"抽着烟，咱还蹲着，把屁股冻得生疼，打老虎杠子赢烟，腿都蹲麻了。"

我说："其实诺玛冬天的厕所根本就不臭，屎冻得和塔尖的造型一样,淘粪不用粪勺,用的是电锯。"

……

我和魏晋沉浸在多年前的往事中,我俩东一句西一句地说得兴奋无比。的确,对多年前往事的追忆不论怎么说都遮掩不了几天来我不佳的心情。

我俩忘掉了一切,信口开河,有情没情地乱发感慨,为一件当时看来小得不能再小的事争执不下,魏晋猛不丁会把粗脖子扭头问坐在一旁静静地听我俩说话的唐姬:"你证明说是不是?"

唐姬说:"我怎么知道?"

魏晋说:"不对吧?我好像记得你一直就在我们身边,是在我俩的梦里呢?"

"去你俩的!总……"唐姬的脸上浮现出娇羞之态,惹得气氛像初夏的风,暖意十足。

我们又忘了刘邦的存在。

刘邦像睡着了,眼睛闭着,一副局外人的样子,仿佛他压根就没有去过诺玛雪塬。

我们的笑脸瞬间有些不自然了,但我仍开玩笑,冲着唐姬说:"看你这两天把刘邦累的,晚上加班别太累了嘛!"

刘邦睁开眼,笑而不语。

唐姬说:"你俩啥时候正经些?"

"她说啥?她说咱俩不正经?刘邦一回来,你就过河拆桥!"

魏晋语气严厉地批评道:"唐姬,这样可不行啊!刘邦跟你办完事，还要回诺玛开矿挣大钱呢！还得我们俩照顾你。"

话一出口，我俩顿时感到这些话语不合时宜，尴尬已经堆满了刘邦的脸。

唐姬也察觉到了，她的眼波先是柔柔地掠过刘邦，然后一转，变成某种令我和魏晋都感到心中一凛的嗔怪。

刘邦尴尬的脸上缓缓地出现了一丝无奈的笑意，神情显得悲戚，他说："真是还得你俩照顾，谁让诺玛还堆着金山银山等我挖呢！"

我仿佛再一次看见刘邦的神情，它穿越时空击落了我手中的笔……

我在笔落的一瞬间看见了刘邦神情的延续空间……

本来刘邦是还想和唐姬再说一会儿话的，但她却不说了，在刘邦的脸上吻一下，如柳叶拂面，然后就搂着刘邦闭上了眼睛。

刘邦傻愣了片刻，摇摇唐姬。刘邦实在想和唐姬说一会儿话，他用指头在唐姬的背上搔痒痒，搔了好久。唐姬总算醒了，惺忪着眼睛迷糊地说："睡嘛，明天还要起早呢！"

唐姬在睡去的那一瞬间，悄悄又吻了刘邦的胸，刘邦一下子觉得空虚得很，抬手拧灭床头的灯，在黑暗中睁着眼睛，呼吸着唐姬身体和新家具、电器合到一起的气息，他感到了某种幸福，同时又感到了某种悬浮。

刘邦调整了一下身子，半躺半靠着，在黑暗中摸索着抓住了放在床头柜上的烟，他的手继续摸，却怎么也摸不着打火机。刘邦猛地就有一股子火，"妈的，谁把打火机放不见了？"他心里骂，索性打开灯，灯光"唰"地一亮刺痛了眼，他还想说一句什么，唐姬又醒了，依然睡眼蒙眬地问："你折腾什么呢？睡吧！"刘邦已经找见了打火机，燃着烟，腾出了一只手抚摸着唐姬的肩膀说："陪我说会儿话好吗？"

刘邦又吸了一口烟，等着唐姬说话。等了半根烟的时间，低头一看，唐姬早就睡着了。

这样一来，刘邦明显觉得自己被什么伤了一下，虽然不疼，但能感觉出来"无奈"这两个字包裹着自己。

"无奈，真的无奈。"刘邦没想到他竟喃喃自语起"无奈"两个字。

一个月前，唐姬来信叫他回长安结婚。

刚一看到信，刘邦吓了一大跳，他跑到邮局给唐姬打长途电话，问："怎么要结婚？"

唐姬在电话那头"咯咯"地笑着说："结就行了嘛！"

他就又说到钱，唐姬说有魏晋和周勃，让他不要操心。

刘邦听了，沉默了一下，问道："他们怎么能有钱？"

唐姬就告诉他，魏晋和周勃的生意做得很大。

刘邦又准备沉默时，听见唐姬埋怨说："总是把我托给魏晋和周勃不好。"

刘邦就说他正在攒钱，两人说到这儿都沉默了。

最后还是刘邦说："那好吧！"

本来刘邦心里对魏晋和我是很感激的，给几个要好的同僚不止一次地提起我俩。刘邦打算回来结婚的同时要好好地和我俩在一起多待一段时间，他在诺玛的单身宿舍里不止一次对自己说。

刘邦在夜深人静的时候陷入了对我们一起度过的诺玛岁月的美好追忆。可人的心态总是捉摸不定的，一下车见我和唐姬去接他，他的情绪中就开始出现了他自己都理不清看不明的一股潜流。刘邦想，也许是出于自己的自尊吧！的确，结婚让兄弟去操办，实在让人不太好接受，显得自己太没本事了。刘邦后悔回来结婚，应该叫唐姬到诺玛去办。不管怎么说在诺玛办都比回来好，现在他感觉自己像个木偶一样被人摆布着，说好听点像个演员，被唐姬、我、魏晋导演着。想到这儿，刘邦怎么也睡不着了，他想叫起唐姬，立刻和他回诺玛去。

刘邦忽地坐起来，下了床，立在新房中央，木头一样竖着。他看见赤条条的自己立在组合柜的镜子里，思绪又猛地转了向，就这样和唐姬返回诺玛去办婚礼，以后还怎么面对他俩呢？他俩并未做对不起自己的事啊！人家在尽兄弟情谊，这么几年了，自己不在唐姬身边，是他俩照顾着唐姬，临到结婚，人家还为他们置办了所需的一切，难道就仅仅因为自己所谓的不值钱的自尊心吗？刘邦又开始无比深刻地后悔自己对魏晋和我的态度起来，觉得自己真阴暗，小肚鸡肠，对兄弟那个态度，实在……

刘邦重新躺回到床上。

刘邦继续浮泛在他的悲戚神情之中。

06

唐姬和刘邦的婚礼即将举行。

我无事可做。

坐在长安城永宁门外的城堡酒店大堂里,会有许多我根本看不清面容的男人从我眼前一晃而过。而这个男人在我面前一晃,我却看清楚了他的脸。

我站起来,朝着他走的方向跟过去,他毫无觉察。究其原因在于,我的脚步像一只夜晚在鼠洞周边徘徊的猫,身影散乱、悄无声息。

我的目光黏着他,他清瘦而飘逸,假如他不是穿着法式立领 GLORDANO 西装,而是穿着一件长衫的话,我想,仙风道骨也不过如此了。

男人在大厅门口停下来,站了片刻,抬腕看看手表,踱起步。

他是在等什么人?

后来他走向电梯间的门口等候电梯。

我关注着他,直到电梯间的门缓缓合上。

我给魏晋的 BP 机留言,让他速回电话。

电话里——

"你真的想干?"

"嗯,你要睡了,我自己也行。"

"等我。"

大堂里空荡无人，拐角处弹钢琴的女娃并没有意识到我在闭着眼睛听她弹奏出来的琴声。

女娃一首接一首地在弹奏。

琴声机械死板，无韵律可言，引得我不由得向弹钢琴的女娃望去。她的长发因长时间坐在这里不间断地弹奏而显得凌乱，被几绺长发点缀了的脸颊虽然可以看出美丽或性感，却浮泛着一片冬日夕阳的无力。

女娃早已超逸出了琴声，甚至她所处的城堡酒店的大堂。

琴声在继续。

弹奏着的女娃的凌乱发丝和浮泛着无力的脸颊，混杂在琴声里流进了我的耳朵。

我昏昏欲睡。

琴声不止。

魏晋坐在了我旁边，冲我诡秘地一笑。

魏晋说："你弄了个大活儿？肥肉？"魏晋沉思了片刻说，"我看算了，明天早上刘邦、唐姬还举行婚礼呢，万一……"

魏晋把下半句话咽了回去。

我一愣，说："你怎么能想到万一呢？"

魏晋说话的语调空前喏嚅了，"我想咱们最近还是……"

我有点生气，我说："伙计，今天咋了，不想弄你别来，来了还只说半句话，没劲！"

魏晋闻言，涨红了脸，不高兴地说："你，你咋能这么看我？"

"我咋看你了?"

"你……"

魏晋不知道说什么好,眼睛里升腾起一股浓浓的化不开的乳白色黏稠的雾。

魏晋终于说话了:"你不要心里不平衡。"

"你说清楚,什么不平衡?我哪儿不平衡了?我今天就是想做。你去不去?不去你现在就走!"

魏晋不语,跟在我身后。

走廊,灯光灰暗。

我们在一扇关闭着的门前停下。

我掏出钢丝,将钢丝穿进锁眼,门悄无声息地打开了。

魏晋风一样飘进去。

我站在门旁一侧,目光抖动着向楼道巡弋,楼道静寂如深谷。

橘色的吸顶灯把一股一股的光均匀地流满楼道,不知怎么搞的,紧迫感像空气一样包围着我,我的额头出现了细碎的汗珠。

静得可怕。

我探头看看黑洞一样的房内,耳畔响起两声沉闷的打击声。

魏晋的手一拍我,我顺手带上门,我们的身影消失在楼道尽头。

在进电梯间的瞬间,橘色的灯光突然变得黏稠如猪血,涂了人一背,我只想呕吐。

魏晋关心地问我："你咋了？脸色这么不好看，周勃。"

我没做声，把两个指头伸进喉咙，胃液倾泻而出。

"要不要到医院，你没吃饭，吐的都是胆汁。"

魏晋夹住我的胳膊。

"没事。"

我推开魏晋说："刚才等你，空肚子喝了酒，现在好多了，一吐好多了。"

电梯在静夜中下降，有细微的"嗡嗡"声发出。

狭小的电梯间内，我和魏晋相向而立，我们能听见彼此的呼吸。

我突然问道："魏晋，你说咱们缺钱吗？现在。"

魏晋摇头。

我说："咱俩在找刺激，没这好像……"

"像抽烟一样，是生理需要。"

魏晋接过我的话说："我担心有一天咱们……"

电梯回到一层，它落定瞬间的"叮咚"声打断了魏晋的话，即便魏晋没有继续说下去，我也可以领会到还没有说的话的意思……

弹奏钢琴的女娃已经走了，我瞥了一眼大堂角落的钢琴琴体，它发着黑亮的光。

钢琴因女娃的离去，沉寂得如同一具棺木，被大堂刺眼的灯光埋藏着。我不敢多看，和魏晋快步走出大堂。

清风徐徐，街灯掺和着月光将我和魏晋的影子拉得长长的，像两条倒映入水的修竹。我冲魏晋伸出手，他从口袋里摸出一个鼓囊囊的GUCCI钱包和一串HARRY WINSTON纯金项链,递给我。我在手上掂了掂项链,足有120克。我没有让钱包和项链在我的手里过多地停留,忽地一下扔进街边的冬青丛里。

我面无表情,魏晋也面无表情。

我们谁也不说话,可我清楚地知道我们心里乱如麻团。但这并不是说我们有负疚感或深刻一些有犯罪感,我们只是有一种暗夜行路的感觉。女娃离去后,棺木般的黑色钢琴如怒波狂云在我的眼前天翻地覆地翻滚,琴盖被晃动开,露出肉一样雪白的琴键。这时,风不失时机地撞向琴键,声响大作……Metallica James Hetfield如兽的嘶吼先是撕裂,接着捆绑住我的神经……我们的脚步开始变得僵硬……魏晋的两眼直视前方,一匹白色的狼蹲在夜的边缘,而白色的狼的身后是沉重的浊浪滚滚奔涌而至的雪山。

魏晋的眼帘缓缓合起来,白色的狼的眼睛迸射出两道蓝颜色的光柱直射向他的双眸。

魏晋的喉咙里响起介乎兽类与鸟类的低鸣的声音,接着他的呼吸开始急促,重重喘息。

我眼睛的余光映出魏晋的发际,额边、脖颈处有几根银亮的白色纤维物。

"白头发长到你脖子上了。"我说。

魏晋顺手从脖子上拨拉下一根,用手指捏住,端详许久,说了一句:"是白狼的毛。"

我感到莫名其妙,坠入了一团浓雾中。

我又听见魏晋说："怎么他跑到海边了？"

我不解，魏晋的手指松开，白发飘然坠地。

魏晋的血往出涌，牙齿"咯咯"在响，凄厉无比。

我们扬手拦住一辆夜游的出租车。

出租车载着我们在清寂的长安南路上行驶，我无暇顾及夜的街景，随着出租车轻微地颤动，我仿佛又在那棵法国梧桐树下拥揽着杨娇吻她……身体在轻微地颤动，从出租车前方的后视镜中，我看见我呈现出来的某种莫名的笑洋溢在我青春勃发的脸上，渐渐地，沉郁之气在行驶着的出租车内的狭小空间弥漫开来。

不经意间瞥向车窗外，我看见一辆本田王CB125T摩托车被一个男人驱驾着急驶而过，车后座上坐着一个女娃，她迅速消失的背影像弹钢琴的女娃。

我没有听见摩托车发动机和它呼啸远去的声音，甚至连出租车行驶的声音都没有听到。

车内死寂。

我和魏晋没有任何声音，包括呼吸。

……

刘邦、唐姬婚礼庆典的高潮已经结束，来宾大多数已经散去，舞池里只有魏晋和杨娇在起舞；刘邦因为摄入了过多的酒精，正歪斜着身体倒在沙发里发出安逸的鼾声；唐姬依偎在刘邦身旁，眼皮半耷拉着，也呈现出昏昏欲睡的状态；我坐在大厅里灯光基本照射不到的较为黑暗的角落里，等待和杨娇起舞；现在，在离我不远的另一处角落里，由杨娇领来并介绍给了我们的警察许渚正陶醉在舞曲声中。

我有些纳闷许渚怎么没走。

我没挪地方，拿出一支烟用劲扔了过去，烟砸在他的胳膊上。他仿佛受了惊吓，全身瞬间一僵，扭转了身体看我。

我冲许渚点点头。

许渚夹着烟……继续陶醉于音乐中。

其时，回漾在空间的舞曲是一首正在流行的曲子，我注意到许渚的嘴唇闭着，他并没有随着哼唱，但从他脸上的神态看，陶醉得很。

我观察许渚的同时，脑子里有个简单而顽固的意识与之平行，那就是假如我和魏晋没有从事强盗勾当，许渚将不会引起我任何的注意。因为许渚像空气一样常见，没有可以引起我注意的地方。我猜测许渚就是杨娇告诉过我的那个笨怂警察，一个职业敏感性极度迟钝的家伙。

我对许渚是错误的判断？

我已经注视许渚很长时间了。

假如许渚的眼睛长时间光顾我这么久，我肯定会有所感觉。

我觉得很滑稽，想冲着许渚说："警察没有你这么笨怂的。"

我没说。

我端起残酒，一饮而尽。

我放下杯子，舞曲恰好终了。

杨娇向许渚走去，在他耳边低语，引得他笑起来。

许渚在杨娇低语中的笑让我像看见了一朵经常出现在文学杂志里面的山花插图，冒着傻气。

杨娇为许渚点着我扔给他的那支烟。

许渚抽得很认真，一口接一口地抽。

杨娇把打火机放下，冲魏晋招招手。

魏晋走过去。

许渚站起来，两个人握手，坐下，开始说话。

我正要过去，杨娇却向我走来。

音乐又响起来了，我站起来做了与她共舞的动作。

杨娇靠近我说："不跳了好吗？坐下谝一会儿。"

我说："那就谝一会儿吧！"

我们闲谝。

末了杨娇说："到我那儿玩怎么样？"

"用你邀请吗？我会请求去你那儿玩的。"

杨娇用手指指正在交谈的魏晋、许渚，说："你去给他们说说，就说我不舒服，你送我回家。"

"你愿意把许渚丢下？"

"那我就让许渚送我。"

我连忙伸手按在杨娇的肩上，说："我去就是了嘛。"

我用手轻轻捏了一下杨娇的肩，她撩起眼睑，送我一缕春波。

我心一动，想低头吻她的眼睛，杨娇却说话了："去嘛！"

魏晋和许渚的交谈很投入，自然也就热烈。

我站在他俩面前好像都没有被看见似的，我真不好意思打断他们的谈话。

"坐呀，站着干吗？"

还是魏晋中断了他们的交谈。

许渚站了起来。

"不了。"我摇摇手，把杨娇告诉我的理由转述给他俩。

魏晋冲我做了个表情，扭头看看独自坐着的杨娇。

魏晋亲热地拉了一下许渚说："没关系，咱俩接着聊，让周勃去吧！"

我指指刘邦、唐姬，冲魏晋说："交给你了，等会儿你送他俩回去。"

……

杨娇在新民街的寓所和我菜市坑寓所的建筑材料及建筑造型大同小异，区别是杨娇寓所的屋顶有一个巨大的白铁皮大桶，一条水管垂下来，从房檐处的一个小洞进入房间内。杨娇的寓所面积不大，地上铺着的砖头虽然形状不一、颜色各异，但却一尘不染，甚至弥漫出小小的温馨。我扫了一眼居室家具的陈列，一张小桌，桌子旁一个很有些年份的木头箱子，箱子旁边是一扇很奇怪的小门，似曾相识，我想起来好像在《安徒生童话》里见过这种门。小门的对面靠墙有一张床。床头是一个方凳子，上面铺着白色的家织布，摆放着一个橡木雕花相框。

我走近看，顺势坐在床沿上，显然这是刚刚步入少女时期的杨娇和另一位比她年龄稍小的女娃的合影，合影的背景是革命公园的革命亭。

照片里的杨娇嘴唇调皮地嘟起来，透出一股初雪飘摇的诗意。

我指着照片上紧挨着杨娇的女娃问："这女娃是谁？"

"我妹，杨媚。"

"她没和你一起住？"

"没有。她念书呢，四年级了，今年毕业。"

"学什么专业？"

"哲学。"

"有男朋友吗？"

"没有，"杨娇一顿，"你问这么具体干吗？"

我全身放松地躺在床上说："居心叵测、狼子贼心。"

杨娇边说话边放松了缚在脖颈后的那条印有浅色蔷薇花的发带说："那好啊，有时间我带你去学校找找她。"

"有你这种姐姐吗？把自己妹子往狼嘴里送。"

杨娇一甩手，她刚解下来的发带砸在我的脸上。我听见她说："你是狼，我可不敢把你领到我屋里。"

我闻到发带上有杨娇淡淡的发香。

我把发带拿起来，放在嘴唇上，悄悄吻了一下。我看着杨娇说："你是不是挺爱我的？或者说挺喜欢我的。"

杨娇狐媚地望我一眼，说："你也就会自作多情。"

我讪笑了两声，说："但愿别是真的爱上了我，或是喜欢上了。"

我的声音混合着浓稠的幽暗，杨娇没有感觉出来。

"你先坐着,我得冲个澡。"

"啥?"

杨娇指了指那扇小门说:"进去冲个澡。"

我明白了,那个小门里是卫生间,屋顶的大铁皮桶里是冲澡的水,水靠太阳加热。

我说:"你能得很,还给自己屋里弄个卫生间。"

杨娇说:"我和我妹一起弄的。"

杨娇去冲澡了。

我一个人在屋里听着水溅落在她皮肤上的声音。

水和皮肤接触,我被诱惑了。

我也只能感受到这一点。

在我并不悠久的两性生活史(这里包括与女性普遍平常的接触,诸如眼神、语言等)中倾听女性洗澡时水的声响,于我来说,这是第一次。但此刻这一声响所引发的诱惑直接且简单,我没有用手或者嘴唇去触碰的欲望,仅仅是某种诱惑的感觉。

我等待欲望的到来。

阳光因时间的原因变成了一抹血色,又经过淡紫色的窗帘流出来,顿时就为尚在旅途的欲望增添了环境色,加快或者迟滞,我搞不清楚。

我想告诉杨娇最好不要擦掉身上的水。

在女人肌肤上悬浮着一颗颗晶亮的水珠,无论怎么说都是某种可以称得上的安静的美丽。

……我猛然发现,我居然在心底还有一丝淡淡的羞涩——杨娇别从卫生间里走出来。

我渐渐清晰，杨娇冲澡的水声使我恍如置身原野，在隔雾眺望一朵沾满晨露的花朵……

水声却冷静着杨娇，她追忆起与我相关的事……的确是那两件周正的土了吧唧的西装映入眼帘的一刹那，杨娇的心猛地震颤了一下。在当时整个聚会过程中，杨娇都不间断地注视着那两件西装。

杨娇坐在舞池的另一面，一边啜着果汁，一边把自己浸入江湖演艺生活的回忆。吸吮果汁的细微声像她匆匆而去的少女生活，同时江湖演艺生活也被满嘴巴里的果汁充满着，然后，然后，然后被吞咽了下去……

两件西装出现在这样的场合所必然产生出的尴尬与窘态令杨娇有了帮我们逃离的冲动。也就是说，在杨娇心底有"侠肝义胆"这个令人肃然起敬且为之向往的词儿生活着。

同样的尴尬与窘态其实也曾经出现在她的身上。

杨娇也没有华丽的衣裳，连妆容都带着她江湖演艺生活留下的尘埃味儿。那时候她的衣装一律来自康复路，去到骡马市淘一件衣服都是奢侈的举动。口红、粉底、眉笔、面霜是东大街小地摊上所购，至于重要的香水，同样来自地摊。杨娇想去长安著名的民生、解放、华侨这些商场的化妆品柜台购置化妆品仅是梦想而已。

那次杨娇是被过去歌舞演出队一个跳舞的伙伴叫到金翅鸟夜总会参加富人们的聚会的，唱两首歌，挣两百块钱。唱完歌，她要走，被一个叫"马总"的男人留住，说和她谝一遍。

马总无疑是有钱人,据说在长安摩托车配件界和摩旅界声名显赫,是带头大哥那一类的角儿。人五人六的长相,举手投足间看起来蛮有修养。

马总向杨娇介绍说自己以前在凤翔是一名中学老师,本来的理想是教音乐,但当年考宝鸡师范学院,没有考上艺术系的音乐教育专业,上了物理专业,很没有意思,倍感在凤翔的中学再待下去不会有理想的前途,干脆辞职,跑到长安来了。

马总强调自己喜欢歌唱,喜欢当音乐老师,更喜欢杨娇唱歌。只是他说话的凤翔乡音太重,语速还快,让杨娇一时半会儿适应不了。马总和杨娇说着话,给杨娇哼了一首歌,一直都没在调调上。后来就一杯接一杯地和杨娇碰杯,说是逢到了知音。

聚会散的时候,马总拉着杨娇的手走出金翅鸟夜总会,街上车辆行人零落,马总说:"兜兜风吧!"

杨娇没明白马总啥意思,问道:"兜啥风?"

马总摸出钥匙,在杨娇面前晃了晃说:"骑摩托,一块兜兜风。"

杨娇看见马总发动了一辆造型古怪的摩托,发动机的声音大,排气管排出的气强劲有力,一股子推着一股子的劲,像放大版的一个老烟鬼在喷吐烟圈。

马总大声喊道:"来些,来些,坐,赶紧来些!"

杨娇喝了酒,脑袋有点沉,觉得坐上马总的摩托跑一圈,吹吹风,还能让自己清醒一下,便不推辞,坐到了马总身后。

摩托在长安的街道上风驰电掣,声浪滔天。

杨娇听见马总向她介绍胯下这辆摩托:"你现在坐的可是全亚洲唯一的一辆摩托,是我照着杂志上 Indian Larry 干出来的。"

马总说得没错,亚洲仅此一辆。

马总攒的这辆摩托停在了金华饭店门前。

俩人卸了戴着的头盔。马总刚刚骑完摩托,被风一吹,酒劲全过去了,他邀请杨娇说:"信得过我,上去坐坐。我在这里有长包房。"

杨娇说:"有啥信不过的,走。"

马总的包房是金华饭店的套间,外面有办公桌和沙发,里间的门半开着,杨娇看见床的一个角。

杨娇有些后悔。

杨娇坐在外间的沙发上,全身的肌肉都紧张着,她用手撩垂下来的发丝,不去看马总。

马总一进房间,就脱光了上衣,露着前胸、后背、腰腹的腱子肉。

马总从冰箱里拿出一罐可乐,放在茶几上说:"你喝。"

马总在并不大的外间走来走去,进到里间,又出来,接着又走来走去,嘴里连连地说:"酒量不行了,不行了,把人喝倒了。要不,要不咱,咱去兜兜风?喝倒咧。"

杨娇不说话,等着接下来的题中之义。

马总总算安静了下来,他坐在杨娇沙发的对面,闭着眼睛假寐，却突然"嘿嘿嘿"地笑了，说："你去卫生间，去卫生间。"说着话，马总站起来走到杨娇面前，拉起她往卫生间走。在卫生间门口，马总侧了身体，杨娇的发丝撩拨在马总的腿子肉上，杨娇感觉到马总好像很舒服。

马总彻底站在了杨娇身后，他推着杨娇，往卫生间的镜子前杵。

杨娇看见自己的口红散乱了，下巴上、人中上都有；眼线也不再是美丽的弧形，而是像两根掉在地上的刺槐枝挂着；本来涂得一层薄薄的粉和腮红东一块西一坨地薄厚不均，像传说中黑白两色、深浅不一的阿拉伯淘宝图。

杨娇看着镜子里的妆容，没有像马总那样笑，她尴尬地说："哎呀，刚才卸头盔把妆弄乱了！"

马总又坐到了沙发上，大声说："你买的化妆品档次太低了，比我凤翔县城夜市上卖的还差。"

杨娇索性打开龙头，把脸清洗了一遍，素面朝天地再次坐到马总对面的沙发上。

马总真的是累了，强打精神说："让我给你唱一首，你欣赏一下。"

马总唱了谭咏麟的《半梦半醒之间》，唱着唱着头一歪，睡着了。

本来杨娇想着等马总眯一会儿，和马总告别或者迎接题中之义的事情，但后背又痒痒得受不了，也就没有打扰马总，而是起身开门。打开门，杨娇回头看看马总，还在睡，就看见了那瓶还放在茶几上没有打开的可乐，她走过去拿了可乐，放进包里。

包里装了可乐，变得沉沉的，她的心也有些沉。

杨娇是要把可乐带回家，明天下午妹妹杨媚从学校回家，吃饭的时候刚好喝。妹妹要高考了，得补充些营养。一念到此，杨娇感觉自己还真是个幽默的人，可乐还能补充营养？亏自己能想得出来。

杨娇急急忙忙回到家，赶紧脱衣服，解开文胸勒在后背的带子，她转身从镜子里看见后背文胸带子附近的皮肤上有些小疹子，很痒。杨娇把文胸揉成一团，迟疑了一下，又从抽屉里拿出一管氟轻松，和文胸揉在一起，一把扔进了墙角的垃圾桶。

杨娇决定从此再也不去康复路买文胸穿了。

杨娇用手摸了摸胸部，想一个问题：金翅鸟夜总会DJ小何隔三岔五不穿内裤，美其名曰叫"挂空挡"。那么女生不穿文胸，该叫个啥？

杨娇过了好多天都没有想出来该叫个啥？

晚上她刚刚唱完两首歌，急着要往东大街另一家夜总会赶的时候，值班经理跑过来叫住她，说有个马总让把这个信封交给她。

杨娇接过信封，里面有一张二指宽的纸条，写着"买点好的化妆品"。

杨娇数数信封里的现金，两千块。

第二天中午起床后，杨娇去华侨商店的柜台买了有牌子的化妆品，买了有牌子的文胸。

杨娇给马总打BP机，马总没回。

终于有一天，有一个娃娃的声音回了电话，问杨娇是不是找马总？杨娇说是。电话那一端说："马总骑着哈雷，在沣峪口鸡窝子的大拐弯处让一辆车给碰死了。"

杨娇悲伤了好几天。

杨娇在金翅鸟夜总会每天免费献唱一首谭咏麟的《半梦半醒之间》。

杨娇在演唱的过程中努力地想唱出只有马总才有的那种不大着调的调调，但相去甚远。杨娇想是不是因为自己说话口音的问题，所以一段时间，她总在案板街一家宝鸡擀面皮的摊子吃饭，听老板说宝鸡话，灌耳音。杨娇认为，这样一来，总会有一天和马总的调调能一致。直到她驻唱的好几家夜总会的经理像约好了似的找杨娇谈话，说合同上写得好好的，你一晚上就两首歌，如果你再违反合同，加唱《半梦半醒之间》，就别来了。

当然，杨娇在夜总会献唱完毕，被这个总那个总约了是常事，遇到马总这种请她出去谝的不是特例。请出去没做题中之义的事情和做了基本上是二八比例，做题中之义的事情，不给钱的也有，杨娇从来不提钱。

但令杨娇最意想不到的是，某一个夜晚，在生日聚会的举办者，就是魏晋那位可怜的有钱的小学同学的卫生间，她听到了我们的行动。

杨娇当时刚刚和这位孱弱的年轻人做爱完毕，进卫生间正要拧开龙头冲澡时，我们冲了进去。

杨娇不动声色地倾听了我们整个的劫掠过程。

有一滴或者两滴泪珠混合着卫生间龙头里流出的温水,潮湿了她的脸颊……

杨娇倾听着,有同病相怜的悲哀,或者更准确地说,她对我和魏晋有了某种强烈的认同感 —— 毕竟我们有着几乎完全重合的人生轨迹……没有钱 —— 囧。

07

许渚把我们当作了他的朋友。

比如在唐姬和刘邦的婚礼上,许渚和魏晋一见如故,他们交谈得非常融洽,主要是指气氛而言,交谈的内容也令许渚兴奋。

魏晋向许渚讲述商海风云变幻,他在不经意间臆造出一个子虚乌有的股份公司。

魏晋说:"公司的分红可是不错。"接着魏晋开始给许渚大谈公司的现状与前景……魏晋超常发挥着他阅读书籍之后镌刻在记忆里的那些精彩篇章,听之,令人怦然心动。

许渚显然被魏晋的言说鼓动了,他含蓄地提出入股,请魏晋也带他玩玩。

许渚说:"我的工资也不多,人……我们公安局,就是公安局,我这个刑警,刑警,其实我也想到三产去干。"

魏晋说:"朋友,我们是朋友嘛!你工资少,入一小股也行。"

许渚对魏晋那么快就答应了而感到高兴。

魏晋不止一次向我介绍他和许渚那晚的倾谈。

从魏晋的话中,我知道许渚属于笨但却是优秀的警察一类的角色。他一直对自己的职业满意并且自豪,这可以从他一系列的忠于职守的表现中看出来。至于许渚的业余生活,也同样令人满意。他经常欣赏一些公认的文学经典作品及西方的古典音乐，当然，大众的流行音乐也同样可以使他陶醉。

许渚常常感觉到自己的精力如大海，取之不尽、用之不竭。

许渚在工作之余仍想有一片可以继续挥洒精力的天地。根据时尚，他选择了商业领域，但由于职业的特殊性一直没有找到合适的经济活动天地。

魏晋说："谁不爱钱呢？我给他一说在我们公司年底分红的事，他立马就答应了。"

我说："是这样。不过许渚也爱钱不至于让你这么激动地告诉我呀！"

假如我以忏悔式的心情去追忆许渚的话，那么我会说，许渚是一个好人，一个可以值得信赖的朋友。但毕竟均属于当时对许渚理性的认识。在那个时候，不论是我还是魏晋，对许渚的出现都兴奋异常。

魏晋假借向许渚问杨娇的地址，在第二天就前往了许渚的单位。

我对魏晋的处心积虑由衷地充满了敬意，这仿佛已超出我们的友谊。

其时，我正和杨娇在她的闺房内相守着幸福的时光。我不禁想到，假如当时我和魏晋对许渚的出现进行一次缜密的分析和论证，然后……结局也许不会是如今我在这里叙述什么了，而应该是……

我把目光投注向那个美丽的中午。

上午专案组三五个人正开碰头会，内勤小李跑进办公室说有人找许渚。

许渚一时想不起来谁会来找他，随小李出来，看见魏晋站在楼道里。

"是你呀！看我忙的，实在都……"

魏晋哂然一笑，握住许渚的手说："看你，不都一样，别说了。我是问问你杨娇的地址，另外约你到我那儿玩玩。"

许渚说着杨娇的地址，拉魏晋进办公室。

魏晋说："不了不了，看你办公室像是开会呢，不去了。"

"你先别走，等一下。"

"我也没时间取钱，你自己取了吧，算我的股。"许渚跑进办公室打开抽屉，取出一张存折交给魏晋。

"别这么说，现在谁不忙？"魏晋接过存折，和许渚告辞。

许渚说："忙是忙。这样吧，你中午有时间在分局大门口等我，请你到东新街郑家包子铺吃包子，咱俩谝谝，我也松松脑子。"

魏晋爽快地答应了。

中午，许渚果然急急忙忙地出来站在大门口张望，魏晋在马路对面挥挥手。许渚看见，急忙小跑着穿过马路，到了魏晋面前，说："真不好意思，中午只有一个半小时，好好谝不成了，走，走，先去吃郑家包子。"

喝了两口啤酒，许渚说："最近忙死了，案子一点进展都没有。上头三天两晌地过问，唉！案子破了，非把那俩家伙毙了不可！"

魏晋的眼波颤了颤，差点碎到桌子上，他连忙用啤酒杯接住了。

许渚并未察觉。

魏晋用略带玩笑的口吻说："你随便枪毙人可得坐牢呀！"

"咕咕咕……"许渚一口气喝完啤酒，放下杯子说："咳！你根本不知道，那俩小子暴力抢劫三十多起，价值二十多万元。最近在城堡酒店又抢了个挺著名的音乐人云奇，你说逮住了能不枪毙？"

魏晋的眼波不再颤动，以听取新闻的眼神望着许渚。

"不抓起来？"

许渚快快地说："哪那么简单。我怀疑这俩小子受过专业训练，跟鬼一样，和受害人接触最长不过一分钟，受害人根本什么都看不清，像丧失意识，等睁开眼睛，人就没影了。"

"喝酒。"

魏晋为许渚斟满一杯啤酒，说："哪有啥专业训练？不过你说这俩货出手速度这么快，会不会跟坊上哪个老练家子混过。"

"坊上"是专指长安城墙内的西北部，"练家子"是长安人对从事发扬中华传统武术人士的统称。

魏晋为自己的这一句话从内心里感到得意。

许渚愣住了，他眼睛直直地盯着魏晋说："你怎么没干警察呢？瞧我这猪脑子！"

魏晋又是哂然一笑，端起酒杯说："喝！做生意一样求个速度，干脆，我们的行话叫'抓住商机'。你没见玉祥门外那个大牌子？时间就是效率，效率就是金钱。说得透彻，关键是速度。"

杯空酒尽。

魏晋仿佛给了许渚一条新的破案思路。

好多天，许渚去长安体工大队了解武术界的情况，才知道体工大队从事的都是武术套路训练，攻击性太差了。但许渚也知道了，坊上确实存在着一些有头有脸的民间武林大佬，这些大佬身边也是围绕着一拨一拨的徒子徒孙，各个都可以说是身怀绝技。

许渚和大佬及大佬的徒子徒孙们相谈甚欢，谈话记录搞了好几本。他向这些武林大佬讲述了三十多起暴力抢劫案情，其中有一个饱经风霜、见多识广的大佬听完许渚的讲述说："看你说的好像嫌疑人练过弹腿十二式，我是说好像啊，不能确定。"

许渚从这位猜测嫌疑人会弹腿十二式的武林大佬那里出来，正是下午快下班的时候，他从鼓楼一右转，进了市局的大门，去找老张。

老张是许渚的第一个师傅，那时候老张是分局刑警队队长，后来做了督查科科长。一年多前，本来说是要笃定高升，从分局调到了市局，可到了市局却只是做了三级调研员，算副处级别了。老张在局办公室闲着，大家都说他是老同志，连管人事的副局长都说老张在局办公室待着的作用就是给大家指导。老张就撑副局长，骂道："指导个球！"

副局长也不恼，说："你还真生气了。"

老张说:"咋不生气,你说给我弄个处长,弄成张三调咧,你能欻?!我在分局好好当着督查科科长,现在成甚咧!"

老张说完,甩下副局长走了。

老张也明白,发完牢骚只能走。

副局长冲着老张说:"这'三调'也是我争取来的,'三调'就是副处咧!副处,你这副处,我专门给你一个人一间办公室呢!鸹貔!"

老张懒得理副局长。

老张和副局长是发小。1970年,长安在陕北招交警,在吴起县时他俩一块招到了长安之后,两个人就没有分开过,狗皮袜子从来没有过反正。

许渚推开老张办公室的门时,老张正半躺在沙发上,手里拿个指甲刀翻弄着耍,这指甲刀是办公室的副主任给的,说是孝敬他这个老同志的。

"处长!"许渚叫老张。

老张一听,"噌"地一下从沙发上弹起来,"你叫啥?碎怂娃学会花搅我咧!"

许渚赶紧赔笑脸说:"张三调!'张三调'叫对了吧?"

老张板着脸说:"你信不信?我给你个嘴锤!"

许渚把脸赶紧往老张身前凑了凑,说:"信,信,你出出气!科长,出出气!"

"再别胡叫了!啥科长?科长早就让人家把我偷天换日,弄掉了。"

许渚坐下来,在办公室东看看西看看,然后说:"你这儿其实美着呢，多清闲！"

老张说："你咋闲了？跑我这里一块和我闲着？"

许渚说："我能闲着？跑案子去了，有些眉目，来给你汇报一下。"

老张说："就是你办的那个系列抢劫案？我听说了。咋样吗？"

许渚满脸兴奋地说："有突破了。"

"噢？"老张一下子也兴奋了起来，"快说，怎么回事？"

"可能是练家子干的。"

老张没反应过来，问："你说啥？啥练家子？"

"嗯，练家子，你不知道啥叫'练家子'？就是练武术的。我走访了一些坊上的老练家子，有人说从作案的身手上看，有可能像练过弹腿十二式。一般人作案没这个速度，所以我估计是练家子。我想把咱们分局辖区内的练家子摸个底，那些凌晨三四点在新城广场、北城墙根环城公园练武的那一伙人，我得碰一碰。"

老张沉思了片刻说："行，我现在给你的队长打电话，给你配俩人，反正死马当活马医，说不准还真能找着点有用的线索。"

许渚说："肯定能。咱们以前只想到是惯犯或是有前科的，但那些人作案的素质绝没有练家子素质高。根据咱们掌握的报案材料看，这两个小子表面上没什么计划没什么规律，但实质上他们有计划有规律，我还感觉这纯粹是一种练家子的思维方式。"

老张哈哈笑了，说："许渚，你这思路还真是清奇，没准真成呢！"

"不过大概有些不太严密，不过……"

老张一拍许渚的肩膀说："先干再说！"

……

直到事态发展到魏晋背井离乡为止，他都为自己向许渚指出嫌疑人是练家子这点而得意。

从这个时候起，魏晋对我们的强盗生活有了一种从心智上的全面提高。因为他同时感到了对手的存在，感到了某种搏斗的快感。换而言之，就是暴力的最终实施已不仅仅是得钱或发泄的快感了。

魏晋不再有枯坐的经历。

与此相伴，魏晋也猛然体悟到诺玛雪塬上那只与他相峙，从雪山中走出的年迈的白色的狼其时的心情了。

阳光正是明亮的时刻，魏晋漫步在街市之上，他与行人摩肩接踵而过，他的目之尽处，那只白色的狼正蹲俯着望着他。

魏晋不由自主地哼起一首多年前的曲子，在他哼出这首曲子的过程中，他有一种懊悔感，懊悔当年脸颊的羞红及兔子一样的转身逃逸。

如果没有魏晋的逃逸，那么雪狼还有刘邦、唐姬双双进入工具仓库就不会被自己看见。

魏晋在其时不愿看到唐姬和刘邦进入工具仓库这一景观。

那么我呢？

唐姬、刘邦进入工具仓库干什么呢？

那位对自己不屑一顾的女演员为什么不能像唐姬那样呢？

难道自己——

魏晋经常陷入一种类似黏滞状态中的思考，头疼欲裂。

魏晋的脚步加快，掀起一股不小的尘埃。

魏晋忘了要找到杨娇，进而找到我。他强烈地渴望唐姬进入他的视线。

魏晋凝了神（并未放慢脚步），他看见那只白色的老狼猝然倒下的身姿，甚至听到了一声轰响。

魏晋疾步的方向与唐姬的新房相反。

街市像迷宫一样，阻碍着魏晋疾行的脚步。突然，魏晋停下脚步，钉子一样立在人行道旁，然后血管一波一波地膨胀，皮肤被血管撑得发亮。

"啪。"一声脆响。

一个小孩仰望着魏晋说话，手里拿着一个像破抹布一样的气球残骸。

"周勃，你能想象那个小孩看我的眼神吗？"魏晋问我。

"什么眼神？"

"我看见那眼神净是钱和让我赔他气球的欲念。"

"我不理解。再说怎么能叫'欲念'呢？叫'恳求'还差不多。"

"屁！"魏晋狂躁地吼叫道，"我就没挤他的气球！"

"叔，这个气球要一块钱一个呢，是氢气球。"小孩说。

魏晋掏出钱递给小孩，小孩向他鞠躬说："谢谢叔叔！"

"氢气球升得多高？我能挤破他的气球？"

我不明白魏晋为什么如此斤斤计较一个小孩的行为，我懒得和他争。

"你说怪谁？"

"怪小孩行了吧？"

魏晋像孩子般露出了笑容，他说："就是的，这明明是敲诈嘛！"魏晋认真地对我说，并且从口袋里掏出气球的残骸递给我看，"是真的，没骗你吧？"

我接过来翻弄了两下，看见几根白色的纤维物附着于上。

"这是什么？"我问。

魏晋再一次掀起了一股暴力狂潮。

他在夜晚或黎明频频出没在长安有钱人的寓所。

魏晋不时约见警察许渚，向他片言只语地透露出自己的蛛丝马迹，而许渚对魏晋的透露置若罔闻。

魏晋对许渚说："昨天晚上有个下夜班的年轻人被袭，你知道吗？"魏晋看一眼许渚的表情，又说："咱们这片的治安太差了，真不安全。"

"我早上才知道。我们昨天晚上在长兴坊守了一夜，大家分析那小子可能还会在长兴坊出现呢！没想到这小子太狡猾了。"

魏晋闻言就不再接许渚的话，岔过话题说："你什么时候有空，到公司来看看，你也是咱的股东嘛！"

许渚显出不好意思的表情说："真是的，应该去看看，可这案子太棘手了，抽不出时间，实在是……"

"没什么，我也只是随便说说。"

"说真的我确实想去看看，跟你学点做生意的门道。可这俩强盗接二连三地作案，我都怀疑我们的思路了，简直是外星人在作案！"

"哪能呢！"魏晋说。

许渚低头不语，一脸愁容。

近一段时间，许渚和同事几乎走访了所有练家子，结果都是徒劳。

专案组几个人继续守株待兔，但偌大的长安，警察人手不足，守株待兔谈何容易？！

许渚的心情烦躁异常，每一次专案组开碰头会，许渚都会沉默寡言。虽然别的同事对案情的分析均头头是道、逻辑严密，可分析得再周密，再有逻辑性，也没有看见案犯一点点影子。

会议结束的时候，大家都不太言语了，收拾着思路准备投入实际运作时，许渚说了一句："我看这会以后没啥开头了，再开也抓不着人，纯粹像个学术研讨会，净是纸上谈兵。"说到末尾，语气明显地提高了几度，一股怨气。

专案组的人都有些震动了。

临时来义务指导专案组工作的老张把眼睛睁大了看着许渚，追随着老张的目光，许渚被众人的目光困住。

老张思索了良久，开口道："你有什么办法？说出来听听，大家分析分析嘛！"

许渚此时已经站起来走到门口了。

许渚只觉得自己心里憋闷,慌乱得如秋季旷野上败死的枯草。

许渚听到了老张的话,却不知道该怎么去接他的话,他对案子现在什么见解都说不出来,能在大家面前说自己很烦闷心情吗?这是工作会议,不是同事间的谈心,许渚后悔冒出那句话。他的思路居然一拐弯进入了分局的人事格局,这一阵有权威人士已经向许渚透露,可能要提拔他当治安科副科长。许渚听到这个消息并不惊喜,一个是他对当官确实没有多大兴趣,另一个是他内心也明白他在分局无论从工作能力、人事关系各方面都可以说是这一茬人里的佼佼者,提拔应该是水到渠成的事。但是刚才那句话……许渚不愿意再想下去。然而不由他,什么"八字还没一撇呀""年轻人什么事没干有个风吹草动就翘尾巴呀"等一些话,就像枯树干一样立在许渚思路的两侧,让他一眼就看到了思路尽头有"凄凉"两个字在迎风招展。

许渚马上欲回转身给大家某种表情,并且试图去消融些什么。遗憾的是,这仅仅是许渚意识而已,他在行动上竟然是一拉门出去了。

刚一出门,一头撞在分局局长身上。

"你忙什么呢?会开完了?"

"完了。"许渚支吾着急步走了。

他听见分局局长抛过一句话:"晚上有空来我家一趟。"

许渚头也没回。

躺在宿舍的床上,许渚算是平静下来了,摸出一支烟燃着,吸了一口又扔了,一抬头,用巴掌狠狠打一下额头,长叹一口气,这是哪儿和哪儿的事呀!分局局长叫,自己竟头也没回。接着许渚就恨上自己了,案子没个头绪,自己在会上多余说什么话,引得出来见到分局局长……许渚再抽一口烟的时候,猛然醒悟了似的觉出他对这个案子已不仅仅是工作了,居然注入了极大的感情。

许渚忽地坐起来,因为"感情"两个字像电一样击了他一下。

许渚大口地抽烟。

这个时候,许渚的思绪全部淹没进感情的汪洋之中。他的身体有些冷,准确地说是体验到了"形单影只"的含义。抬眼看这间不到十平方米的单身宿舍,刚才在临出会议室门时看到思路尽头如旗飘扬的"凄凉"二字在整个房间像幽灵一样荡漾着。

需要一个女人。

一缕怪异的笑意浮在许渚的嘴角,他用手抹了一下,却还在,竟是挥之不去,干脆不再去抹,任它泛滥好了。

许渚迫切极了。

一个女人出现在他的视线之中,然后相向而坐,然后柔语相绕,然后拥女人入怀,然后在女人的声音与肌体之上将"凄凉"二字随思绪流泻而去。

女人星眸若烟,云鬓散乱横陈于面前,而自己像结茧的蚕在女人身上静止……许渚凝神看这女人。

杨娇？

许渚好像听见自己这样叫了，再凝神，房间里空空荡荡，只有他一人而已。

许渚是深爱着杨娇的。

多年前，许渚曾向杨娇表述过自己的爱情，遭到拒绝后，他的心并未遭到所谓的伤害。而杨娇以若即若离的形式与他挥洒着他们在一起（诸如约会，打电话，共赴友人的聚会）的时间，他的心才感到了某种针刺般的伤害。

许渚想，他还是比较喜好这种针刺般的伤害的。

……

华灯初上，许渚捧着一簇燃着了似的玫瑰向杨娇的住处奔去。

本来许渚是应该先给杨娇打电话的。一骨碌从床上爬起来的许渚冲进街边的花店，只说了一句要一把玫瑰就再也无言。花店的小老板起初像是没听见，看着神色莫名的许渚，想冲他揶揄，但善意地说点什么，只是目光一碰到许渚那职业性颇强的目光，话"哧溜"一下咽了回去。

花递到许渚手里，一股沁人心脾的花香涌进许渚的鼻子里，他忽地想起该给杨娇打电话，这念头一闪又没了。

有秋风吹起。

街灯，车流，行色匆匆的人潮。

许渚穿行其间，脚步急促。

许渚手捧的鲜花花蕾微微颤动。

许渚的心境一片白色，只有这一簇玫瑰盛开其上。杨娇的红唇就旋舞于许渚迷蒙的眸间。

许渚微抬手臂低头将唇凑向花蕾。

一滴泪淌在一片花瓣上,映着许渚的脸,许渚的心一阵隐隐地抽搐……

08

没有人光临杨娇这个闺房,我并未因此感到奇怪。

我们在这里恣意行乐,通宵达旦。

我以为古代的皇帝也不过如此,有从此君王不早朝的幻觉。

每天我们共同烹制许多可口的佳肴,进餐的时候点燃象征某种情调的蜡烛。在烛光中,我们人影幢幢地看音乐缭绕其间,美妙无比。

杨娇的美丽容颜像空气般流满整个空间,我被环绕其中,尽情享受。

我常常看到杨娇妖娆的身影顿生诗情,在一张张白纸上写满诗文,然后念给杨娇听。

"你还会写诗?"

"嗯。"

我陷入无限美好的追忆中。

我喋喋不休地告诉杨娇以前在平凡而宁静的生活中是怎样地纵情诗文。我还告诉杨娇我给我唯一的听众魏晋诵读诗文的情景。

杨娇说:"真没想到你除了会当强盗,还会写诗。"

我不无得意,一发不可收地写作诗文。

"你以后就写诗吧,不要再去做强盗了,好吗?"

"我不知道。"

杨娇的头低下了,自语道:"我是不做了,我陪你。"

我一时没反应过来,问道:"陪我?"

杨娇说:"嗯!陪你,陪你写诗。"

我说:"嗯,我喜欢。"

杨娇说:"只要你答应我不再去做强盗了,我一定永远都陪你。"

我说:"要是魏晋叫我去再做强盗的话,我也会做,我喜欢。"

杨娇说:"你就不怕犯罪?"

我说:"是犯罪的话,我早就犯过了。不过我确实喜欢,我好像没事可做。"

杨娇说:"你可以写诗呀!"

我说:"写诗太单调了,我喜欢和魏晋一起做强盗。"

杨娇不再和我对话。

我们继续恣意行乐。

诗继续出现在纸上。

不过有一点我很明确,也就是说,在我的意识深处,我清醒地认识到这美妙的时光正以优雅的姿势从我和杨娇纵情的欢笑中走过,一点点地继续走向尾声。

有那么几天,我和杨娇为今后写诗还是和魏晋继续做强盗展开讨论。

大多数情况下,杨娇都会哀怨无比地说:"不要!不要!不要做强盗!"

我的眼神在杨娇言语流出的过程中变得空洞苍渺，甚至出现一片寒江萧瑟的样子，往往杨娇一看到这眼神，就会如坠冰层，言语戛然而止。

杨娇扭转了头，望着房间的某一个物什，轻启口齿，低唱着一些词语模糊的歌谣。

经过一段时间后，杨娇缩进我的怀里问："你喜不喜欢我唱歌？"

我像是思考过一样说："喜欢。"

杨娇说："以前我在夜总会做过歌手，后来，现在……"

杨娇欲言又止。

我的手柔柔地梳理着杨娇的鬓发，忙问："后来怎么了？现在怎么了？"

杨娇断言不语。

我不再问。

杨娇狐媚地看着我问："我给你唱歌好吗？"说完了却不唱，用眼睛勾着我继续说："我唱歌得过区文化宫的奖呢，你知道吗？我想把你写的诗唱出来，你说好不好吗？不过没人谱曲，要是有人给你写的诗谱上曲就好了。"

我猛不丁说："你在歌厅唱歌，后来怎么了？"

杨娇的脸色霎时一颤，说："你说怎么了？你那么想知道？"

我说："你不告诉我也没啥，我想你肯定后来不再在夜总会唱歌了，现在也不在夜总会唱歌了，对吧？"

杨娇说："不唱了。"

……

我和杨娇的对话渐渐成了千篇一律，但我们似乎并未觉得，而是将其推向某种程式化，并且不断地在这种已然程式化的话语中注入浓郁的幽怨意味。

总之，这样的交谈仿佛是我们一起吟唱的一首古典辞令，我们不感到枯燥烦闷。

快乐与幽怨像青藤一样覆满我们的生活。

杨娇的歌声渐渐有了明晰的词儿出现。

我拉开窗帘，大片的阳光洒进来，披满了歌唱着的杨娇，她如云的长发随着美丽的歌声在房间内飘扬，迷蒙着我的双眼。当我定睛捕捉杨娇被长发隐遮的双颊时，我突然看到我们美妙的生活已经接近尾声。

杨娇的歌唱像绽放出的一朵硕大的烟花，令我耀目并且流连忘返。

杨娇移向窗前，停止了唱歌。

"我们出去走走好吗？"杨娇话音一落，草一样斜俯在窗棂前，淡紫色的窗帘衬托着她。

"一起走吧！"杨娇再一次扭头冲我说。

一辆白色的"Enzo Ferrari 348 ts Targs"跑车停在城堡酒店雄伟的门前。

杨娇的目光尽情奔放于车体。

"Enzo Ferrari 348 ts Targs"跑车诱人的流线牵引着杨娇的欲望。

我的目光一触及杨娇的目光，霎时精光四射。

我的瞳仁一阵疼痛。

我们走进城堡酒店大堂时,杨娇又回转了目光,穿过厚实的玻璃门击中"Enzo Ferrari 348 ts Targs"跑车的车体。

"你真的喜欢这辆车。"

杨娇嫣然一笑说:"周勃,你真的懂我的心。"

我的耳膜在承接这些话时仿佛被一抹轻飘的云塞满,有些失重(准确地说是虚情或矫情,这是我不愿看到的)。我们径直奔向顶楼的歌厅。

这里灯光昏暗,正有一位女娃把她的声音扔得到处都是。虽然她的歌唱不尽如人意,但在灯光的相扶下仍令人想入非非。我等杨娇坐定后,手落在她的大腿上,感觉了一下想入非非接近于现实后的肉感。

我告诉杨娇:"这灯光让我想到了你的身体。"

"真的吗?"

"你不信。"我的手在杨娇的腿上重重地滑动了一下。

"我想,把身体靠在那辆'Enzo Ferrari 348 ts Targs'跑车上感受一下肯定特好。"杨娇说。

我呷了一口啤酒,涩涩的不知说什么才好。

一辆跑车对女人的吸引力如此之大令我不舒服。

我侧耳倾听,扔得到处都是的歌声已经消失,只有人影幢幢,在离我很近的地方蠕动。

"我们跳舞吗?"我问。

"嗯。"杨娇答应了,却不行动,反而说,"算了吧!你说什么时候我能有一辆'Enzo Ferrari 348 ts Targs'跑车?"

"不知道。也许你以后发了财就会有的。"

"你爱我吗？"

"爱！"

"那么送我一辆跑车好不好？真的，送我一辆好不好？"杨娇抓着我的胳膊轻摇起来。

我说："总是写诗，得等到我死了以后大概就能送你一辆了。"

杨娇没听明白，问道："什么意思？"

"这都听不懂？！我写诗能挣钱？如果我死后成了著名诗人，要是值钱了，不就可能送你跑车了吗？"

"坏死了，让我的魂坐你的跑车呀！"

我一愣，竟没明白过来："你的魂？"

杨娇露出一脸柔情万千的笑，说："你要死，我也死！"

我心头一热，就拥抱了杨娇，嘴唇贴着她的鬓发问："真的很喜欢那车？"

"嗯。"

"我一定送你一辆。"我没有认为我在吹牛。

杨娇闻言，幸福的表情洋溢在脸颊上。

线条流畅的"Enzo Ferrari 348 ts Targs"跑车在我的脑海里像图章般盖印下来，挥之不去。我发现自己也喜欢上了那辆"Enzo Ferrari 348 ts Targs"跑车了。我们沉浸在那辆跑车所带来的虚幻的幸福之中。因为我并没有送给杨娇，但这种虚幻的幸福我后来认为比真实的幸福还要幸福。

我唯一搞不明白的是我并不知道其中的原因（为什么虚幻

的比真实的还要好)。

一曲终了,杨娇点了一首歌说要送给我。待到她唱罢,掌声四起,歌厅的主持人就问杨娇是不是可以再唱一首歌送给一位嘉宾。

我想杨娇应该接受这美妙的邀请。果不其然,杨娇再展歌喉,又一次引来令人心花怒放的掌声。

杨娇回到座位上时,一个熟悉的清瘦飘逸的身影尾随而至。

我一阵惊慌。

"对不起,打扰您了!小姐,这是我的名片。"一只白皙的男人的手出现在我和杨娇的面前,有横空出世的味道,并且确实压倒了他的声音。

我的眼波忽地慌乱了,这只手的主人就是我和魏晋不久前在城堡酒店劫掠过的那个男人。

我凝起眼波,"唰"地弹向他的脸。

男人笑得彬彬有礼,赶忙说:"对不起,先生,也打扰你了!"随着话音递给我一张名片,我的眼波并未收回,只是用余光瞥了一下名片。

我收回了眼波。显然,这个叫"云奇"的男人并没有认出我,他怎么可能认出来我呢?我当时躲在门侧望风,和他根本就没打照面。

"请问您贵姓?"云奇问杨娇。

杨娇有半秒钟的迟疑,问道:"有事吗?"

云奇坐下来说:"您的歌唱得很好,我想和您谈谈,我是音乐制作人。"

说完话,云奇将杨娇紧紧地裹进了他的眼神里。

杨娇好像没察觉出,她假装天真地问:"谈什么呢?"

云奇的眼神把杨娇裹得又紧了一些,这时杨娇似乎是察觉出来了,脸上微微有红晕流过。

"你喜欢做音乐方面的事吗?具体地说,就是做歌手。"

杨娇并未正面回答云奇,她问道:"你以为呢?"

云奇一愣,随即说:"我想你喜欢。你条件这么好,肯定会有这样的打算。"

杨娇淡然一笑说:"我不喜欢做歌手。"

云奇说:"以后你感兴趣的话,给我打电话,名片上有电话号码。"说完他就走了。

杨娇做了个怪相,把笑声弄得很大。

突然她止住笑,朝云奇的方向张望过去……

我发现杨娇的脸上有一丝怅然若失。

……

花落在杨娇门前的水泥地上,一摊充满杂质的液体做了这一簇玫瑰的衬景。

杨娇缓缓弯下腰捡起花。

污浊的液体淋漓而下。

"谁在门口扔这么堆破花?这人没病才怪呢!"

"啪"的一声,花又落进污水里,有几片花瓣掉落了,浮在水面上,被月光照耀后显出一派的无奈。

我和杨娇和衣平躺在床上。

我问杨娇："你说这花扔在你家门口，是不是谁送你的？"

杨娇说："不知道。"

我说："我看八成是谁送给你的，要不怎么……"

杨娇截住了我的话，说："我知道是谁送的。"

我问："谁？"

杨娇说："我也不知道。"

我说："你不是说知道吗？"

杨娇说："我猜不准。"她停了片刻说："是许渚。"

我说："他把花扔在门口是什么意思？"

杨娇没回答我，一转身用一头的发丝遮住了我的面颊，我的唇隔着发丝吻杨娇的面。

杨娇痉挛般呻吟一声。

这一声呻吟在我的回忆中时常令我感到某种痛楚。

"我明天去找云奇好吗？"

杨娇静静地躺了许久之后说："其实我挺喜欢唱歌的，真的。也许云奇真的会给我机会，明天我去好吗？"

"也许吧！"我惊讶于自己的语气低沉如一块铅色的云，从很远很远的地方飘向我们的上空。

杨娇搂住我，微张着口将一股气儿吹在我的脖子上。

"吹不走的，亲爱的。"

杨娇没听懂我的话，她觉得莫名其妙。

"云，那一片云。"

"什么云？"

我随手拉灭了灯，我怕杨娇看见雾起于我脸上阴郁的气息。

"用我陪不用?"

杨娇没说话。

我想杨娇应该是睡着了吧。

……

不论怎么说杨娇断然离我而去,对我造成了精神上的压迫。

我徜徉在杨娇闺房前的空旷地带,杨娇闺房的房门紧锁,拒绝着我的进入。

杨娇最后对我说:"你不要和魏晋再在一起做强盗了,好吗?我挣了钱寄给你。你写诗,写诗,你写的诗多好啊!"

秋风乍起,月上梢头,这样的离别情境令我心伤。我们相距盈尺,然而遥遥相间的时日正静静等待着我。

我没有什么可以去回答杨娇最后对我说的话,我更没有什么理由阻止杨娇去追求歌唱事业,我无语面对杨娇,祝福的语言假如此时流出来不免会显出苍白或是虚情。

杨娇走出很远了,又回转过来,她从包里拿出那个过去摆在床头现在放在包里的橡木镜框,递给我说:"这个送给你。有时间去看看我妹妹,我已经告诉过她你会去看她的。"

我接过相框。

我拿着相框,仿佛是用手握住一枚坚果,透过皮肤可以想象坚果的涩滞。

"你走好!"我说。

我发现说"你走好"这三个字时,杨娇已经走出好远了,月光将她的影子弄成一片叶子的形状，在地上随时准备着被秋风卷起。

我不知道杨娇是否听到我说"你走好"。

……

我回到自己的寓所，这里有我熟悉的一切。

魏晋不知何时来到了我的寓所，这时候正歪倒在沙发上酣然入睡，我的到来并未影响魏晋的睡眠。

我把自己放倒在床上，闭目回味着和杨娇在一起现已成为过去的生活。

渐渐地，我进入了睡眠状态。

在睡意蒙眬中，我听见魏晋向我讲述他和警察许渚的交往过程，言语中充满着自信。

我问："刘邦走了吗？"话一出口，我自己先惊得有些闭不上嘴。

"没有。我们等会儿可以去看看他们。"魏晋说。

自那天婚礼结束后，魏晋几次欲前往唐姬、刘邦那儿，但一直持续到现在都只是一个念头而已，没有成行。

魏晋沉浸于和许渚的交往中。

魏晋兴奋地思谋着充满刺激与幻想的方案，通过许渚，他全面且详尽地掌握了警方对侦破案件的各种合理不合理的思路及具体部署。魏晋对每晚电视台播放的美国卡通片《猫和老鼠》产生了极大兴趣，他是此部卡通片的最忠诚观众，不是"之一"，是"唯一"。

对于去看望唐姬、刘邦伉俪，仅让这个欲念悬置于心就足矣了。

我又闭上眼睛,思考着魏晋方才对我的讲述。

我说:"这其实是在搞一个骗局。而骗局一旦被揭穿,其危险程度不亚于……"我止住话,不愿再说下去。

"骗局?什么骗局?"魏晋问我。

我的样子显露出一丝不可能出现的幼稚情态。对于我而言,我几乎不愿看到魏晋这个样子,更不愿听到魏晋的问话,我根本不愿意接受魏晋思维和行为上出现的盲点。

我问:"公司在哪儿?"

魏晋不言语。

我接着说:"我们得先搞个公司出来,有了公司就可以把许渚套住,可以套得死死的。这样的话就不是骗局了。"

"办公司?"魏晋的嘴张大了,他接着说,"资金从哪儿来?地点在哪儿?公司具体搞什么?"

我的目光陡地一亮,说:"我们准备一下,做一次大的不什么都有了,然后我们真正地搞些生意多好。"

魏晋从沙发上站起来,在屋里踱了两圈,其间伴随着他诡异的笑声。

我听见笑声,不明白魏晋为什么发笑。

"怎么样?我们干吧?"

"干!"魏晋收住笑,接着说,"先干吧!不过我想可能干不成。"

"为什么?"

"以前我干过,没和你在一起。你知道当初我们为什么做了我的小学同学。还记得吧？我们除了当小摊小贩，我们怎么可能做那些有钱人做的生意？我们做生意，只能在康复路，只能在西七路，我们想和那些有钱人一样，在酒店里有包房，在写字楼里有办公室，可能吗？我们认识谁？能认识谁？"

"也许现在我们搞公司和以前搞得不一样了。"我宽慰自己说，"会成功的，我信咱俩有这个运气。"

……

子夜时分已到，我和魏晋毫无倦意，紧张地密谋着我们庞大而系统的计划。

我们最初把目光投向了银行的运款车。虽说有武装经济警察押车，但我们认为得手不难，难的是得手后迅速离开现场的方案无法出台。究其根本原因，主要是因为长安道路的拥挤而运款车来去又恰好是上下班的高峰。

我们放弃后又把目光投向了富有人家的住宅，旋即也被否定了。

还是洗劫常住高级酒店的客商或外籍人士。

在这一点上，我们达成共识，并且把地点再一次选在了城堡酒店。当前唯一的难点是我们必须瞅准目标，不过这个难点我们可以克服。接下来谈话的主要内容就是得手后对公司成立的美好憧憬。而最直接的憧憬就是那辆白色的"Enzo Ferrari 348 ts Targs"于缤纷的霓虹灯下缓缓驶在夜晚宽阔马路上的柔畅线条，这勾起了我拥有它的强烈欲望。这种欲望顺理成章地转化成了当我真正拥有"Enzo Ferrari 348 ts Targs"跑车后送给杨娇的那一瞬间的幸福时刻。在憧憬的过程中，我突然有了一个令我不舒服的念头。

我对杨娇的深深爱意在终极竟需要用一个钢铁的家伙作为载体。

"妈的！"我出口恶（浊）气一样骂道。

"你骂谁呀？"魏晋听见我的骂声，没明白什么意思，问道，"想什么呢？"

我立时就有了尴尬的神色，我不想把这点纯粹是属于我内心世界的"骂"告诉别人，当然也包括魏晋，虽然我和他可以无话不谈。不过我又觉得既然魏晋这样问我了，我不能不有所回答，我翻眼看了一下魏晋说："想咱们的事。"

魏晋一笑说："你这货啥时候学会跟我打埋伏了，想咱们的事骂什么？八成是想杨娇了吧？"

我也乐了，听了魏晋的话，我以为他对我真的很了解，心里一阵愉快。其实我这时候倒是挺想把刚才的念头和魏晋说一说，没承想魏晋说道："其实女人这事让人想起来嘴上说能放下了，心里却放不下，根本没治的。知道不知道？我现在就想个女人。"

我问："谁？"

魏晋说："你不知道？又跟我打埋伏了不是。"

我说："哪能呢？真不知道，也真想不到你心里还有个女人。"

魏晋大笑，说："把我当和尚看了。"

我也大笑，说："真以为你是个和尚，没听你跟我提起过什么女人呀？"

魏晋正了正色，显出要开口娓娓道来的样子。我侧耳做出倾听状，却没有声音，我赶忙看了看魏晋的神情，居然没有看出什么来。

狰狞写满魏晋的脸。

我的脊背发凉，一股冷汗在我额头生出。

魏晋从牙缝里迸出一个脏字，它可能是为稀释一下因魏晋骇人的死水般的气息而形成于我们之间不那么流畅的某种氛围吧？我调侃着说："你'骂'谁呢？使么大劲。"

果然，魏晋被我的话感染了，他侧目问我："刚才我说到什么地方了？"

"你什么也没说。"

"我还以为我说什么了呢？噢，对了，是我要告诉你女人的事。唉——算了，说这些没有多大意思，要不让我想想再说。"

"看你，又不是我逼着你非得说个啥，把自己搞得那么紧张干吗？"

在魏晋的生活中，我确实没有发现有女人的身影出现，硬要牵强附会地说的话，只有唐姬了。唐姬是我们共同的朋友，并不能认为唐姬走进了魏晋的生活中，对此客观情况的认识，我是没有可怀疑的。不过补充一点说明，我并未真的认为魏晋是一个和尚，我想可能是魏晋还没有遇到他意中的女人而已。对魏晋的如此认识，后来的事实证明是个错误。

魏晋把对女人的态度包括欲望在我面前封锁得死死的，我没有权利提出异议。

我是想说明，魏晋这样做在某些方面对我们造成了巨大的毁灭。

这种毁灭不是一般的毁灭，而是一种使生命消失的毁灭。同样，我如此叙述，对小说《验明正身》也是一种毁灭，等于说我现在就要将结局呈现出来了，我叙述的冒险在我看来并不亚于我和魏晋的冒险。

魏晋对待女人的问题在以后的岁月中令我无法接受。

我现在不准备就此问题再和魏晋探讨下去。

我们应该做的是一起去看看唐姬和刘邦。作为朋友，婚礼过后的一段时日，我因为杨娇，魏晋因为许渚，没有造访他们，毕竟显得失礼。

我们合计给他们带些什么东西。

魏晋说："去街上看看再说吧！在屋里能商量出什么东西。"

"现在？"

我感觉意外，一大早的到哪儿看东西买东西。

魏晋说："八点多了，商店该开门了，我们也得吃点早饭，聊了一夜没觉出饿？"

化妆品柜台前，我提出给唐姬买一盒化妆品。

魏晋说："你怎么总是记得给唐姬买，不给刘邦买。"

我没在意魏晋的话，更没在意他的语态。

我随意地说："给唐姬买化妆品，她当然会高兴的。"

情况正如我所说，别说是唐姬，就是我面对琳琅满目、包装精美的化妆品，都有一种怦然心动的感觉。

魏晋好像不了解这一点,说:"你别说只记得唐姬,人家现在是两个人了。"

唐姬拉开门,她站在门旁,我们仨的眼神片刻间都有些含混不清的迟疑。

意味着什么?

惊喜、陌生、慌张……

我们在片刻的迟疑(其实不易察觉)后都绽放出真诚的笑意,接下来我们热情地寒暄。

我的心微微感到有点痛。

在唐姬婚前,我们相见的前奏是不可能出现这种寒暄的。

"刘邦呢?"魏晋坐下来问道。

其时我正在环视这熟悉的新房,恰巧目光环移到了魏晋的目光区域之内,我看见魏晋的眼中闪烁着兴奋的精光。

我仿佛意识到了什么。

我被唐姬的话引入了惊愕。

唐姬说:"刘邦回诺玛了。"

我和魏晋都没有问刘邦是什么时候回诺玛的,我们闷头抽烟。

唐姬见我们不问,并未感到奇怪。她说:"刘邦是昨天走的,本来我想着去叫你们俩,咱们在一起吃个饭。"唐姬突然说不下去了,她的眼泪"唰"地流出来,双手掩面啜泣不已。

我被唐姬这个样子搞得慌张起来。

魏晋把一只手搭在唐姬的肩上,说:"知道,我都知道,刘邦就是那种人。我们是兄弟,刘邦人不坏,只是……"魏晋说不下去了。

我说:"只是脾气可能有点儿不好,唉,这不对,其实他脾气挺好……我想他是有急事才回去的。"

我以为我的话入情入理,对唐姬的劝解还比较得体。遗憾的是,唐姬并没有止住哭泣而是一发不可收拾了。

魏晋的手在唐姬的肩头摩挲着,一句话不说。猛地唐姬一下子没了哭泣的声音,她扑进了我的怀里,肩头一耸一耸的。

很快,我的胸前一片濡湿。

魏晋的手悬在空中,无所适从。

轻轻推开唐姬,我柔声地说:"没关系,没关系!以后魏晋和我还会像以前那样照顾你。"我安慰着唐姬,随手拿过礼品袋。

"这是我和魏晋为你买的化妆品,你肯定会喜欢的,别哭了,过一阵还可以去诺玛看刘邦嘛!我……"

我到了理屈词穷的地步,我不清楚还能说些什么话来阻止唐姬的默默流泪。

我暗示了一下魏晋:"魏晋,你先陪一会儿唐姬,我去给咱们买点菜,回来好好做顿饭。"

我出门的时候,听见房门的暗锁发出"咔嗒"一声。

我没在意。

进菜市场后,我从人群中看见一头熟悉的黑发,由这黑发我想到了城堡酒店大堂里那架黑色的钢琴。

我挤到黑发的面前,认出是那个弹钢琴的女娃。

我站着没动,希望这个女娃能认出我来。

我的这点期冀很渺茫,女娃根本不认识我,她仅是瞟了我一眼,独自走了。

在菜市场尾随一个女娃是件不光彩的事,虽然我对她没有任何企图。

女娃在菜市场的尽头停住,转过身。

她问:"你跟着我干吗?"

"我认识你,你在城堡酒店弹钢琴,是不是?我听过你弹钢琴。"我尽量证明自己认识她,我接着说,"你弹完钢琴有个男的用摩托车接你回家,我见过。"

女娃听后说:"我不认识你,不过你说得都对。你经常去城堡酒店吗?"

女娃边说边继续往前走。

"你也买菜?"

"不,我给我男朋友家里买菜,他爸爸生病有一两年了。我下课给他家买菜。"

"那你的男朋友呢?"

"他好多天没回家了,我不知道他会不会是出事了。"

"你的男朋友做什么工作?"我问道。

"他以前练习歌唱,现在练习功夫,他想做功夫明星,只是还没人约他拍摄电影。我知道他挺苦闷,不过他练得真的很棒。"女娃冲我调皮地一笑,说,"信不信?你肯定打不过他。"说完还冲我挥了挥拳头。

女娃的样子很可人,但我没告诉她我看着她的样儿很可人。

我问:"这两天你的男朋友没有再接你吗?"

女娃忧郁地点点头说:"我真的不知道他是不是出事了,他告诉我没有人邀请他拍摄电影,他算是白练了。我劝他说没白练。他说他没任何耐心再等什么星探来找他了,他要自己给自己演出电影。他前一段时间一直窝在家里,一眼不眨地观看警匪片,然后就骑着摩托往终南山里跑,我真的很担心他。"

女娃的语气楚楚动人,我却不知从何处安慰她。

安慰?谁来安慰我呢?我在阳光灿烂的街头顿感凄凉无比。

杨娇?

杨娇已经离我而去,一切都是明日黄花。

我抬眼望向马路尽头。

长安街市的尽头处虚构成一幅杰克逊·波洛克的《秘密的守护者》,色调沉郁、杂乱且迷离。

我向着长安街市尽头《秘密的守护者》画面深处走去,准备在那里做一个动作。我可能会截取唐姬当年的那个绕着凳子跳的舞蹈的一个动作,固定成某种人生的风景,让别人看。我还想把自己变成罗伯特·劳申伯格,去拼贴长安的街市。

我向女娃道别。

"你的男朋友没事,他很快就会回来。"

"谢谢你!我也这么想。"

我和女娃站在马路边的法国梧桐树下,阳光柔密,映照着女娃粉嫩的脸颊，她的眼睫毛上挂满了一串儿光露，这一图景令我想起了杨娇。

不觉间，我的眼睛涩涩的，像仲夏枝头挂着的柿子。

我提着空篮子重新挤进菜市场，心想唐姬喜欢吃什么呢？一时想不起来。我买了菠菜和芹菜，放进篮里，就想这些该是唐姬喜欢吃的吧？我检讨自己，真是主观得要命，也许唐姬并不喜欢吃菠菜和芹菜。

我觉得自己很好笑。

唐姬对我很重要吗？心里问自己竟回答不上来，不过唐姬在她啜泣不已的时候扑进我的怀里，多少令我感到满意。

假如扑到魏晋的怀里呢？

那样我心里没准会有醋意。

这一切都值得我这么思想吗？

再假如没有杨娇，我会以怎样的眼神看唐姬、刘邦的蜜月生活呢？

我的眼睛里肯定要流露出大股大股的欲火，我马上又否定了。

我和杨娇在她闺房里近乎梦幻的生活在我的眼前翩跹起舞。

"谢谢女人！"

我认为这句话现在很准确地表现出了我的心态。

我嗅到空气中杨娇肉体的气味……我在杨娇身体上恣意挥洒叫作"爱情"的东西，杨娇欣然接受，并配合默契，我很满足。

杨娇走了，走得有些断然。

突然中止某件事物，不论怎么说都令人不好接受，但又必须去接受，没有选择的余地。

我释然，浑身轻松。

至于唐姬，我想她和杨娇比起来对于我似乎也很重要，重要到什么地步呢？我在几分钟前还为她喜欢吃什么蔬菜而思考过。

我是不是对唐姬也有了某种爱情方面的倾向性？我长时期地保存着通过她的手送给我的那条粗羊毛围巾，我对她和刘邦的婚姻表现得非常在意。

我行为乖张。

也许是爱情？我问自己。

那么将刘邦摆到什么地方？我给昔日的同事（我竟没有用"兄弟"或"好朋友""密友"这些词汇）戴绿帽子……

我再一次感到激动。

我想到了"道德"这个庄严并且神圣的语词。

我进一步思考假如我用言语向唐姬表述我对她（看，我已经肯定我对她有爱情倾向性了）的爱情或者更一步我揽她入怀，直至……唐姬会有何种反应？

像杨娇那样配合默契？或者说彻底地拒绝。

两者都有可能，我不敢肯定。那么不论哪种情况，我会是什么样呢？

我开始展开想象的翅膀自由飞翔，可想象印迹于我脑海的只是一团雾一般的东西，根本没有具象化的情景出现。

我很沮丧，我明白我想象的翅膀折断了，压根飞翔不到有具象化情景出现的高度。

翅膀是在何时折断的呢？为什么我没有感到它的痛苦呢？

我竟然在浑然不觉之中折断了想象的翅膀，的确可悲，可怕！

我一只手拎着菜篮子，一只手插在兜里，低着头，步履沉重，猛地抬眼一看，还真有点走在图宾根林荫小道上黑格尔的意思。当然菜篮子有些煞风景，应该有一本书夹在我的腋下。

与我擦肩而过的行人会在意我的形象吗？

他们在与我擦肩而过的一瞬间，脑子里思考的是什么呢？我不可能知道，但我现在却急于想知道。我幻想着给自己的脑袋上装一个无线电去接收行人大脑的思维信号，也许这样一来我会成为引人注目的生物工程学家。我把这个专利卖出去，然后可以为杨娇买一辆"Enzo Ferrari 348 ts Targs"跑车。太好了，就这么办！我不由自主地摸了一下脑袋——情绪一落千丈，因为脑袋上除了头发，什么也没有。尽管这样，我的手还是固执地在脑袋顶上流连忘返。一只手拎菜篮子，一只手放在头顶，我这样子多少看起来不协调或者不雅。我意识到了，把手重新插进兜里。别人想什么和我有屁的相干！但我真的那样对唐姬，她会怎么样呢？有怎样的想法呢？这对我极其重要。我苦恼得要命，唐姬现在知道不知道我为她苦恼呢？要是杨娇知道了，我认为她会苦恼。女人什么时候都会为薄情郎苦恼,千古之训不可更改呀!估计唐姬会默默应许,顶多半推半就。我为唐姬都"为伊消得人憔悴了",她难道不知道吗?向她小小地表述一下爱慕之情,顶多再加点肉体的接触,她有什么理由拒绝?没理由的事是唐姬干的吗?不会。这就合情合理了不是。女人的心哪有石头做的,更何况是唐姬?最好唐姬不要默然应允,那多没意思,还是半推半就的好,加点小小的挣扎那才有趣味。原来我向唐姬用语言表达爱情是个幌子呀!我设计的都是来真格的。这么一来,爱情是个狗屁,是矫情,是件虚假的外衣,直接肉体的相合才是爱情!我的一位朋友给我说过一句名言:爱情是什么?爱情是睡出来的。客观、形象、深刻!肤浅的东西我一向看不上,要不我怎么会写诗呢?你不和唐姬真的弄些什么,让魏晋知道了,他肯定会黯然神伤。魏晋在"女人"这个问题上和我装什么大辣子呀!他"想要"谁?还不是唐姬,不会错。昨天晚上我还傻不拉叽地问那女人是谁呢?傻到了极点。两条狗在一块待长了还能生出一份感情呢,何况人!从没见过这几年魏晋和唐姬以外的女人有过深层次的接触,不是唐姬还能是谁?刘邦回来前后,魏晋吵吵着要离开,真是醉翁之意不在酒,打的哪门子埋伏?一副变态心理。魏晋看上的女人,我再插一杠子,把呼伦贝尔大草原给魏晋戴头顶上?我也太没人味了!冲刘邦还庄严地想到了道德,冲魏晋——我怎么能呢?还是只爱杨娇一个人的好,别吃着碗里看着锅里的,到头来把自己搞得跟动物似的,没劲!如此地悬崖勒马、下定决心只爱杨娇,她知道吗?人家早就没影了，追求事业去了。我还在这里暗表衷心，批判自己，谁知道呢？当人有什么好的？不让杨娇（她八成不可能知道）也不让魏晋知道，偷偷摸摸当回动物多刺激。我提提精神，道德算啥？还不是想出来的，完全的主观唯心主义，该扔到垃圾堆里。要是给唐姬造成心理压力怎么办？她能有如此的高度？这么一来，她有压力了，我不是因爱她而伤害了她吗？……左想不是右想不是，烦恼如此，真是人生之大悲剧。

我边走边轻启双唇，骂了一声。

饭吃得没盐没味。

我竭尽全力调节气氛，说一些本来我们仨都感兴趣的笑话，唐姬闷着头吃她面前摆放的炒芹菜，魏晋自顾自一口一口喝着啤酒，面色深沉，像老僧。

我忍不住问："你们俩怎么了？刚才我去买菜，天塌了是不是？"

唐姬正夹着一筷子菜，闻言，筷子一抖，菜掉在了桌子上。

魏晋斜眼看一下唐姬，继续喝酒。

09

早上起床后,我看见魏晋还在睡觉,就没叫醒他,独自出了门。徜徉在大街上,我才想起来出了门不知道该到哪儿去。

昨天吃完饭,随便地有一句没一句地闲聊,我方觉得索然无味了。在闲聊的过程中,我看出唐姬满腹心事,也许是刘邦在新婚燕尔之际回了诺玛的原因吧。魏晋同样是满腹心事,我就不大明白了,他手上一直握着杯子,不怎么说话,一口接一口喝饭后的残酒。

我琢磨着的时候,魏晋提出"走吧,让唐姬休息休息,我们改天再聊"。

唐姬把窝在沙发里的身子直了直,一副欲言又止的模样。

唐姬送我和魏晋出门,说声"再见"就进了门。

魏晋走了一半,猛然想起来似的说他把东西忘到唐姬那儿了,要回去取一下,让我先走。

我懒得问是什么东西,一个人回到房间躺倒就睡。

一觉醒来,魏晋还没有回来。我就起来拉门要到唐姬那儿去找他,手握着门把,才发现自己这想法蠢不拉叽的讨人嫌。

大概是快到天亮了,我隐约听见魏晋回来了。睁开眼,只见魏晋一脸的阴郁,就想有啥好问的,还是睡吧。

早上的风清爽凉滑，拂在脸上舒服极了的感觉令我神清气爽。

我漫无目的地在长兴坊一带溜达，扫马路的清洁工及晨练的人点缀着街景。比起夜晚，我觉得自己很喜欢早上的大街。

我应该去看看杨娇的妹妹，我们分别的时候她叮嘱过我。

杨娇的妹妹叫什么来着？我一时竟想不起来。

走到长安大学校门口，看见从某一幢楼的飞檐处探出的一缕朝霞时，我突然想来叫"杨媚"。

我一阵高兴，倒不是因为想起叫"杨媚"而高兴，是为了自己有那么一段时间的健忘而高兴。

杨媚在我见她之前形象简单甚或是苍白的，唯一可供我借鉴的就是她和杨娇的合影，但那是多年前的一张合影了。

我惊讶于杨媚的妖娆。

杨媚显然是刚刚起床，还没洗脸，慵懒如落入水中的柳枝，浑身都透着一股子湿漉漉的水汽。

冲这水汽，我确定我和杨媚的故事就要从今天早晨开始了。

杨媚嫣然一笑说："我姐说你要来看我的，没想到你这么快就来了。"

杨媚的声音柔软无骨，被晨风吹得洒满了一大片的空间。

我打量着杨媚，她的容颜和杨娇的差别还蛮大。也许是因为刚起床的缘故，她的身体散发着浓郁的睡眠气味，重要的是我闻到了女人肉体的迷乱气味。

我呼吸着这气味，性欲如春雨后茁壮的植物。

我把身体靠向一面水泥墙，不准备说什么，只是看着杨媚。

"其实我挺好的，不麻烦你总来看我了。我姐姐是去南方了吗？她告诉我她要去加盟一家录音公司，做签约歌手。你怎么不陪着她去？你是她的男朋友吧？"

杨媚说着话，目光四散乱飘，像个没有定性的孩子。她接着冲我说："你很爱我姐姐吧？真难得。"

我直刺刺地接过杨媚的话："有什么难得的？"

杨媚把脸色沉下来说："你那么厉害干吗？吃人呀？从来还没有人对我这样说过话呢！"

我"扑哧"笑了，说："这不就有了。不过以后我不会再用那么厉害的语气对你说话了。今天看看你，算是完成你姐交给我的任务，你回去睡吧，我要走了。"

"人家跟你说着玩的嘛！生这么大气，像个女娃似的，小气！我姐是怎么看上你这样的人的，真没福气。"

我不愿再说什么话，杨媚这女娃比起杨娇来有味多了。

我挺浑蛋的，真的跟动物似的，让我自己都捉摸不定。

我转身欲走。

杨媚叫住我说："真的生气了？我跟你还有事呢！"

我感到诧异，杨媚跟我有什么事？

"我姐说你是诗人，还说她将来要演唱你写的诗。我给我姐说诗和歌词不一样。我想不通你要真是诗人的话，怎么能爱上我姐姐那水平的人呢？"杨媚说到这儿，好像发现自己说错了话，做个鬼脸，继续说，"对不起啊！我说话没遮没拦的，你别生我的气。"

我认为杨媚是个可爱的女娃。

和杨媚告辞后，我继续游荡。

夜晚居然很快来临了。

"Enzo Ferrari 348 ts Targs"跑车像绸缎一样飘滑在夜幕里。我扭头看，两点红色的尾灯如骷髅，向我抛来最后的媚笑……

那车里不是杨娇吗？

我爱杨娇，我相信我在不久的将来会送一辆比"Enzo Ferrari 348 ts Targs"跑车还要高级的车给我的爱人杨娇。

我在心里冲着夜色的苍茫狂吼。

神情萎靡的我跌坐在沙发里。

有一个女人两腿摆成约定俗成的淑女状坐着，沉静地望向我。

我用眼睛勾了一下她微微吊起的眉眼，她起身，挨着我坐下。

"一个人吗？"她问。

我把手搭在她的大腿上，手掌感觉她的丝袜的光滑和透过丝袜的肉的柔软。

我像拎着一条大猪肘子，我恶毒地捏了一下。

女人挎着我前往客房。

她发现我不动，睁开眼睛问："你很舒服吗？"

"放屁！"我骂道。

女人一脸委屈。

我问:"你为啥那么卖力?"

女人说:"钱。"

我问:"挣钱做什么?"

女人说:"你挣钱做什么?"

我说:"是我在问你。"

女人说:"花钱。"

我又问:"你想不想有一辆跑车?"

女人说:"你送我?"

我说:"送你个锤子!"

言毕,我忽地一下从她身上坐起来,边穿裤子边说:"你滚吧!少让我看见你。"

女人并不恼,慢条斯理地穿着衣服。女人先穿裙子,又穿丝袜,穿短裤的时候一连穿了两次都没穿上,不知她为什么突然慌乱起来,索性把短裤一揉,捏成一个团放进了包里,下了床,站在我面前看着我。

"看什么看?还不快滚!"

"钱。"

"没有。滚!滚!"

女人没有再说话,扭头,连瞅我一眼都没有,拉开门走了。

我一屁股坐在沙发里,手在口袋里摸了半天,想来烟已经抽完了。我懊丧地走向客房宽大的落地窗前,"唰"地一把拉开窗帘,长安夜晚的灯火似潮水般涌向眼底,拍打着我的瞳仁。

眼睛有麻麻的疼痛感，我微闭上眼睛，想让某种我现在渴望的空灵降临。

事实上我的脑袋像一片正在施工的建筑工地，声响嘈杂，钢筋、砖头、水泥、砂子毫无规矩地没个地方，这些物体的棱棱角角冰冷地碰撞、挤刺着我的神经。

我疼痛难耐，一头栽到床上。

实在搞不懂我和这个素不相识的女人做爱的目的是什么？当然，她的目的明确至极——挣钱。

钱这个东西好，可以让素不相识的人通过它，把各自脱得精光，然后动物一番，真该谢谢它。

我真的需要刚才那个女人吗？

未必。我仔细回味，她的相貌通俗，皮肤还有点颗粒感，是我不喜欢的那种。女人除了动作浮夸，呻吟声夸张之外，真的乏善可陈。

女人什么地方吸引了我呢？

一瞬间，我的眼神那么一闪，交易就算做成了。妈的，钱就是肉，她居然还在我中规中矩的运动中夸张地呻吟，居然还恬不知耻地问我要钱。

我需要睡觉。

门突然开了，冲进来两条大汉，不由分说地把我从床上拽起来一通暴打。

我在气息奄奄间看见他们停止了对我的攻击，搜遍我的口袋，拿走里面所有的现钞。

我瘫在地板上一动不动，我不想还手，没必要也没力气还手。

他们一声不吭地拉门出去。

"这是怎么了？"魏晋瞧着遍体鳞伤的我问，"谁打的？"

我的嘴角泛起一丝笑，忙说："没事，碰的。"

"告诉我，到底怎么回事？"魏晋大着嗓门问。

我说："只许咱收拾别人，就不许人家收拾咱，看你大惊小怪的！"

"抢了多少？"

"能有多少？没事，养两天伤就好了。"

"到底怎么回事？你告诉我行不行？你还把我当不当兄弟？"魏晋换了一种口气对我说。

"真的想知道？"

"好吧，看你急的，先给我点根烟，慢慢给你说。"

魏晋忙给我点着一根烟，我吸了一口，吐出烟圈。我看着烟圈说："说了可别笑话我啊！"

"你就快说吧！"

"我昨晚找了只'鸡'，吃了一半觉得没味道，就没给人家钱，后来就让人家打了，就这么简单。"

"你——"魏晋说不下去了。

魏晋好像突然是从我的话里悟出了点什么东西似的，没头没尾地像是问我又像是自语地说："你找了只'鸡'，你也爱唐姬？你都知道了。"

魏晋说得幽幽的，声音像是从隧道里发出的。

我没细想，随便接了话说："找只'鸡'咋啦？我总当和尚也不成。"

"唉，你找只'鸡'就找了，不给人家钱？找打！"

我没好气地说："我又没说我委屈了，我愿意。"

我俩正说着，有人敲门。

开了门，进来的是许渚。

我纳闷许渚怎么能来敲门？他咋知道我的寓所？

魏晋可不管我纳闷，魏晋边给许渚让座，边说："说着话呢就要找你报案，这不你就来了。"

"报案？"许渚一惊，"怎么了？"

魏晋一指躺着的我，解释说："昨晚被人抢了，还遭了一顿暴打。"

说着话，魏晋向我使了个眼色。

我明白，脸上立马堆满了苦难。

我说："昨晚回来得晚点，在巷子口让俩货给劫了。"

许渚一脸狐疑的神色。

我看得出他并不是因为我的话而产生了狐疑。

许渚拿出随身带着的公文包，取出一个笔记本，让我详尽地讲述一下过程。

我绘声绘色地向他讲述了我遭到暴力抢劫的过程。

许渚埋头"唰唰"地记录着，末了问魏晋有没有红印油。

魏晋说："没有，要不我到巷子口的小卖部借一个。"

"那快点，我等着。"

魏晋出去后，许渚问我："你知道不？杨娇去南方了。"

我没吱声。

"听魏晋说你做生意也很有一套,我以后还得跟你多学呢!"

"看你说哪儿的话。我听魏晋说你也入了咱们公司一股,都是自己人,别说什么学不学的。"

"我做生意真的是外行。一直说到公司来看看,可一天到晚忙得鬼吹火,魏晋知道。这不早上刚请了两小时的假,想到咱们公司看看,没承想遇到了你这么个事。"

我连忙欠身要起来,许渚扶住我说:"别动。遇着你这事,公司也去不成了,我得赶快回局里。"

我松了口气,我的手心里都是汗。

我心里暗暗责怪魏晋,差点穿帮,后果实在不堪设想。

我试探着说:"你这么急回局里干啥?我没事,一会儿魏晋回来,咱打车去公司看看嘛!"

"真的不是我不想去。你这事一出,我办的案子……"

"咳,借一盒印油还得给小商店的老头压三块钱,真是处处要钱。"

许渚正说着话,魏晋进来打断了。

许渚叫我在笔录上压了指纹,签了名,放进公文包里,急匆匆地要走。

魏晋拉住他说:"忙什么忙,聊一会儿再走不迟嘛!"

许渚诚恳地说:"不了,等这案子啥时候结了,咱好好谝。"

我和魏晋相视一笑。

我俩重新在屋里坐定。

魏晋好像等我先开口说话。

我问:"咋回事?"

魏晋说:"你是猪脑子,有啥问的?"

我说:"你咋能随便把我屋给魏晋说?"

魏晋说:"难道我给许渚说我屋,让他去看见咱满墙的儿童面具。"

我"哦"了一声,心里感觉到魏晋好像挺聪明。

其实……

10

风起叶落的秋景令我们心乱如麻。

许渚早上的造访更令我们惊心动魄。

我明白现在去埋怨魏晋简直毫无道理可言。

魏晋为许渚制造的公司入股一事从某种意义上说是一步高棋,但现在公司连影儿都没有,又不能不说实在是危险。前往城堡酒店瞄个目标也不是一天两天能找得着的,而且即使得手,办执照什么的就更不是一天两天的事了。

我和魏晋感到陷入了某种预料或者说是设计中的绝境,尽管如此,我们还是视"绝处逢生"为我们文字的图腾。

我不禁自语:"要是杨娇在就好了,她也许会帮助我们。"

魏晋听后不以为然地说:"别指望别人了。"

我争辩道:"怎么能说指望不上呢?"

其实在我的内心深处,我想说:"因为爱,杨娇一定会帮我。"

"有人吗?"是杨媚的声音,我忽地一下站起来,拉开门,杨媚正睁大眼睛看门牌号。

"你怎么来了?"

"不欢迎?"突然杨媚愣住了,她看见我被打肿的眼和嘴,问道,"怎么回事?怎么不看医生呢?"

我掩饰着说:"没关系,没关系!"

杨媚站在房门口向里面张望了一下，夸张地说："你这房里着火似的，那么大烟。哟，还坐着那么可怕个人，算了，我不进去了，我姐今天一大早让我把这个交给你。"

杨媚递给我一个大牛皮袋子。

我接过袋子。

我打开……我有种预感，这里面一定放着我急需的东西。

我的心脏像是要一下子蹦出来了——是营业执照的正副本，还有一串黄灿灿的钥匙。

"魏晋！魏晋！你……你快出来！"我大声叫唤道。

魏晋不知道发生了什么事，忙跑出来，一眼看到这些，惊得嘴都张大了。

"信，还有一封信！"

魏晋惊叫着提醒我，我拿出信，魏晋抢过执照，左看右看……

我打开信，杨娇的容颜一下子跃入我的眼帘，我从信笺上闻到了她身体上那股淡淡的幽香。

亲爱的：

给你写信时，你已在我身旁睡着了。我就要离你而去，此刻我不知道自己是怀着怎样的一种心情给你写这封信的。也许我写得语无伦次，你不要见怪。我爱你，但我知道，我们不可能永远在一起。自从那天参加完你的朋友刘邦、唐姬的婚礼后，到现在整整两个月了。在这两个月里，我们朝夕相伴、耳鬓厮磨，我从你身上得到了一个男人的爱，不知你是否得到了我对你的爱？我现在想说的是，你一直没有答应我请求你不要和魏晋再在一起做那种危险的事，我明白你们的命运是连在一起的。我把许渚介绍给了你们，许渚是负责侦破你们案子的警察，也是我的朋友，昔日的恋人。但我爱你，我把他介绍给你们，虽然这样做我不知道后果怎样，但对于你们，我相信会有用，只是我现在先求你一件事，你们不要伤害许渚。

我为你和魏晋办了家公司的营业执照，注册资金50万。但注册资金是假的，我托朋友融资，已还给我的朋友。我真心地希望，在我走后，你们好好经营，你好好地写诗，不要再做那种事情了。虽然那很刺激，但也很危险，会一不留神毁了你。你不要想，更不要去问谁，我为什么离你而去。

吻你！

杨娇草于1994年10月12日夜

亲爱的：

你刚才看见的是大前天写给你的信，还有四个小时，我就要离开这座城市和云奇先生走了。我从许渚那里知道你们现在需要什么，我用我全部的储蓄为你们在城堡酒店租了一套房子，期限两年，作为你们公司的办公场所，我相信你们一定能做好公司的。公司缺业务方面的人，我妹妹杨媚会帮你找的。

亲爱的保重!

祝生意兴隆!

杨娇草于1994年10月15日凌晨

我捧着两页薄薄的信笺,心潮澎湃。

我看一眼欣喜若狂的魏晋,把手递过去,我们的手紧紧握在一起。

"为你的好女人干吧!"魏晋说,"我好好帮你。"

"瞧你们俩大男人这是干吗呀?也不让我进屋。"杨媚抗议着。

"你长这么丑,和你姐姐一点都不像。"魏晋有意逗杨媚。

"我丑吗?"杨媚把一张阳光般的脸摆在我面前问,"这人怎么一点也不懂美丑,你说我的脸丑吗?"

我的心情清朗亮丽,一尘不染,赞叹道:"漂亮,咋不漂亮?"

我扭头冲魏晋说:"这是杨媚,杨娇的妹妹。"

魏晋还是故意逗杨媚:"怎么一点都不像杨娇呀!"

我冲杨媚说:"这是魏晋,就喜欢逗人,你别在意啊!"

杨媚说:"我才不会在意呢!"她冲着我眨眨眼,"是不是啊,漂亮的人怎么能在意丑人说的话呢?"

"是,是!"我点头附和。

这是由两间客房改成的办公室,里面的办公设备一应俱全。

杨媚一进来就笑嘻嘻地说:"魏总,我这么丑的女人可以到贵公司来打工吗？"

魏晋装作严肃地说："那得研究研究，不过确实挺丑的，估计会影响我们公司的外在形象。"他又皱眉沉思了片刻，"唉，不过我又不能一手遮天，这样吧，先收留下你吧！打扫打扫卫生，给我泡泡茶什么的也行。"

杨媚和我看着魏晋俨然进入角色的一脸严肃样儿，开怀大笑。

魏晋也笑了，一屁股坐到桌子上，大发感慨道："爱情的力量就是伟大呀！"

我蓦然体味到，此刻除了杨媚，我和魏晋多年来从未有如此舒心的笑靥出现过。

我看见房间里到处都充满着杨娇给我的缠绵。

一定做好这家公司的信心或是说决心，像汩汩泉水一点点一股股从我心底浸出。

杨媚要回学校了，我送她到电梯门前，说："你以后常来照应一下，我和魏晋对做公司没一点经验。"

电梯门缓缓地打开，里面灯光柔和。

杨媚一脚迈进去，回过头来说："你挺好，其实魏晋也挺好。"

门缓缓地关上，也将杨媚的话关住了。

不锈钢的电梯门映照着我，我看见我站在那里像浮在茶杯里的一片晚茶，发着黯然晦涩的光泽，心情倏忽间一下就陷入了某种沉重，水汽氤氲，像缭绕着茶叶片一样的我的心境。

……

这个时候，杨娇已经置身于云奇的目光区域之中。杨娇可知道我此刻在电梯门前伫立？杨娇在她的闺房里词曲模糊地歌唱，冲破水汽的缭绕，在我心脏的周遭翩翩起舞……我的血液随着歌声而去向不明毫无目的地沸腾；我的眼帘缓缓垂下，我陶醉于一种意象模糊的氛围里，在那里有秋雨"唰唰"的音乐，杨娇媚眼的迷离冲破雨幕在我的躯体之上均速滑动——"Enzo Ferrari 348 ts Targs"跑车行驶的"沙沙"声碾过回忆，轧着我的身体。我被碾压成了这片晚茶放入杯中，然后我的唇与光滑温润的陶瓷茶杯接触，陶瓷茶杯倾斜成34度角后，一股液体像河一样流进我的口腔，在里面打着漩。而那片晚茶像鱼一样戏弄着我已潮湿的唇，我进一步将陶瓷茶杯倾斜，唇开合的幅度进一步加大，与杯接触，发出利器相撞击的刺耳音响，震得耳膜胀痛。我无法忍受，将陶瓷杯掷向雨中，落地后散落成一片片的碎片，若纷落在地的梨花，在雨地上发出凄婉的光芒。那片晚茶却已留在我的唇齿间，以雨中落叶的飘摇姿势骚扰着我的神经。

电梯门再一次打开，我的身体被缓缓撕开，最终消失，从电梯里走出几个我毫不相识的男女。

我回到房间，魏晋不知什么时候已站到了落地窗前，背影苍峻。

魏晋只是把宽大窗帷用手轻轻启开一道缝，刚够目光通行的那么宽的一道缝。

"外面下雨了。"魏晋的声音沉重如夜。

我搞不清楚他为什么会因外面落雨而把声音挤迫得如此沉重。

魏晋觉察到我进来，他想转过身向我倾谈自己此刻的心语，可是身重如山，不知道一转身面对我如何说第一句话。

魏晋此刻陷入了一片回忆的沼泽地。

门"咔嗒"一声关上了。

魏晋仿佛意识到了什么，他夹在手指上的烟抖动了一下，烟灰垂直落下，一到地板上就散成粉状。魏晋侧耳听着唐姬无言的抽泣，手抬了抬没抬起来，他想自己抬手要做什么呢？这种欲抬手又抬不起来的感觉在什么时候还遇到过？魏晋深深地思索着——面对那只白色的狼。魏晋的眼睛发出如电的亮光，身子一抖，竟把头侧转了。唐姬仍在暗自抽泣，只是没有眼泪，肩一耸一耸的。魏晋的手再一次抬起，心忽地一紧，手已落在唐姬的肩头，身体挪了挪挨了过去。

唐姬依旧保持原来的姿势，肩依旧在耸动。

魏晋依稀听见自己问了一句："哭什么呢？"

唐姬答应了个字："嗯。"

魏晋的手掌跌落在唐姬的背部，又跌落到唐姬的腰际。

唐姬的肩头依旧在耸动，对魏晋的动作置若罔闻。

魏晋揽腰抱起了唐姬走向她和刘邦的婚床……

唐姬的身体像漂浮在秋水上的苇草一样，被置放在魏晋的眼前。

魏晋俯下身体，情不自禁地从喉咙间挤出一句话："我爱你！爱你唐姬。"

唐姬睁开眼睛直视面容苍白的魏晋。

两颗巨大的泪珠从唐姬的眼睛里掉出来，砸进魏晋的心里，溅起团团黏稠的血雾，魏晋被一团血晕裹住，左冲右突，但总也冲不出来。就在他欲冲出这片血雾的过程中，他仿佛看见那只诺玛雪塬上的苍老白狼不缓不急地保持一定距离尾随着他。魏晋猛然站定，一扭头把两道如刃的目光射向白狼，然后整个身体都转了向，面对白狼。白狼弓起腰身向后一纵，"噌"地弹射向魏晋，大片飞舞的雪雾久久不落。

"爱我很久了吗？"唐姬睁着清朗的眼睛问魏晋。

"嗯。"

"我没有。"唐姬说。

魏晋起身穿衣，然后为唐姬穿衣。

两人重新坐到沙发上，不语。

"假如我拒绝了你，你会怨恨我吗？"

"不怨。"

"我没有爱过你。"

"我知道。"魏晋说完，嘿嘿地笑道，"你没拒绝。"

魏晋认为这句话很残忍，不知唐姬听到后作何感想。但魏晋的神经被这句话狠狠地刺了一下，他感到疼痛难耐，嘴角抽搐，像鬼火。

魏晋的一只手攥住唐姬的一只手，余光落在唐姬静谧的脸上，他想把全部的目光都落在唐姬的脸上，瞳仁僵死，转动不得。

他们同时都听见时间刺透肌肤"呲呲"而过的声响，却听不见心脏的跳动。

梦魇一般的歌者队伍……

童话般的斯太尔重型卡车的汽笛声……

而后就是那只白色的狼……

"那年你到诺玛见到过一只狼吗?"魏晋接着说,"没有,我知道你没见过。"

唐姬说:"狼,我是没有见到。你见过吗?诺玛有狼?我记得你们那里的雪山。"

唐姬说完,手不由自主地从魏晋的手里移开,然后指头弯曲,握拳,全身轻微地颤动。唐姬搞不懂,魏晋在与她做爱完毕后怎么会提到多年前他们的相识之地诺玛呢?还提到一只狼,而且是一只白色的狼。

唐姬的心抽搐了一下,眼睛里"呼啦啦"地爆裂出恐惧的火花,她嗅到一股飘浮在雪塬上的野兽的气味。

唐姬可以清晰地追忆起自己惺忪着睡眼透过"米"字形的双层玻璃看到工区外透迤凝重的雪山被朝阳照耀的美丽景象,仿佛是一只火凤凰从雪山山坳里飞腾而起,金光万道,神启般强烈地诱惑了自己。演出完毕,她匆匆忙忙洗了把脸,和衣躺倒就睡。之后她掀开被子,一溜小跑地奔出工区大门,在雪塬上留下一串凌乱的脚印,她想奔跑到雪山下仔细看一眼那只火凤凰。

唐姬站住不动了。

"看山跑死马!"唐姬被这句突如而至的俚语瞬间锁定。当她想朝回走的时候,她看到一个男人向着她跑来。

"你是长安来的？"刘邦问。

大约一小时后，她知道问她话的男人叫"刘邦"。

"嗯，我也是。"刘邦用一口长安土语和她交谈，末了邀她回工区给她看一件她绝对没见过的东西。

在工区的工具仓库，刘邦沉稳得像一只虎一样轻轻关上门。

黑暗中，唐姬问："你们工具仓库怎么没有窗户？"话音未落，唐姬感到自己已经像一只鸟一样被刘邦环抱在他的臂间，然后就听见刘邦的话语不绝于耳。直到当下，唐姬都能在不同场合、不同时间体验到刘邦的手的那种紊乱和自己似乎是来自本能的镇静。

"是我引导了他。"唐姬无数次对自己说。

"我要娶你！"刘邦冲唐姬说完，像兔子一样跑了。

唐姬回到工房里，心境一片空茫，像雪塬，现在唯一可以抚慰她的只有刘邦那句"我要娶你"的话。

只有这句话才是最清晰的，而刘邦的容颜，唐姬怎么想都想不起来了。

唐姬看了一眼挂在墙上她和刘邦的结婚照，刘邦因是侧身而立，以及摄影师为追求婚纱照的朦胧美和甜蜜幸福感，采用了柔光罩，造成了刘邦容颜的模糊。

看来遗憾从一开始就注定了，直到今天。唐姬想。

她到现在脑海中无法明晰地浮现出刘邦的容颜，但这并不是说唐姬不爱刘邦，婚姻的事实足以证明，唐姬坚信这一点。然而令唐姬不可理喻的是魏晋的举动，她却并未加以抵抗，或是言语的抗议，相反，却平静地接受了。

难道是爱的缘由？

唐姬一念到此，就不愿再想下去。爱具体到了现实，做了这样的解释不显得太那个了。

唐姬一时找不着合适的词："魏晋，以后不要这样了，好吗？"唐姬低头对魏晋说，"刘邦他……"

"刘邦"的名字从唐姬嘴里进出，她的声音突然像遭到了某种毁灭性的破坏，一句话都说不出来了，眼泪夺眶而出。

唐姬的眼泪将魏晋的神经浇得透湿，短路似的麻木了。

……

魏晋离开窗前，对我说："我想去唐姬那儿一趟。"

我想说一句"早点回来"，但还未出口，魏晋已经走了。

想象得出来魏晋是如何的脚步匆匆，也同样可以想象得出伴随魏晋的脚步匆匆，他的心情是怎样的心乱如麻，或是另一种情景——熊熊燃烧。

我坐着，肆意放纵自己的想象。

从某种角度来说，在杨娇为我们提供的这个办公室里，我已经隐约感觉到魏晋和唐姬之间应该发生一些令人振奋或是说令人感兴趣的故事。

故事可以让人在这期间感兴趣的除了性的贯穿，还能有什么呢？

其实在我心底，人伦道德已崩溃成古老的遗址，我只是偶尔以旅游者的身份远远地看它一眼。

我可以在这个办公室里微闭双眸，点燃一支香烟，听着空调微乎其微的"嗡嗡"声,呼吸着清凉的空气,想象着一个兄弟与另一个兄弟的妻子之间发生的关系,这不能不说是道德沦丧。记得严重一些,是我在这个舒适的绝对适于人体生理需求的办公室里充满情趣并一往情深地鄙视人伦道德。由此获得的快感其实我们每个人在生活中都不同程度地体验过,虽然我还没有为此去进行大工作量的调查取证,但我绝对相信你有过,他有过,大家都有过。我认为应该有一段音乐于现在出现,最好是日本人喜多郎的曲子。

杨娇沉浸于音乐,她之于我的挚爱不最终凌驾于道德之上了吗?云奇和杨娇的关系绝不会止于音乐,这一认知伫立在我的思绪中。

(虽然我想象错了)我倍感不适,表皮下的毛细血管在我情绪的刺激下膨胀、膨胀再膨胀,呈现出欲将爆裂的趋势。我的血管砰然一声巨响,像天空中炸裂开来的礼花,照耀着每一个夜空下仰着头颅望向天穹的脸颊,他们专心致志地观看那一瞬间的辉煌。我无法抹下他们的眼睑,由此我更加悲哀。

徐徐挪向魏晋刚才站立过的窗前,依然是透过窗帘的缝隙眺望长安……早些时候,我观看过某部外国心理影片,影片中一位心理变态有窥视癖的猥琐男人被导演无数次地反复用平行蒙太奇的手法向观众展示了与我此时相同姿势的形象。

真恶心!我扯紧窗帘。

我说:"我是个挺那个的人。"

我问:"挺什么的人?"

我说:"就是那个,那个……挺恶心的人!"

11

等到一切都水落石出的时候，我才知道杨娇那日并没有走，她给许渚打了电话。

"你还没有走？"许渚拿起电话，听出是杨娇的声音。

现在这个时间应该是她搭乘的班机飞往南方城市的时间，许渚觉得奇怪，接着问："你不走了吗？"

"我走，明天走，我想走之前陪陪你。"杨娇把自己留下来的意图平静地告诉了许渚。

是因为自己杨娇才延迟了一天的行程，仅此一点就令许渚激动不已。

许渚和杨娇都各自拿着电话沉默了，从电波里杨娇仿佛能听见许渚的心跳，她想把电话挂了，这种静默除了让人体味到情如利刃之外，什么效果也没有了。

还是许渚先说话了："你在哪儿？我去接你。"

"不了，你在宿舍等我，我马上就来。"

电话被杨娇挂了，许渚听了一会儿忙音，才放下电话。

许渚甜蜜地回到自己的单身宿舍，拧开门，房间里的凌乱猛然使他在潜意识中感到这种凌乱将随着杨娇的到来而消失，并且房间里很快会弥漫起一股女人的气息。

当杨娇走进来的时候，看见许渚正眯着眼睛，半躺半靠地在床上抽烟。

杨娇随手带上门。

杨娇轻盈地走向许渚，抬手抚摸一下许渚的额头，柔声地问："你病了吗？"

许渚坐起来说："没有啊！你怎么说我病了？"

杨娇在床边坐下说："你脸色不好，一副没精打采的样儿，我还以为你病了，要不就是你不欢迎我来？"

"没有。"

许渚说完，惊诧于自己言语的简洁。其实他有一肚子的话想向杨娇说，即使不去说他在这房间里对杨娇的夜夜思念，也想诉说近来工作中的烦闷。

杨娇坐在那儿等待许渚开口，许渚却不言语，只是定定地看着杨娇。

看着看着，许渚就把和杨娇多年来的接触大段大段地回忆起来。

此时此刻的许渚就像一个局外人，站在一座峰头俯瞰着他和杨娇走过的漫漫历程。

杨娇是一只野猫，穿过许渚梅雨般悠长的情感隧道，今天可能就要到头了。

《野猫走过漫漫岁月》的标题挤满了许渚的脑子，许渚记起小说家的名字叫"扎西达娃"。许渚曾在一段时间里认真阅读过这位西藏小说家扎西达娃的作品，而《野猫走过漫漫岁月》这部小说的标题现在深深地吸引了他，小说的内容不记得了，其实内容并不重要，对许渚来说，重要的是标题中"野猫"这个词语。

许渚并没有见过野猫，不过杨娇坐在床边的样子让许渚看着就像一只野猫。

"你希望我来吗？"

许渚的嘴唇半开半合着，似乎是想回答杨娇的提问。

"你答应我一件事，"杨娇顿住话，沉吟半晌，接着说，"假如万一魏晋和周勃有事，你一定要帮他们一把，可以吗？"

许渚说话了，一字一字地说："就为了这些你才……才来找我？"

没等许渚说完，杨娇急忙用手按住他的嘴唇，问道："你答应不答应我？"

"答应！"

杨娇丢了一个灿烂的笑给许渚，然后说："忘了我，你会找到个好女娃。"

许渚冲动地问："你爱不爱我？"

杨娇没有回答，转身走开，到门口她扭过头说："忘了我。"

门"砰"的一声关上了。

许渚在心里狂喊出一声"杨娇"的名字，他的眼睛被门缝里挤进的朝阳狠狠地刺痛了，他用手一摸，两行冰凉的泪挂在脸上。

金翅鸟夜总会的老板一抬头，陡见许渚在吧台边沉着脸，盯着酒橱上的酒器，忙赔着一脸的笑说："您今晚有空了，要点什么？"

许渚有气无力地说:"随便来坐坐。"

金翅鸟夜总会的老板和许渚认识很久了。数年前,他家被盗,许渚接的案子,没过几天迅速破了案,追回了丢失的钱物。为此他给许渚送了匾,还数次邀请许渚到金翅鸟来玩,只不过许渚每次都说太忙推掉了。老板更加对许渚有了感激之情,心想现在这社会能碰上许渚这样不请吃、不请喝的警察真是少见。不承想今晚许渚来了,还不得好好感谢感谢。

"一个人?"老板问,透着一种朋友似的关心口吻。

"嗯,随便来坐坐。"

老板亲自领着许渚到了一间包房,又出去亲自端来了一大托盘的酒水和食品。

"难得您能有空来放松放松。你们警察就是辛苦,上下班没有个点。"老板说着端起酒杯,许渚也没客气,一仰脖就干了。

老板见了,心想许渚确实是个好警察,不吃请,哪有一仰脖就把 NICI 酒喝尽的呢?NICI 酒是德国名酒,一盎司就要两百多元,不过他确实不是心疼酒。

许渚也不说话,自顾自倒酒。

许渚心烦得厉害,杨娇走后,他明白和杨娇这就算诀别了。与自己相爱多年的人儿永绝不能不令许渚伤心悲痛,此后他再也不会在办公室接到杨娇的电话,再也不会穿着制服陪杨娇出席任何聚会了。虽然杨娇在公开场合从来不向人们介绍他,虽然他清楚杨娇只是将他当作朋友而不是恋人,但无论如何杨娇是他的爱,只要能不时见到她,听见她的声音,他的心绪也就平缓舒和了。

现在杨娇远走他乡……许渚披衣追出去，站在长安街市上举目寻觅，杨娇连影子也没有留下。上班的同事见到许渚，礼节性地打着招呼，许渚回应着，心里空荡荡一片。

许渚去找老张，一屁股坐下来。

老张见许渚神色不对，关心地问："怎么了？出啥事了？"

许渚本想是找老张说说话，倾诉一下自己的心思。可真的一坐下来，才发现找错了对象，感情这事向老张说毕竟不合适呀！

"没啥，来看看。"说完，许渚也不等老张说什么，起身就走。

一整天，许渚满大街瞎转悠，想着和杨娇从此天涯海角，心里就一阵阵地痛楚憋闷。

许渚发现自己是多么地爱恋着杨娇，多么需要和杨娇朝夕相伴，多么需要杨娇和他共一方天地。

到了日暮西天、华灯初上之时，许渚的心绪更加沉闷，他在满街的霓虹闪烁之中仿佛看见了杨娇的容颜，看见了昨夜杨娇艳润的身体。他的身体渐渐膨胀，渐渐充满力量，他充满了力量的身体渴望寻觅杨娇柔软润湿的那个美妙的栖息之地，在里面释放他的力量。许渚的目光迷离，并且越来越多地加入了浑浊。

昨夜如梦？一切都是幻觉？什么也记不起来，连模糊都成为一种奢望。

又是在猝然之间，许渚的心被委顿充满了……

12

唐姬赤裸着躺在婚床上。

唐姬的手指快速地弹弄着身体,像在演奏一首撕心裂肺的乐曲。在乐曲即将达到高潮的时候,唐姬双眸微睁,一缕阳光以电光石火的速度击中她的眼睛,唐姬僵住了。

阳光似纱,披在唐姬身上,大颗泪珠猝然跌落,她的身体在泪的汪洋里随波逐流。

唐姬的眼帘缓缓撩起,她的心顿时溢满了落寂的感觉,整个手掌像烟似的燎烧在身体之上……

唐姬被自己的叫声震慑了。

唐姬被自己的动作震慑了。

唐姬被自己此刻的心境震慑了。

唐姬搜寻着自己……什么都没有,一片空茫。这样一来,也就只有泪在这片空茫中四散流溢。

门悄然打开,魏晋魂一样飘了进来。

唐姬下意识地拉过一条毛巾被盖在身体上,没有吱声。

魏晋俯下身,吻了一下唐姬的额头说:"我来了,不高兴?"

唐姬不语。

魏晋的呼吸逐渐短促,像一列 KD 型蒸汽机车在爬坡。

唐姬心中的一片空茫渐逝而去,只有一种渴望——来自她身体深处强烈的被充满的渴望。唐姬扭动着,她像一截扔进河里的木头,起伏前行。

事后唐姬回忆起来觉得好笑,但也觉得似乎有某种神圣,类似西方现代派舞蹈中的动作。

其实唐姬这时已感觉不出魏晋的存在了,她只是一味地做着一截木头顺流而下的动作,目的性并不明确。

魏晋终是被唐姬这种仪式性的动作激怒了,他粗暴地充溢着唐姬,使她透不过气来……

唐姬倾听着魏晋的呼吸声,整个身心再一次回复到一片空茫。

唐姬睁着眼睛,盯着天花板……她看见自己多年前的那个清晨走进诺玛雪塬,不就是将自己融入大自然的空茫中吗?对了,还有寂寥的感觉。雪山很近也很远,被白雪覆盖的大地一望无际,而自己和自己的脚印实在微不足道,说到底总是要进入空茫的状态中去的,命中注定不可更改。不论是怎样地渴求充实,可又有什么东西能填满呢?

"我几天没来,想我吗?"魏晋很突兀地问唐姬。

唐姬不置可否地笑了笑。

唐姬认为魏晋问这个问题确实有些不好回答,想了吗?想了,也没想。比如说就在魏晋到来之前,她全然是被某种类似神的启示召唤着一件件脱去衣衫,玉体横陈。然而在她自我抚摸的过程中,并没有某个具体的男人出现于头脑中,只是魏晋进来了,她也就具体地渴望了魏晋。一想到这儿,她的内心泛起了一层愧疚的微波。

刘邦呢？

唐姬不禁侧身抱住了魏晋，当然，魏晋不是刘邦，只是唐姬不愿将这个思绪延续下去。自从刘邦走后，唐姬在无意识中顽强地进行着对刘邦思念信息的破坏。

有一天，她坐在电脑前，猛地感觉到刘邦像电脑中的一道指令，而自己正摁动 Esc 键，试图取消。多数情况下，唐姬觉得刘邦似乎是以计算机病毒的形式侵入了自己，而自己却无法消除这个病毒。在他们的新房里，唐姬凝视着墙上的结婚照，刘邦朦胧的面容一阵阵引得她内心里泛出很古典的悲伤，直到那天魏晋的到来为止。

事后唐姬想自己没有拒绝魏晋可能是因为天性的缘故，虽然这似乎不可能堂而皇之地置于思想中，但事实确是如此。唐姬的心里可以说是极端透顶地否认自己爱魏晋，她不愿将自己置于爱的矛盾中。

"想我了吗？"魏晋再一次问。

唐姬很清楚，魏晋的目的不仅仅是性，唐姬还是没有吭声。

"想我了吗？"

猛然，魏晋的声音幽晦了，并且这种幽晦的声音在房间里弥散开来，令人心悸。

"啊！"唐姬忍不住尖叫一声，魏晋弄疼了唐姬。

"想我了吗？"魏晋用低沉的声音问道。

一瞬间，唐姬感到恐惧，她的眼波几乎战栗着流向魏晋。

魏晋忽地翻身坐起，又旋即站立在床边。

魏晋赤裸的身体发出岩石般的幽冥光亮，他呼吸滞重，面无表情。

唐姬在魏晋面前确确实实体验到了恐惧，并且被恐惧的巨浪所淹没。

唐姬被泛滥的恐惧逼入角落，蜷缩成一团，她能想象得出自己此刻像一块被水浸湿的破抹布，没有任何意义地放置在床上。

唐姬下意识地把手护在胸前，这种防御姿势能有什么意义呢？除了加深恐惧之外，毫无意义。

唐姬舒展身体，闭上了眼睛。

唐姬以案上鱼的姿势静静地面对着魏晋。

……

长街漫漫，人流如蚁。

魏晋奔走其间，迈着侠客一般的步伐，对与他擦肩而过的行人视若无睹。

他顶着烂柿子一样的太阳，一使劲将这块烂柿子扔进苍冥。

魏晋以迅雷不及掩耳的速度掠过一道又一道斑驳陆离光彩毫不确定的霓虹灯影，在偏僻街区的一处角落驻定。

魏晋的两眼穿透茫茫夜色盯向远方。

黑暗中，他的眼睛放射着狂躁的野兽的光芒，浑身上下充满着力量，他渴望一种瞬间的爆发。

魏晋所等待的目标姗姗来迟。

一袭红衣打扮的女人渐渐接近魏晋。

她不知道灾难即将降临，依然故我地准备穿越这一黑暗的角落。

魏晋用枯槁的手指钳住女人的喉咙。

女人被突如其来的袭击搞得忘记了呼喊，她徒劳地挣扎几下，甚至没有发出呻吟声，就被魏晋拎起逼向了呈三角形的墙角里。

女人现在唯一能做的就是睁着一双绝望的眼睛等待灾难的降临。

魏晋感觉到了女人蓟草一样的瑟瑟发抖，手指松动了一点。女人在刹那间的松动中呻吟了一声，为此，她付出了惨重的代价。

魏晋对这一声呻吟倍感痛苦不堪。

魏晋看见女人的面容依稀可辨，似曾相识，这一点全然来自女人的呻吟。

魏晋拿出单面刀片，寒光在黑暗里像幽灵般一闪，贴上了女人的脸庞。

女人濒临眩晕的边缘，她的呼吸像破败风箱的最后呜咽，饱含着道不尽的无力与凄绝。

魏晋已经闻到空气中渐渐散开来的温热的血腥味儿，他把刀片放进口袋，双手再一次捧起女人依然苍白如纸的脸庞，缓慢柔和地摩挲着。

魏晋心力交瘁。

魏晋不知道接下来该如何对待这个女人。

魏晋的手指一松，女人轰然倒下，魏晋吓了一跳。

魏晋转身大步流星地走向夜色的最深处，身后的夜色一片凄迷。

魏晋一直都在思考着，却一直都没有思考清楚想了些什么。起初女人轰然倒地，把魏晋吓了一大跳，以为死了，转身就跑。

做得过分了，把人杀了。魏晋脑子里的第一个念头就是找许渚，这样可以心安一些。

等来到了分局大门口，魏晋却停住了脚步，独自暗笑了一下，觉得找许渚的想法可笑得很，就又转身折向城堡酒店的公司办公室。

掏钥匙开门的时候，魏晋却找不准锁孔，嘴里不禁嘟囔着骂了一句，钥匙才一下很准确地插进了锁眼，轻轻一扭，门开了。魏晋也不开灯，坐在黑暗的办公室里，脑子闹哄哄成了一堆杂树林子，枝杈纵横交错，枯叶杂乱无章，随意飘摇。

魏晋悠长地吐出一口烟圈后，瘫软在沙发里。

魏晋看着黑暗中若有若无的烟雾，搜寻着他此刻急需得到的某种身心的依托，即使是当年在诺玛雪塬与那只白色的老狼相峙也没有出现过现在这种情绪。他什么也没搜寻着，仅是在搜寻的过程中，清晰无比地看到了刚才袭击那个红衣女人的每个细节，魏晋的心渐渐坠入了虚空之中。

魏晋第一次审视起了自己。

长期以来的暴力刺激感荡然无存。

在许渚那里，魏晋已经知道了他的案子将成为死案。从另一个角度讲，许渚作为对手不复存在。没有对手的日子令魏晋在这个四处流溢着黑暗与暧昧的办公室里看到了自己提刀独立顾八荒的雄姿。

魏晋的嘴角泛起冷笑，之后立时被一种怆然的孤独所包围。或许是因为那么轻易地杀了人，魏晋陷入了略带一丝慌乱的兴奋中了。

魏晋把自己的手指举起，放在眼前端详着，很久很久。他的手指僵硬如铁条，心里便在倏忽间弥漫起对唐姬的一丝淡淡的愧意。

魏晋在黑暗里如雕塑的残骸静默着，他能听见手指皮肤下血液的汩汩流动声。

爱情原来就是这么一回事！

魏晋把一只不知道何时举起的手指和爱情联系起来，一丝诡异的笑在脸上绽放，挥之不去。

唐姬在魏晋的眼前翻飞跳跃，像一只濒临死境的雌鹰，动作怪异触目，使观者心惊肉跳、思维紊乱、浮想联翩，但又不可捉摸……魏晋的手指由虚空中缓缓收回。他摸着系在脖颈间的领带，紧一紧，丝制的领带箍住脖子，窒息的感觉油然而生，红衣女人的瑟瑟发抖像光波一样震颤着魏晋，他的神经陡然间绷紧了，耳畔响起红衣女人轰然倒地的巨大声响。魏晋的手无力地垂下来，开始在口袋里胡乱地摸烟，双手颤抖着打开烟盒，取出一支烟，燃着。烟头像遥远的渔火在黑暗里闪烁，一明一暗渐渐平抚着魏晋的心。墙壁上突兀出一条白色的影子，似浮雕一般，魏晋定睛，白衣少女飘然而立,与他默默相望。魏晋想,自己与这白衣女子似曾相识……你不是来找我吗?……难道你不知道现在制造略带伤情的爱情故事是时尚?……你到底是谁?是谁?是警察?警察?白衣少女不语,做出鬼魅的样子。"我最讨厌装鬼的婊子!"魏晋发出愤怒的吼叫,一拳砸向少女,鲜血浸出魏晋握紧的拳头。魏晋彻底瘫软在沙发里,双眼在一声长长的叹息后闭上了。魏晋忘情地沉浸在周围的黑暗中,神经顿时松弛了。魏晋是如此钟情于黑暗,适应于黑暗,他在全然的黑暗中有一种类似销魂的快感,他在这种类似销魂的快感中,飞越万水千山,直达白茫茫寂寥如远古的诺玛雪塬。魏晋凝眸逼视着多年前自己如一只绿色蚂蚱般的青春岁月,他看见自己欢快地蹦跶在一望无际的雪塬上,长长的须点触着雪塬不时席卷而起的雪雾,突然他的肋间长出一对遮天蔽日的大翅膀,他腾空而起,降落在色彩斑斓的城市的一块黑色地带。而那对大翅膀在他降落的时候变幻成了两把锋芒毕露的利刃,直刺刺插入他带着雪塬寒气怦怦跳动的心脏,然后就有一滴又一滴的血滴答而出,流满长安的大街小巷,为长安增添着绚烂的色彩。这当儿,一缕阳光照进办公室,魏晋感到眼球的疼痛,他睁开眼睛,起身一把拉开窗帘,外面朝霞万丈,美丽如画。

魏晋站在窗前,沐浴着城市的血色清晨。

……

老张匆匆赶到医院,禁不住地就有泪眼婆娑的趋势。

老张一把抱住女儿,沉默无语。老张不知该怎么安慰女儿，他头疼，满脑袋都在嘎巴作响。

医生说老张女儿只是受了惊吓，静养几天就没事了。

老张扶着女儿走到医院大门口，放眼望去，马路对面走过来两名警察，老张看着面生，虽没言语，但知道是找他的，想冲正往过走的两人笑笑，可眼梢一瞟见女儿，便像雪上加霜似的重了一层愁苦，脸色很难看。

其中一个警察走到老张跟前说："张调现在就把娃接回家。"

老张面无表情地"嗯"一声。

另一个接着说："那，那下午我俩去家里先做个笔录吧！"

"做什么笔录？"老张没好气地说。

两个警察互相看了一眼，讨了个没趣，和老张说了句什么话就走了。

女儿一路上都斜靠在老张的身上，不说话。

老张的老婆听到消息早早就站在楼前等老张和女儿，这个五十出头的长安砲里塬上的妇女在晨风中站立的样子像一截玉米秆，浑身都散发着粮食芬芳的气味。她捋了捋头发，想着女儿到底成什么样了。本来老张用电话告诉了她消息，也安慰了她，但她还是心神不宁，等了很久也不见老张和女儿回来，越发地操心。终于看见老张扶着女儿从出租车上下来，赶忙迎上去，搂着女儿便老泪纵横了，老张不耐烦地说："哭什么哭？大白天的，先回家去！"

老张的老婆是那种很听话的女人，其实她要不听话也就不正常了。没有老张，说什么她也不可能住在长安城里，谁知道这辈子能不能从砲里塬上下来。

老张在前面"噔噔"地走,进了家门坐下来,听着老婆安排女儿躺下,然后就接受老婆远远地祈求让他拿主意的目光,现在也就老婆这目光能让他满足一些,有些安慰,别的真是处处不顺心。昨天管人事的发小副局长又和他促膝谈心了一次,让他做好退下来的思想准备……

老张长长地叹口气,实在是岁月不饶人啊!

老张不经意地瞥一眼环壁立着的陈旧家具,机关里也没像他这么寒酸的人物。

老张愤世嫉俗地把目光直戳戳看向老婆,大吼道:"看我干啥?"

老婆闻言,低眉顺眼地转身走开,临出门拽拽衣服下摆。

门"咣"地一声关上了。

老张想象着老婆下楼的样子,觉得不该对老婆用那种语气说话。可事情确实令人窝火,干了一辈子警察,到头来连女儿都保护不了……老张憋闷成一只蔫不塌塌的茄子。凭经验,八成凶手抓不到了。老张一想到这儿,心境居然平和了。他想到许渚,他想着给许渚说说女儿的情况。

许渚接了老张的电话,没啥多余的话,说:"行,我现在就过来。"

老张说:"中午你在我这里吃饭,给你包饺子吃。"

老张和许渚吃完饺子,一起走进了女儿的卧室。

这时女儿已醒了,老张说:"凌凌,你把昨晚的情况给爸说一下,越细越好。"

女儿张凌看了一会儿父亲,抽泣不已。

老张忙安慰说:"乖乖女,别哭,你给爸说了,爸肯定能把那个人抓住给你报仇。"

老张说着话,心里发虚,甚至想女儿干脆还是别说的好。

女儿很听话,开始说道:"昨晚我到同学家玩完回来,路上突然冒出个黑影,过来就卡住我脖子,后来拿出刀片,我想他要杀死我,然后什么都不知道了,直到被联防队抬到治安办。爸,我害怕,我以为他要杀我呢!"

许渚插话问:"你看清那人长得啥样,有多高,口音是哪儿的?"

"不知道,那么黑,我什么都看不清,听不清。"

许渚还想再问点情况,被老张使个眼色制止住了,伸出手摸了一下女儿的脸说:"乖,你想起来了再给爸说。"说着一拽许渚,退出了女儿的卧室。

两人刚在客厅坐定,就传来了敲门声。

许渚去开门,见是两个警察,招呼着进来,落座倒茶。

许渚问:"你俩办呢?啥情况?"

警察手一摊,说:"这个……我们也是来问情况的。"

其中一个指着另一个说:"昨晚他值班,今天早晨五点多联防队的把……"这个警察一时找不着合适的词指老张的女儿。

老张显然是看出来了,乐呵呵一笑,说:"把张凌送到所里了。"

这个警察连忙接过话说:"当时张凌神志还不太清楚,"说

163

到这儿又一指同伴说,"他正值班,就忙着送医院了。到医院,我们在所里查看了张凌的包,看见里面的身份证,就赶忙给你打电话,你就到医院了。"

老张听到这儿一愣,但并没有在脸上显出什么,只是心里存了个大大的问号。

另一个警察说:"下午我们赶得急,把包忘了带,明儿我送来。"

老张刚想接口说"不用了,我去取",还未开口,许渚却说:"一会儿咱们一块去取。"

许渚话音刚落,不知何时张凌已经站在了客厅门旁,说:"不用了,我自己去取。"

许渚顺着声音,一扭头,在无意间居然看见张凌眼神里有某种跳跃或是说某种游离的东西稍纵即逝。

许渚的心里悄然升起一团雾状物,他很想把它挥之而去,但显然是无力之想,进而这团雾状物越发浓郁。

许渚盯着张凌,逐渐地将目光转换成了那种警察面对罪犯时的职业性的颇具极强穿透力的目光。

许渚在心头禁不住一凛,他突然明白,自从接手音乐人云奇遇袭案以来,这种目光在今天才是第一次出现。许渚忘了张凌是老张的女儿,他一启口,语气中凝贯而出的峻冷顿时令客厅里的人呆木了几秒钟。这样一来反倒使在座的人都没有听清许渚说了句什么话,包括许渚自己。

"包是上次张凌过生日时我给买的。"老张说。

说完老张陡然就感到了某种虚弱,他搞不清为什么自己竟要进入许渚那句听不清什么话所制造的语境中去，并且随着说了一句。细一品这话，像一句证词，又像一句解释，仿佛女儿已不是受害者，而是一名嫌犯。

老张露出一丝不快，他的身体像山一样耸立在许渚的目光之中。

许渚猛然回到了现实中，也才意识到这是在老张的家，刚才盯着的女娃是张凌，而且是个受害者。

许渚在心里笑起自己，暗骂一句"神经病"，便故意做出悻悻然的样子，端起茶几上的杯子，抿了一口水。

放下杯子，许渚冲俩警察说："忙吧？"

一位警察说："还行。不过没你们刑警队忙。"

许渚干笑了一下说："都一样。"

另一位警察说："张调……"

话刚一出口，许渚就明白了他的意思，说："你俩先忙。"

俩警察和许渚又说了几句话，告辞要走。

许渚说："这样吧，你俩回去把张凌的包送我的办公室，我取了给老张。"

警察说："我们直接送张调家得了。"

许渚说："不用了。"

俩警察便没再说什么话，起身走了。

许渚送走警察，回到客厅，老张还在张凌的卧室，许渚侧耳细听，只有张凌很低很低的哭泣声，听不见老张在说些什么。

老张走出来说："怎么，他们走了？"

"刚走,我见你在张凌那儿就没叫你。"

老张很突兀地骂道:"鸹貔。"

许渚挺纳闷,问道:"你骂谁呢?"

老张不满地说:"还能有谁?不就是刚才那俩货!"

"他们?"许渚闻言,纳闷了。

许渚搞不明白老张的意思,还未及细想,老张又说了:"有权不用,过期作废!我也快彻底退了。"老张喝了一口水,像是想起什么来了,问道:"唉!提拔你的事最近有消息没有?"老张也不看许渚,自顾自地说:"我看你要提拔的话,还是到派出所好。"

"派出所?"

"嗯,到派出所去好,有好处。"

许渚突然有些不适应了,毕竟老张是他的师傅,曾经的上级,年龄上可以说是自己的父辈,如此不加掩饰地谈论这个问题,而且没有玩笑的意味夹杂其中,的确令许渚……

"哪儿呀?我,咱那刑警队……"

老张喟然长叹一声,脑袋颓然地往沙发背上仰去了。

许渚见老张这情景,猛地注意起他坐着的沙发,沙发是当下已不多见、摆在乡下还比较合适的那种样式。顺着沙发,他认真地打量起客厅里摆置的其他物件,和沙发如出一辙,许渚有种大梦初醒的感觉,仿佛顿悟一般理解了老张刚才所说的话。

"没……我确实屁也没捞。不管怎么说,要对得起警察这身皮。亏心事……不瞒你说,我和你还真一样,的确做不来。"许渚话锋一转,说:"我给你说一件事,我有个朋友,生意做得挺大,你要感兴趣入一股怎么样?年底分红还可以,反正咱是不做亏心事。"

老张的情绪看起来是转了过来,笑着说道:"别又是个假集资,前几天看那个十亿假集资。这年头,啥奇事怪事没有?!"

"看你瞎操心,我这朋友绝对靠得住,有兴趣入一股。"

老张像真的被许渚说得来了兴趣,问道:"多少钱一股?"

许渚说:"两万。要入我现在就打电话问一下。"

老张说:"别那么说风就是雨。"

按理老张这样说没有什么深一层的意思,可是许渚等到话音一落便沉默了。

许渚的沉默也没有深一层的意思。

许渚只是沉默。

13

我看着杨媚慵倦的容颜，神游八荒。

我少年时代就有坐拥美人在怀的理想。只可叹我生不逢时，被冷酷无情的命运大轮子转了两转就转到了不生产女人，只生产冰雪、大风、寒冷的诺玛地区，那个没有任何女人气息的冰冷而纯洁的地域。在诺玛镇的三年里，我悲痛欲绝地放弃了我少年时代的理想。

由此，不能不说是对我无情的刺伤。

在诺玛镇的岁月中，我嗅不到女性的芬芳，诺玛镇的冰雪覆盖了我开满鲜花的春心。

我脚步匆匆地回到了四处盛开着女性艳丽容颜的长安，心上覆盖的雪渐渐融化，而且渐渐被蒸发。我心里经过冰雪覆盖的鲜花重新开放，虽然没有当初的浓艳夺目，却具有寒梅争春的别样风景。我愉快地向杨娇展示了它的美妙，又毫不吝啬地向杨媚展示。我踏着波光粼粼的秋阳，在落满金黄色叶片的土地上踌躇而行。秋风乍起，掀卷着我宽大的衣衫，随着脚步深沉的走动，"嚓嚓"之声不绝于耳。抬眼望去，远方的终南山岚色霭霭。我的目光深邃，意味悠长，我像老康德漫步在柯尼斯堡的菩提大道上。其实我在排遣着孤寂与无所事事，我的头脑里空空如也。我听见遥远的地方有少女的莺语，我用如诗如画的古旧文人式的思维，把少女的声音比喻为"莺声哝哝"。我已看见少女在远方翩跹起舞的身姿，我的心与她们一起愉快而幸福地跳动。我低吟我的诗篇，向着远方起舞的少女。此刻我忘记了诺玛雪源，忘记了黑夜我如鬼魅的身影。我纯洁、忧郁，我是爱情诗歌的写作者，面容白净俊秀，颏下当然无须，假若不作非分之想的话，我一如百年前在暮色中从乾清宫一掠而过的太监……

我迈起轻捷的脚步，走向远方的少女，在一处如少女微微隆起的胸似的山包上站立出隽永的姿势……近看她们起舞。她们的舞姿轻曼而古典，在舞动的间隙流眄顾盼，把深秋的大地弄得娇媚异常。空气中的脂粉味如三月的杨花扑面而来，令我如醉如仙。

我盘膝坐下，闭上眼睛，随着少女的舞蹈引吭高歌，在这里我乐不思蜀，任时光飞逝而去。

我摇摇杨媚。

我俯耳杨媚，向她低语我的梦境。

杨媚做出扫兴的样子，问道："你真的没理想？"

我说："有，我要挣一大笔钱为杨娇买一辆'Enzo Ferrari 348 ts Targs'跑车。"

"那你怎么做那么个梦？编着话儿来骗我。"

"是真的。"

杨媚看着我，目光似回溯了数百年，像西班牙海盗船首航加勒比海的那个独眼水手看见前方的美洲大陆——杨媚发现这个男人（我）好像是一个浅显又晦涩的哲学命题，放在她眼前。

"你长得真像哲学。"杨媚说。

我不明白,但也没有想问明白的意思。

杨媚对我的梦境不感兴趣,令我失望。

我认为我片刻的梦境充满了诗性意趣,不该被一个像杨媚这样的有知识的女人忽视。

我问:"你经常做梦吗?"

杨媚说:"弗洛伊德有本关于梦的书,假如你感兴趣的话,我可以借你一阅。"

我说:"我不看,我看过《周公解梦》。再说弗洛伊德把梦净往性问题上引导,太扯淡了!"

"你知道弗洛伊德?"

我告诉杨媚,我在诺玛镇的时候,遇到了一位寻找艺术真谛的上海戏剧学院舞台美术系的女学生。这个女学生在诺玛街头巧遇了一位来自乌拉圭的美洲青年,他们在一起讨论格瓦拉以及孔子。

后来他俩漫步在诺玛镇街头,在我要与他们擦肩而过的时候,女学生冲着我问:"厕所在哪儿?"我告诉她最近的厕所位置后,女学生充满信任地把一个人造革旅行包放在我的脚下,步履匆忙地朝着我指明的方向去了,乌拉圭年轻人也尾随而去。

我为他们看守旅行包,直到日落,他们也没有再回到我的身边。

万般无奈,我背起旅行包回到了宿舍。

在夜深人静的大好时光里,我怀着忐忑不安且充满好奇的心情打开了旅行包。

说句心里话，我也是个平凡的年轻人，我也爱财，但非常遗憾，包里除了半包超薄型卫生巾，一套盗版活页画册和一本《布莱希特论戏剧》外，还有一本价值不菲的铜版面带锁日记本，另外还有诺玛镇出产的青稞炒面，有十五斤之多。

我非常失望，除了对那套活页画册略感兴趣外，其他东西我想一把扔进黑寂的诺玛之夜。不过这仅仅是我的一点点内心小火花，我狠狠地扑灭了小火花。

第二天，我背着旅行包到原地等他们，又等到日落，我还是没等着。

女学生和乌拉圭青年永远消失在了诺玛镇。

"后来呢？"杨媚问。

"后来我没事就看那套活页画册，看了《布莱希特论戏剧》，拧开锁看了日记里的内容。"

杨媚仿佛在听我讲侦破故事，她好奇地问："日记里写的是什么？"

"写了许多诗，抄了大段的弗洛伊德的话，记述了她和一位叫罗比的在中国纺织工业大学读书的摩洛哥青年的生死恋情。"

杨媚若有所思地问："你说她是戏剧学院学什么的学生？"

我说："舞台美术。"

杨媚说："噢，是搞艺术的。"

我笑了，说："你净说废话。"

杨媚问："那些东西呢？"

我说:"我看完都扔了。"

杨媚说:"你扔什么?"

我说:"留着没啥意思,我开始写诗了。"

杨媚深表同情地用目光抚摸着我陷入回忆的脸庞问:"是因为看了那女学生的日记呀?"

我说:"嗯,我现在还记得日记中的一些诗篇,我背给你,听不听?"

杨媚说:"听!"

我开始背——

> 照照镜子去吧,给镜中脸儿报一个信,
> 是时候了,那张脸儿理应来一个再生。
> 假如你现在不复制下它未褪的风采,
> 你就骗了这个世界,叫它少一个母亲。
> 想想,难道会有那么美丽的女人,
> 美到不愿你耕耘她处女的童贞?
> 想想,难道会有那么美丽的男子,
> 竟然蠢到自甘坟墓,断子绝孙?
> 你是你母亲的镜子,在你身上,
> 她唤回自己阳春四月般的芳龄,
> 透过你垂暮之年的窗口你将看见自己的黄金岁月,
> 哪怕你脸上有皱纹。
> 若你虽活着却无意让后人称颂,
> 那就独身去死吧,人去貌成空。

杨媚听完我背诵，调皮地问我："你觉得这诗写得好吗？"

我说："好极了！这个女学生在她的日记里整整写了一百五十四首，我觉得她真是个大诗人。你知道吗？我全背会了。"

"背完后便开始写诗了。"

我说完，杨媚笑了，说："这些诗不是这女学生写的。"

"谁？谁写的？"我紧张地问，语气中夹带着愤怒。

这个女学生写在她精美日记本里的诗篇陪伴我度过了三年的诺玛技术劳工生活。在诺玛的工地，因为交通落后，导致阅读成了一件奢侈的事情。而我因为这个女学生不仅阅读了胴体艺术（虽然很丑），还阅读了她凄哀的爱情片段，以及令我陶醉欢喜的由她娟秀笔迹所构述的诗篇。

无数个夜晚，我透过活动板房的窗户，眺望天上的星辰，遐想着这个女学生在繁花似锦的大上海的某个温馨的角落里写作这些诗篇时的情景——大约是深秋吧，大片的法国梧桐叶子飘摇而下，她穿着一件得体的羊绒毛衣，颜色最好是月白色的，一盏童话式的台灯，桌面整洁，房间里弥漫着她身上散发出的淡淡芳香。在轻轻搁笔后，合上日记本时，她的腮边有几颗晶莹的泪珠，像诺玛雪塬天空上的星星闪闪发光。此情此景在我心中何等神圣，是我走上诗歌创作道路的发源地，可现在被杨媚无情地污蔑为不是这个女学生写的诗。

我虎着脸说："你说，你说是谁写的？是她写的，是那个女学生写的。"

杨媚说："不，是莎士比亚写的，是莎士比亚的《十四行诗》。"

莎士比亚这个四百多年前的英国男人从杨媚的嘴里说出来,他优雅地晃动着自己的秃头,重叠了女学生的倩影。

真理在杨媚那儿,但真理又奈我何?女学生娟秀的笔迹及其笔迹传达于我的诗篇本身,如生物遗传密码一样不可改变地锲印在我的心间。

我温情地轻吻了一下杨媚的额头,说:"你知道吗?我为你姐写了许多诗。"

我的语气笼罩着缠绵不尽的追忆。

逝去的岁月像梦境中女性们的舞姿,照耀着我的感情空间。

我的手若撩拨一池春水一般抚摸着杨媚圆圆的乳房。

我是一缕炊烟,飘升向我和杨娇在一起时的那些字字句句散发着热恋气息的诗篇,诗篇像柳枝一样轻拂着我的脸颊。

我的目光如溪,轻轻流过杨媚的身体,回旋百折在她那些奇妙的地方,溅起朵朵碎玉般的浪花,我极尽温柔地将杨媚放在我身下,用身体包裹着杨媚,以绅士的步履在杨媚的身体上悠闲地行走。

杨媚则像严冬过后的大地,舒展着她的身体,慢慢苏醒了。

我们都有虫子般的动听鸣叫,呼唤着明媚春光的到来。

我蒙眬着双眸,透过杨媚春意盎然的脸庞,看见在景深处越过炎热的夏季,成熟金黄的秋在静静地等待我的到来。而在秋的景深处,分明是杨娇在向我颔首浅笑。

我看到杨娇手拈一朵淡黄色的秋菊，冲着此刻沐浴着无限春色的我，频频挥舞。

我以为我大约完成了对杨媚的占有。

性与爱在我和杨媚的肉体上像一对苦恋的情人，被滔滔大江阻隔着。

性与爱遥遥相望，一道刺目的闪电划过其间的距离，一切在瞬间皆一目了然。

我们相偎而坐，她的头埋在我的怀里，目光游洒在房间里。

我突然嗅到一股装修材料的味道，我的脸上呈现出一种无法言说的表情，我搞不懂春天怎么能发生在这样一个充盈着装修材料气味的空间里？

杨媚缓缓抬起头……

我看不清我拥抱的女人是杨娇还是杨媚，我没有感到痛苦，我们是坐在一张价值不菲的沙发上，感觉很好，杨媚的唇、舌尖和晶润的牙齿散发着芬芳。

一切都很好。

虽然我已分不清是杨娇还是杨媚……

我感觉很好。

我乐意陶醉其中。

14

空客A330像远古人仰望苍穹时发现的一只大鸟,用它的橡胶轮滑向南方的大地。

杨娇的脸贴着舷窗,她看见了南方的树木、花草、楼房,还有人。

杨娇此刻随这架空客A330降落在了南方。

杨娇出于某种本能握向身旁云奇的手,一攥却空了。

杨娇的脸离开了舷窗转过来。

来自长安的女娃杨娇漫步在南方的大街上,满耳的异乡声响、满眼的异乡风景并没有影响杨娇对南方的亲切感。

杨娇唯一奇怪的是在人流中她没有嗅到海洋的气息,这里离大海很近、很近。不过这一点其实并不重要。在空客A330处于静止的那一瞬间,她就已经冲着机舱外南方的蓝天轻轻吐了一口气,还可能有什么物事对自己重要呢?

在音乐社门前和云奇告别的时候,杨娇客气地说:"云老师,谢谢你了!"

云奇把无奈像泼墨重彩般地涂了厚厚一脸,憋了好长时间才说:"杨娇,真的对不起!我没料到会出现这样的结局。"

本来杨娇对云奇的音乐社遭查封感到震惊,恰恰是在她随云奇一脚踏进音乐社办公室的门后,看见一位文员模样的妇女把一纸文件交到云奇的手里,她不经意的一瞥,云奇额上密雨般的冷汗"唰"地浇灭了她那本该正常发生的一切情绪波动。

云奇显然不愿再说什么，他还能对眼前的杨娇说什么呢？抱歉、"实在没料到"等都是废话。

"我到文化局去，要赶快去。"云奇说着掏出五百块钱递给杨娇。

杨娇迟疑了一下，没说话，她伸手接过钱，转身走了。

走出很远时，她不由自主地回转头，云奇还在音乐社的门前向她眺望。杨娇心里一热，投去两缕温暖的目光。

云奇可能没有看到。杨娇想。

南方和煦的阳光像海绵一样把她的目光吸得一干二净。

杨娇在对于她来说陌生的南方街头流连忘返，满街行色匆匆的路人与金碧辉煌的建筑对她的到来漠然视之。

杨娇不在乎这种漠然。

在一抹夕阳半遮半掩颇为羞涩地凑向缤纷多彩的霓虹灯影时，一幢白色写字楼挡住了杨娇的步履。

杨娇认为应该进去走一走，至于说进去后是什么结果，她并不知道。

杨娇荡漾在每个办公室的门前，不时窥视一下里面的人，他们似在做游戏，她喜欢。

完全是无意识的，杨娇走进了其中的一个办公室，里面正有一位青年男子伏案写着什么，他猛然觉出有人进来，一抬头看见了杨娇。

"找人吗？"男青年问。

杨娇浅笑着说:"不找,只是随便看看。"

男青年人顿觉奇怪,僵愣在那儿。

杨娇也确实是随意地看了看这办公室,正要出去,男青年说:"我们这儿是一家唱片社,你有事吗?"

唱片社?杨娇先是心里笑了,来之前总听说在南方音乐社、音乐人多得碰腿,果然如此,继而心里轻轻地动了一下,仿佛是冥冥之中的某种力量驱使她站住了,她看着男青年说:"我想到这儿来试音,可以吗?"

男青年深感意外,他打量着杨娇,怎么也看不出杨娇有歌手的样子,不过他还是说:"以前做过吗?"

杨娇摇摇头并不说什么。

"那你以前做什么呢?"

"我今天刚到。"

杨娇说完这句话,已经坐在了离男青年不远的一张办公桌旁的椅子上,她现在决定和这个男青年说会儿话。

杨娇舒服地在椅子上伸个懒腰,她这才想起自己在南方的街头已经走了整整一个下午,应该休息一会儿了。

"你到南方来做什么呢?"男青年问杨娇。

杨娇说:"试音。"

男青年说:"不是开玩笑吧?"

杨娇说:"我不是开玩笑。"

男青年问:"以前唱过歌吗?"

杨娇说:"刚才不是告诉你了吗?我没唱过。"

男青年说:"喜欢?"

杨娇说:"不喜欢。"

男青年感到很纳闷,眼睛盯着杨娇看。

杨娇说:"给我倒杯水可以吗?"

男青年搞不清什么原因,面对女娃不算过分的请求,他竟然是置若罔闻的样子,既没有礼貌,也没有绅士风度。杨娇并不在意,她只是想坐在这里和这个男青年随便聊一聊,当然不聊也可以,主要是休息一下。然后——杨娇就这么想到了然后,心境忽地跌落进一片虚茫之中,她有些坐立不安,她不知道自己下一步该做什么。

打道回府?好像只能这样做了。不是吗?她在南方没有一个熟识的人,至于说重操旧业,甚至再入风尘,显然杨娇不太愿意。

杨娇并没有打道回府,没有人知道杨娇在南方的生活境况,包括我。

杨娇在南方的生活虽然不为人知,但也没有形成谜团什么的。

我对此已不感兴趣。

更没有别人对其感兴趣。

15

另觅新欢总是令人振奋的。

我拥着杨媚漫步在长安的街市,我们对长安常见的发灰的天空报以浪漫的目光。

我们在世俗的街头,在两耳充满市井的喧嚣声中谈论着高雅的诗歌以及哲学。

我揽着杨媚窈窕的腰肢,倾听她由诗歌及哲学的话题转向略显庸俗的有关她与她的同学之间的鸡毛蒜皮的事儿上。

杨媚的这些事儿宛若流行歌曲不时穿插于她的生活中,浅吟高歌。

杨媚告诉我她喜欢喝鱼丸汤,几乎每天都要喝上一碗。为此,她同宿舍的女生经常在她入睡后窃窃私语关于她身上有鱼腥味道的话题,并且常常引出一片压抑不住的笑声。

杨媚觉得这不是简单的取笑人的问题。

杨媚说:"为什么不把我窃窃私语成美人鱼呢?因为是同性,都是女娃,之所以产生出我有鱼腥味的议论,是因为嫉妒。你说是不是呢?"

话音落了的时候,我们站在一家餐厅的门口。

"请你喝鱼丸汤。"我挽着杨媚走了进去。

这里环境宜人,亚麻格子台布上都有一个仿制的欧洲中世纪的烛台,上面的蜡烛散发着柔柔光晕,照耀着围桌而坐的客人。

我们挑了一张位于角落的桌子，相继落座。

杨媚接过侍者递过来的菜单，冲我嫣然一笑说："我点好吗？"

烛光下，杨媚的脸颊荡漾着暖暖的春意，令我心驰。

"一份牛排，一份法式蛋清，两份瑞士巧克力冰激凌，就这些，好吗？"

"再来一份鱼丸汤。"

我们相视而笑。

杨媚说："不怕我有鱼腥味？"

我说："我喜欢闻。"

在进餐中，我渐渐有种不可言说的感觉，好像有一只虫子在我背部的皮肤上游走，不间断地啃噬我的皮肤。

我下意识地一扭头，看见唐姬在另一张桌子旁坐着，正盯着我。

唐姬的面前摆了半杯"血腥玛丽鸡尾酒"，装饰的芹菜青翠欲滴。烛光在唐姬的面颊上飘摇不定，她一脸忧楚。

我看着唐姬——这位不久前还过从甚密的伙伴。

我想起刘邦从诺玛回来的那天，我和魏晋在啤酒屋喝酒时我的样子。

我的眼波回旋一下，掠过杨媚的脸颊，再一次凝滞在烛光后唐姬忧楚的脸上。

我看不清唐姬的眼神，只见她冲我抿嘴，似乎是想笑，却没有笑出来。

我的脸上突然泛起了自嘲的微笑。

我想唐姬就是爬到我背上的虫子。

"一个人?"我坐到唐姬的对面问。

"这么长时间你也没到我那儿玩玩。"

"不好意思。"我装出一副调侃的样子说:"去的多了,刘邦知道了多不好。我这人又有点不太规矩。"

唐姬听了竟凄然一笑,不再接我的话,端起面前的鸡尾酒,浅浅一抿。

"你怎么不喝点酒呢?"

我扭头指指还坐在那儿的杨媚说:"陪女娃出来耍,不喝酒有好处,怕原形毕露。"

唐姬指了指面前的"血腥玛丽鸡尾酒",说:"这酒味道厚,还辣。"

我叫杨媚过来,介绍说:"这是唐姬,我的朋友。"又指指杨媚,介绍说:"杨娇的妹妹——杨媚。"

唐姬端起杯喝了口酒,猛不丁说了一句:"你们男人没个好东西!"说完,她放纵地笑了。

杨媚看了我一眼,脸就微微红了。我看出来杨媚是想说句什么话,可是没说出来。

"不喝鸡尾酒了吧?我请你们俩喝白酒,过瘾!"我不置可否。

杨媚也许是因为和唐姬初次见面,不好提出什么异议。

我们打开一瓶52度的"墨瓶西凤酒",开怀畅饮。

我们把情调温馨的餐厅搞得酒气冲天。

我们唯一没做的只剩下高谈阔论、激扬文字，在谈笑间樯橹灰飞烟灭了。

我们走出餐厅互相告别。

唐姬猛然抱住我失声痛哭，泪雨滂沱。

唐姬在我肩头夹叙夹议地向我叙述着一件颇为曲折的事件。

她叙述完毕的时候，我的酒醒了大半。

我听出了事件的大概，刘邦因倒卖雷管炸药被送上了法庭。

唐姬要和刘邦离婚，好像今天下午就要在寄来的离婚协议书上签字。唐姬准备和魏晋结婚，但她去找魏晋时，发现魏晋正在吸食海洛因。

为此唐姬悲痛异常，顿感在这个世上无聊至极，所以喝"血腥玛丽"，所以喝52度墨瓶西凤酒，所以抱着我痛哭，所以……

我形如枯木呆立在餐厅门口水红色的霓虹灯下。

我的双手机械地拍打着剧烈抽搐的唐姬肩头，除此之外，我想我不会再有别的动作了。

刘邦倒卖雷管炸药和魏晋吸食海洛因像浮出海面的狰狞礁石突兀至极地划割着我的眼睛。

我头痛欲裂，在唐姬抽泣声的感染下，我也泪如泉涌，泪水在我的脸颊上肆意横流。

我看见杨媚在霓虹灯照耀不到的地方用小野猫一样的目光笼罩着我和唐姬，我激灵了一下。

我推开唐姬，拦了一辆出租车，扶唐姬上去。

杨媚走过来，隔着玻璃窗说："我就不送你们了，我回学校。"

杨媚的面容随即消失。

16

雨密如雾。

窗前的唐姬站成一棵秋树的样子，鬓角的发丝摇摇欲坠出柳枝临湖状。

窗外被蒙蒙细雨笼罩着，有种梦境般的感伤。

这是唐姬要去看望刘邦前的情景。

唐姬觉得过去和刘邦千里鸿雁传书的爱情旅程似水中月、镜中花，现在正有一股强大的力量刺激、轰击着婚房。

唐姬的每一根神经都在燃烧。

痛苦，凄绝，无望。

燃烧的神经令唐姬万念俱灰。

炼狱般的煎熬让唐姬的呼吸变得滞重，犹如烤羊肉串时发出的"嗞嗞啦啦"的声音，不再有片刻的停歇。

唐姬夺门而出，冲进雨雾中。

雨水扑面而来，并没有浇灭那一团团的烈焰，相反，倒似火中浇油。

唐姬在雨中疾行。

唐姬剧烈颤抖的身体像建筑工地上破旧的绿色尼龙防护网，撑挂勾连着行将断裂的神经。

唐姬在雨雾中奔跑。

大概只有当雨住时分，她的脚步才会停顿。

……

唐姬爬上西行的列车。

列车在西部的戈壁上像虫子般蠕动时，唐姬的心渐渐趋于平静，神经萎顿成一条条干涸的河道。

在一个四等小站，唐姬下了车，出了站。

四等小站的广场很大，却空无一人，挂着破篷布的农用三轮摩托车霜尘满颜，像风干的岩石般三三两两地零落着，它们等待着财神的降临。

唐姬漫不经心地走向一辆三轮摩托车。

车主毫无西部汉子的粗犷、雄健，他是个干巴巴的老核桃般的矮个男人，他用当地土语说着车价格便宜之类招揽生意的话。

唐姬点点头，就上了车。

三轮摩托"嘟嘟"两声后，尖锐地怪叫着开动了。

由于路况很差，唐姬在车厢里被搞得颠三倒四，神志迷糊。

突然，这种颠簸消失了。

车主绕到车后，忽地撩开破布帘子，大声说："到了！"

唐姬被吓了一跳。

唐姬下了车，摸出钱给他。

他说："往前再走十分钟就到了。"

唐姬忙问："到哪儿？"

他说："难道你不是去看人的？"

唐姬说："是的。"

他说:"今天恐怕晚了,明天吧!你先到场部招待所住一夜。"

这时天已灰暗下来。

车主驾车而去。

唐姬找到场部招待所,倒头便睡。

第二天黎明,唐姬起了个大早。

唐姬站在黄色的泥巴墙前,身后是场部招待所,一轮硕大的太阳出现在地平线上。

唐姬眯缝起眼睛看着太阳,整理着思绪。

这时,在地平线的另一侧,一支灰色的队伍轰隆隆地开过来。

这支队伍从唐姬面前经过,前往数十里外的土地上进行耕种。

这是一群囚犯。

他们在经过唐姬面前时,根本没有注意她。其实唐姬和他们在这个有着硕大太阳的早晨相遇,还是有点心灵感应的,队伍里的人大概能感知到唐姬是他们中某一位的妻子。

队伍走出很远后,唐姬方才发现自己不知什么时候低下了头,旋即她昂起头,开始追随远去的队伍。

像一根针从遥远的宇宙飞出,迅速而准确地刺入了唐姬的心脏,她的心脏一阵剧痛,险些栽倒,她连忙用手扶住了墙。

唐姬是在寻找这支灰色队伍中刘邦的身影。

会见室。

刘邦任由自己指间的香烟燃着，长长的烟蒂结出，又悄悄地落在地上。

"我来看你。"唐姬说。

唐姬低声啜泣着。

刘邦木然而坐。

空气开始在唐姬、刘邦的目光间旋舞，令唐姬的目光变得纷乱。

唐姬面对着刘邦，她的影子像旷野里不经意开出的一株野花，在风中飘摇。

渐渐地，有一个声音在房间内响起——

"我爱你！爱你！爱你！"

这声音从多年前诺玛雪塬上的那个工具仓库里传出，穿过漫漫长夜，缠绕、舔舐着唐姬。

这声音像巫师发出的一样，引导着唐姬不能自已地发出同样的呼喊，并且无休无止，绵延不绝。

渐渐地，唐姬看见刘邦额头上的细密汗珠"噼啪"而下，狠狠地砸在地板上。

刘邦低语道："我答应你，离婚！"

唐姬的抽泣顿时如决堤洪水倾泻而出，遮掩了刚才的一切声音。

刘邦不由得一激灵，心想："难道我就答应她了吗？"

"你……答应我了？"

刘邦点点头。

沉默。

"我们说会儿话。"刘邦此语一出,就有些后悔,他觉得实在是多余。

唐姬说:"你瘦多了。"

沉默。

唐姬想到了和刘邦的恋爱及短暂的婚姻。

唐姬只是想,这恐怕就是生活吧。

现在都瓦解了。

17

我和魏晋的关系紧张到了不可调和的地步,虽然我们没有发生争吵。

魏晋说:"你忙你的去吧,以后不要再找我了。"

我说:"我想走。但这些事不搞清楚,我不走!"

魏晋说:"你能搞清啥?把公司做好就行了。"

我说:"那我问你,你准备不准备和唐姬结婚?"

魏晋说:"准备又怎么样?不准备又怎么样?"

我厌恶魏晋这样的言语,却没法表露出来。

我说:"准备结婚的话,你就把毒戒了;不准备的话,随你。"

魏晋说:"我告诉你,我没有吸毒。"

我说:"唐姬告诉我的,她都看见了。"

魏晋说:"她看见了,并不能证明我吸毒。"

我说:"你和我争辩有什么用?那是事实,我希望你戒了!"

魏晋愤怒地说:"我没有吸毒!"

我说:"唐姬亲眼看见的。"

魏晋好像又说了句什么,但声音含糊,随之而逝。

一缕阳光跳跃进来,我认为这阳光不是可以给人带来某种追忆的阳光。

在这个没有任何特色的房子里，魏晋开始用老式的留声机播放一些陈旧古老的音乐。这些音乐于20世纪20年代末30年代初在中国某一令人瞩目的阶层中流行。

魏晋坐着，陶醉在音乐之中。

魏晋似乎准备永远陶醉在这些音乐中，沉迷于对过去时光的无限迷恋之中。

音乐所展现的那个年代对于魏晋来说太过遥远，并且与他没有任何关系。

魏晋对过去事物的想象力几近于零。

在我的记忆中，魏晋曾经一度学习美式英语，只是因为对"过去时"这一语法概念搞不清楚半途而废了，他只会单个地蹦出单词。

我看得出来魏晋目前还没有勇气在这些古旧音乐的鼓舞下进入回忆状态，我还进一步看出音乐对于魏晋来说是任何东西都无法替代的对时间的残酷注释。因为魏晋在听这些音乐的时候，会因一个高音或低音的变化，面部紧张地抖动。

我经过反复观察后说："你和唐姬还是结婚得好，把毒戒了。"

魏晋说："不用你这样劝我。"

"我这是好话。"

魏晋起身在那架老式留声机的边缘部位操作一下后，音乐便戛然而止了。

魏晋站在留声机旁说："你现在这样子咋像个媒婆呢？"

我说："唐姬是我们的朋友。"

魏晋说:"那么你和她结婚算了。"

我一时语塞。

魏晋又打开了留声机,音乐再度响起。

我和魏晋不欢而散。

至于我和唐姬的对话,就显得彼此都很无奈了。

我问:"你现在准备怎么办呢?"

唐姬说:"不知道。"

我说:"你说心里话,你爱不爱魏晋?"

唐姬说:"不知道。"

我说:"假如你爱魏晋,我一定再努力,劝他把毒戒了,你们结婚。"我顿了顿,又补充说:"其实魏晋不坏,他挺好的。"

唐姬说:"不必了。"

我说:"那你就好好调整调整自己,你说呢?"

唐姬不言语,毫无表情地看我一眼,一歪头好像马上要睡去。

我本来还想问问刘邦在狱中的情况,这时也只好噤声了。还有什么好问的呢?我现在分明是看见哀莫大于心死了。

我呆坐在椅子上,全身软塌塌的。

唐姬也是,甚至眼皮都耷拉下来了。

这是一种怎样的状态啊?!

房间里静得可怕极了,我们甚至可以听见彼此心脏的跳动,节奏均匀,像对往昔岁月的扫描式回忆。

我低声问唐姬:"还记得你送我的那条围巾吗?"

唐姬不说话,她用余光轻轻扫了扫我的脸颊。

我能做什么呢?既不能安慰唐姬(虽然我很希望安慰她),也不能安慰自己。我发现我是如此地害怕听到自己的心跳,即使那心跳的节奏很均匀,毫无危险可言。

静默了很久以后,我说:"唐姬,我们一起出去吃饭吧?"

"不了,你先坐着,我去做。"

唐姬说完就走进了厨房。

房间里只剩下我一个人,我开始打量这间我们三个人一起设计的房子,摆设没什么变化,到今天它依然弥漫着一股新婚的温馨气息。

我感到自己置身于此有种涩涩的感觉。

饭很快做好了,吃完后,我告诉唐姬说:"你要是没什么事的话,到公司来干吧!"

唐姬沉吟了片刻说:"那好吧!不过得过两天。"

唐姬决定到区少年宫办理离职手续。

自从在诺玛演出,回到长安之后这么多年,唐姬一直在区少年宫从事教授儿童舞蹈的工作,她对整天与孩子们在一起早就感到厌烦了。

刘邦犯事后,唐姬单位的头儿出于对下级的关心与爱护,找她进行了一次意味深长的谈话,这种谈话使唐姬倍感不适。

既然我发出了邀请,唐姬没怎么犹豫就答应了。

临走的时候,唐姬拿出一个大木盒子,捧给我说:"麻烦你把这盒子寄给刘邦,里面是一些他需要的东西。"随后塞给我一张纸条,"这是地址。"

在邮局的柜台前，工作人员看了盒子，"啪"地敲了一下，说："到那边买制式盒子，这个不行。"

我买了邮局规定的盒子，撬开唐姬钉好的盒子，里面一张照片吸引了我，那是唐姬去诺玛时拍的。

唐姬站在一条冰河前。我仔细辨认，这是一条我熟悉的冰河，一条诺玛雪塬上常年不会融化的冰河。

是谁为唐姬拍下的这张照片呢？

我回忆着唐姬那次演出的每一个细小的过程，我猜不出。

我翻过照片，背后写着几行小字：

注视你
黄沙弥漫了我的眼
那么就不去注视你
冰河其实一直都没有融化过
我们只是冰层下万古涌动的水
可是太阳猝然升起
你浮出水面
我浮出水面
从此分流而去
隔着万重关山互听涛声
听涛声，是在细细地品尝
一块含于口中的冰块

在邮局门口，阳光刺痛着我的双眼，我闭上眼睛，一片血晕。

多年前的诺玛雪塬卓然耸立在这片血晕之中。

我陷入了血色的回忆之中。

雪山,冰河。

唐姬在简陋的舞台上展现的优雅舞姿在这片血色的背景下旋转变幻,令人迷醉。

出了邮局,我徜徉在大街上。这条长安美丽的大街被我无数次写进诗里,赞溢之词如江河泛滥一般,扔得满大街都是。在诺玛雪塬,我又是无数次地在睡梦中融入这条繁花似锦(又在赞美了)的大街。

现在我仿佛已不是在这条大街上徜徉,我的眼神会于我毫无准备的情况下掉入隐蔽在灯火灿烂的店铺旁的幽深小巷里。

我蓦然回首,看见我和魏晋在幽深的小巷里像鬼魅一般晃动的身影。

我欲转身钻入小巷,想重温些什么吗?却几次都因车流或者人流的缘故而被阻碍。

我只好倚栏而立。当我定下神来,我惊奇地发现这处所在竟是我和杨娇第一次街头相遇的南大街。

举目四望,车流滚滚,人潮汹涌,哪里寻得见杨娇的影子?!

我把目光毫不吝啬地抛向街道的天空,准备跨越万水千山去寻找些什么时,那目光居然被一群掠过的鸽群的羽翼扑打得散散落落,而且落地后还有"叮叮当当"之声,像天上落了钱币一般，只是没有人去拾，连我自己都懒得拾。一任我破碎的目光徜徉在我扔得满街都是赞美的诗句，以及必然存在的尘埃被车流、路人碾压而过。

我没脾气。

我像瞎子般离开了栏杆，我的双脚也开始碾压这些诗句、目光和尘埃。

其实长安的南大街并不漫长，没用多长时间，我就离开了它。

拧开台灯，一抹柔黄的光晕淡淡地铺在桌上，我拿出一沓白纸，手上握一支价格昂贵的钢笔，我要写写诗了。

我的影子投射在墙壁上。

一瞥眼，我自顾自笑了，因为我看见我仿佛是一个皮影在墙上作凝思状。

遗憾的是没有观众。

站起来临窗眺望，夜色沉沉，远处的长安城灯火一片，躁动着。

18

我沉迷于杨媚,流连忘返。

杨媚问我:"你是爱我姐姐还是爱我?"

我还是不说话。

杨媚再问:"你和我姐姐做爱吗?"

我脱口而出问道:"你和别的男人呢?"

我感觉出杨媚是羞红了脸说:"没有。"

杨媚在我的胸上轻轻咬了一口。

我在杨媚光洁的背上重重地抚摸了一把,像打麻将时摸牌一样。

我们不再就此问题对话。

我的目光不知在什么时候瞄上了天花板,我寻找着我的目光。

我很累,渐渐入睡。

等我醒来时,杨媚正在观看电视里放映的卡通片《猫和老鼠》。

我只看了几眼就笑了。杨媚就如同卡通片里的老鼠般一下钻进了我的怀里。

"你醒了。"

"嗯。"

我醒了。

我醒了之后没有缘由地居然懒得和杨媚说话。我不清楚为什么不想和杨媚说话，虽然杨媚娇小可爱，令人心醉。

我听见卡通片结束之时欢快的音乐。

在欢快的音乐声中，我透过隔着窗幔的溶溶月色，陡然发现了夜空中我的影子。

我可怕地背负着一个沉重的包袱在虚空里飘游。我一时还搞不明白包袱里放的是什么，以至于把我压成一只基围虾的模样。

很快，我以锐利的目光看见那包袱里装满了大块大块的砖头，砖头的一面刻着道德，另一面刻着爱情，字均为金色。

我背着一包袱的砖头，在纯净如水的月色里飘游，模样滑稽古怪，令他人看了定会忍俊不禁地发出笑声来。一瞬间，我为我的发现而激动，进而又迅速坠入激动之中的空茫。

我贴着杨媚的耳朵，尽量压低声音，尽量充满柔情地问："你想你姐姐吗？"

杨媚说："你想我姐姐了？"

我摇摇头说："不想。"

杨媚说："你骗我。"

我说："真的不想。"

杨媚不理睬我的回答，她嘤嘤地哭了，表情像一个十足的孩子。我再次压俯着她，轻柔地生怕伤害了她，我吻遍她的全身。

在我惊心动魄的运动中，杨媚的嘤嘤之声变成了引吭高歌，她仿佛用尽了所有力气将我紧紧抱住。

"你说我想了吗？"

杨媚微微喘着气说："我不知道。"

我们相拥着直到天亮。

我没有睡着，我一直注视着月色中背着一大包袱砖头的我。

19

唐姬呆坐着。

"是我和周勃害了刘邦,"魏晋说,"我们害了他。我现在要去看他,你把刘邦的地址告诉我。"

唐姬说:"我不这么认为。"

魏晋说:"你不懂,我和刘邦是兄弟,我们一起在诺玛待了三年,我了解他。"

魏晋停顿了一下,点燃一支烟,目光如刃地横亘在唐姬的脸上,他恳求道:"告诉我刘邦的地址。"

在魏晋如刃的目光下,唐姬几近崩溃。

魏晋紧逼一句:"具体地址!"

唐姬说:"四大队九中队。"

魏晋在门口站住,回头冲唐姬一字一顿地说:"我爱你!"

唐姬依旧呆坐着。

就在魏晋要走出房门的一瞬间,唐姬猛地扑向了魏晋,她用双臂紧紧抱住魏晋的身体。

唐姬把自己埋在魏晋的怀里,恳求道:"不要去好不好?你不要去!"

唐姬开始一下一下地解着魏晋的纽扣。

唐姬柔情百媚地吻着魏晋,魏晋依旧不为所动。

唐姬渐渐跪下了身体,吻着魏晋的身体,魏晋开始战栗。

魏晋感到唐姬的泪水滴满了自己的身体,他一把抱起唐姬,将她放在床上。

魏晋和唐姬紧紧相融在一起。

"不要去好不好?答应我!"

魏晋边穿衣服边说:"不,我要去!"

唐姬抱着魏晋说:"我并没觉得我们俩的事有什么对不起刘邦。"

话音一落,唐姬愕然了。

听到刘邦倒卖炸药雷管被判刑的消息时,魏晋呆若木鸡。

魏晋知道刘邦为什么这样做。他们在唐姬和刘邦婚事上的全套包揽是出于友情,而对刘邦来说,就不能不说是伤害了。全套包揽的做法将刘邦放在了一个什么样的位置呢?

魏晋后悔万分,当时怎么就没有征求刘邦的意见呢?魏晋以一个纯粹的道德理想主义者的思维寻觅着此刻令其陷入尴尬境地的出路。

魏晋想到了将刘邦救出来,想到了和我一起做。同样,魏晋也清楚地知道,这是一条通往死亡的路。

又是出于友情,魏晋拧灭了要和我一起干的念头,以至于魏晋对我的良言相劝丝毫不动声色。

其实魏晋有了把刘邦从狱中救出来的想法之后,他几乎是无时无刻不在倾听着自己奔向死亡的脚步声。

魏晋在他的大脑中构思着每一个细节。

20

在我短暂的商贸活动中,我赚取财富的手段并不比暴力抢劫的手段差。

我兴奋地去找魏晋,令我非常扫兴,他不在。

我没有多想,又去找唐姬,告诉她:"我有钱了,是做公司挣的。"

唐姬强作欢颜,但因了兴奋,我并没看出来。

我又一次来到魏晋的居所,耐性十足地敲门,门依然紧闭。

冥冥中的不祥之感在我的心底升腾而起。

旋即,我的兴奋烟消云散。

我想可能出事了。

魏晋怎么能出事呢?

魏晋出事了?

我不置可否。

夜深人静的时候,我开始清点我的财富,其数目令我欣喜。我面临着怎样分配财富的问题,大的方向有两个:扩大再生产;找个罐子把财富装进去,然后埋了。

我征求杨媚的意见。

杨媚反问我:"你觉得哪种形式好?"

我说:"我拿不定主意才问你的。"

杨媚说:"这些钱够你花了吧?"

我说:"厉行节约的话够了。"

真到有了第一笔财富后,我便把当初要送杨娇一辆"Enzo Ferrari 348 ts Targs"跑车的宏愿淡忘了。

这不是主要原因,仅仅只是个小小的侧面问题。主要的原因是我觉得现在已经没有给杨娇送一辆"Enzo Ferrari 348 ts Targs"跑车的意义了。

杨媚的到来令我满足,加之我的某些诗篇在小报上刊出,让我感到应该拥香偎玉纵情诗文了。

"我想把公司解散了,不干了!"

"不干了?"杨媚惊讶万分,"你有这点钱就不干了?!"

我惊讶于杨媚对金钱的态度,我像看一个陌生人一样看着杨媚。

我脱口而出:"你说要有多少钱才算数。"

"我的意思是说,这是你的事业,不应该有止境,不该有!"

"我的事业是开公司挣钱?"

"当然。"

我没有预料到不欢而散的结局。

杨媚说:"我对你有了重新的认识,你属于那种小农经济社会中的遗民,在这个伟大的时代生活实在不配。"

反过来说,杨媚就是这个伟大时代的弄潮儿了。

我冲着繁花似锦的长安朗声大笑。

我爬上长安西部郊区的一座土丘,俯瞰着不远处一座建于六十年前现如今刚刚被废弃的机场。

我看到长满杂草的停机坪上有一对像剪影一样的人在缓慢移动，他们很快吸引了我的注意力。我猜测他们是一对久居长安繁华区域的恋人，在无法逃离的长安市中为终于找到了这样一个僻静的约会场所而高兴。我从他们不断变幻距离的身影看出，他们绝不是在谈论有关这座机场的历史。

历史并不重要。

他们的剪影在荒草轻微摆动的引导下渐渐融合成一张画片，在月光照耀下随风摇晃。我在他们的身影以画片的形式开始摇晃的一瞬间，发现层层白雾悄然而起，并且迅速弥漫了我的双眼。没有比这更可怕的了，在临床医学上这叫作"白内障"，而从精神心理学上讲叫作"迷幻"，就是我们民间通常所说的"见鬼了"。

在层层白雾的弥障下，一切物质都变得鬼魅般飘忽。至于那对恋人，早就不知道哪儿去了。我的思路艰涩到了极点，我现在所要讲的近乎呓语，我不知道我到底想把自己塑造成什么样的人物，居然恬不知耻地消解了我对金钱的欲望。我记得一位朋友告诉我，男人对金钱的欲望绝不亚于对女人的欲望，前提是他是个健全的人。

那么还是扩大再生产吧！

我想杨媚是对的。可其实呢？我也是对的。我渴望有更多的财富，问题是我都差一点说我准备献身于诗歌艺术了，所幸只是半掩半遮略加调侃地表白了"纵情诗文"的意向。

和杨媚重归于好并不是件艰难的事。

我步履轻松地走到杨媚的学校，找到她，向她一番花言巧语地表白了心迹，杨媚就小鸟依人了。

天空像自来水一样洁白透亮。

杨媚在穿衣镜前一件件地换着各种时装，不厌其烦。

"这件行吗？"

"行！"

"这件呢？"

"行！"

"这件呢？"

"行！"

"那我不能把这些都穿上吧？"

这些所能体现的就是我和杨媚爱情生活的和谐。

"看女娃都是一朵花，参与女娃不厌其烦地试换衣服如同给花浇水。"我想这一论断不会有错。

我和杨媚精心安排设计了这一次晚餐的时间、地点。

我和花枝招展的杨媚等待着唐姬和许渚的到来。

我还需要借此机会给许渚分红利，以便圆了魏晋对许渚的承诺（骗局）。

偌大的餐厅没几个人，餐厅里的烛光摇曳不定，间或发出小小的破坏情调的"噼啪"声。

我对杨媚说："现在什么东西质量都不过关。"

杨媚说："什么东西。"

我笑了，说："质量如此，你要换吗？"

聚餐开始后，大家都说着如上所述的闲话。

只是闲话而已,但气氛是热烈而祥和的。

我感到生活在此刻的确很美好,我还感到空气也特别新鲜。

21

聚餐结束后的一天,在我准备出门的时候,一辆警车停在我面前。

许渚神色惊慌地从车上跳下来,看见我劈头就问:"见到魏晋了吗?"

"没有,我也正找他呢!你找他有急事?"

许渚显然是掩饰着什么说:"不,不,没什么事,我只是找他有点小事。"

难道我和魏晋的事被……

我不敢想下去。

"你最后一次是什么时候见到魏晋的?"许渚以我从未听到过的语气讯问我。

"昨天。"(昨天我并没有见到魏晋)

"具体昨天什么时候?"

"中午吧!"我的回答还算流畅。

我第一次感到许渚正以警察的身份在和我对话。

我第一次感到,面对警察,虽然我的内心不免惊慌失措,但我的话语却也简洁,或是说对答如流、天衣无缝。

"这么急找魏晋干吗呢?发生什么事了?"

"我的……"许渚急刹车一般闭了口。

许渚又转换了语气说:"没什么。"

说着话,许渚跳上车走了。

我的担心变成了事实。

尽管许渚什么都没说,但我知道他找魏晋肯定是魏晋出事了。

办公室里只有队长一个人在看一份过了期的报纸。

许渚推门进来时,队长满脸堆笑说:"你这是从哪儿冒出来的?市局张调到处找你呢!刚才张调他娃还来办公室找你问你要包呢,你跑到哪儿去了?"

许渚一脸沮丧,一屁股坐在队长的对面,顺手拿起队长放在桌上的烟燃着。

"队长,"许渚欲言又止,然后说:"我现在就去张调那儿。"

一到老张家,老张就开始埋怨许渚:"你这几天跑哪儿去了,到处找你!"

老张话音还没落,女儿张凌从卧室里跑出来问:"包带来了吗?"

许渚冲着张凌说:"我和你爸有正事,你包的事,我等会儿……"许渚不愿再说下去了,他冲着老张使了个眼色。

"凌凌,你先回你屋。"

老张递给许渚一支烟,问:"啥事?"

其实老张从刚才许渚的半句话里已听出了什么,但还是这么多余地问了一句。

"你抽烟。"

许渚抽着烟,不自然地皱了眉,终于他说话了。

"张调,你耐心听我说,有两件事,一件是张凌的事,另一件是我的事。两件事,我谁也没说,但我……"

"唉,你什么时候变得这么吞吞吐吐了,有事快说,天能塌下来不成!"

"张凌的事对您可能就是天塌下来了。"许渚很快进入角色,直切主题。

许渚说:"我本来想马上就送过来,一不小心,把包里张凌的化妆品掉出来了,张凌用的面霜掉地上碎了。"

许渚吸了一口气,看着老张。

"说呀,怎么回事?"

"里面是海洛因。"

"啥?"

"面霜盒子里不是面霜,是海洛因,所以我没把包拿来。"

老张默然了。

显然,张凌现在已不是单纯的受害者了。

老张很感激地看了一眼许渚。他明白,许渚没有把张凌包里的海洛因一事扩散给任何人。显然,他也知道这事即将发展的趋势。

"张调,你别急。我说了我的事,咱们再把张凌的事好好议一下。"

"你说。"

"我的枪丢了。"

我始终不明白,许渚在向老张讲述他的事,到这儿为什么就再无下文了。

事实是许渚说了这句话后,不管老张再怎么问他,他都不再做任何正面回答。

假如要猜测的话，只有两个可能。

第一，在许渚怀疑枪是失之于魏晋的前提下，他认为魏晋可能是出于玩儿的目的。他等待着魏晋回来，还给他枪。

第二，在许渚已明确枪肯定失之于魏晋，而魏晋必将有重大的动作。他不愿意在这个时候谈论此事，他来找老张的真正目的是讨论张凌的问题。

我同样可以释然的是，老张也是一个颇有资历的警察，他在毒品（女儿）和枪的问题上选择了毒品（女儿）。

许渚静等老张说话，老张一副天长地久的思考状。

假如没有我和魏晋出现在许渚的视线内，许渚必将会踏上光辉灿烂的仕途。

许渚等待了片刻，非常巧妙地说："张调，我先回去处理一下我的事。张凌的事，你给我打电话。"

老张在选择了毒品（女儿）后的所思所想不得而知。但数小时后，老张的所作所为还是可以看出老张那一刻的思想脉络的。

事情发展到这儿，不论是老张还是许渚的思想，都令我倍感兴趣，使我取舍不定。徘徊良久之后，我也像老张选择毒品（女儿）那样，首先将老张忍痛割爱了……

许渚在分局局长办公室讲述了他丢失枪械的经过。

分局局长仰靠在沙发上，望着这个令他颇为器重的年轻人，思绪万千。

分局局长从一堆文件里拿出一份任命书递给许渚。这是一份有关任命许渚为分局刑侦科副科长的文件，许渚浏览后，放在办公桌上。

许渚冲分局局长苦笑了一下。

"上星期就打印好了。"分局局长说，"老张他娃的案子有眉目了吗？"

"我去了老张那里两次，没有眉目。"许渚说。

许渚直愣愣地盯了一眼放在办公桌上的任命书，又看了看分局局长。

分局局长说："看来要作废了。"

"你指因为我丢枪了？"

分局局长说："是。"

许渚垂下了头。

分局局长温厚地说："你们年轻人什么时候都没个轻重，丢枪这事怕得……"

许渚接过话说："得记个大过，任命也作废了。"

"这两天我和你们头儿商量一下，你先到下面派出所待一段时间。你看呢？"

许渚还能说什么呢？只有点头的份了。

许渚打点行装到了分局最边远的一个处于长安城乡接合部的派出所。

派出所所长见了许渚就说："在咱所里别背啥包袱，好好干！"

许渚说："所长，我想请假，你看……"

所长爽快地说："行！收拾一下，你走你的，也该休息休息了。"

许渚把行李往办公室兼卧室里一扔，就走了。

……

许渚看到了唐姬隐现在目光中的惆怅，始终无言。

许渚呼吸、感受唐姬身体上散漫的某种气息，有了疲倦的感觉——伴之于苦笑。

许渚似乎游离开了他的性格。许渚从失去那张任命书到走进派出所的大门，"失落"、"忧郁"、"无奈"，种种令人不快的词组始终如一坚守着他的内心世界。

许渚在这种情绪下理所当然地想到了女人，而首先想到的应该就是杨娇。

许渚甚至没走出派出所多远，口里已经开始默念起杨娇的BP机号了。在这种像咒语一般的默念中逼近一座公用电话亭时，他没意识到杨娇早已不存在于这座城市了。

许渚拿起电话，传呼小姐告诉他这个号码已经停机了。

许渚觉得这就是伤心。

伤心也罢，失望、无奈也罢，关键是他此时需要找一个人倾诉，至于男人或女人就无所谓了，能听他倾诉一下就行。

许渚坐在唐姬面前（也许还可以打听到魏晋的行踪）。

许渚凄容满面。

许渚向唐姬倾诉他因丢枪，任命书作废了，被"贬"到派出所了，还要被处分了。如果偷他枪的人拿了这把枪犯案了，他可能还会被开除，甚至坐牢也有可能。

许渚苦笑着说："我现在成乡警咧！"

说这些给唐姬听能表达自己什么呢?

许渚的内心里都在笑话自己。

换了杨娇,他是肯定要将这些话和盘托出的。

现在把唐姬作为一个女人安放在许渚的对面,他一时半会儿也找不出句话来。

俩人总这么着太尴尬了,也不合乎情理。

唐姬只好先搭讪了,她说:"你这人挺好。"

许渚接过话说:"没啥好的。"

唐姬说:"现在像你这样的人不多见了。"

许渚:"哪里,我看我这种人满大街都是。"

唐姬说:"不见得。"

许渚说:"那是你见得少罢了。"

唐姬:"也许吧。"

说到这儿,他们的话打住了,因为净是些没盐没味的话。

又过了一会儿,他们仍坐着,无言。

再过一会儿,唐姬开始打盹儿,她的眼帘渐渐松弛,目光渐渐迷蒙,头发也在不知不觉间接近于散乱。

许渚从唐姬的身上闻到某种黏稠的气息。

这种气息使他想起了和杨娇唯一的那次做爱。再准确地说一下这气息,它很像我们在冬季旷野上闻到的那来自虚空的死亡气息。

唐姬没有任何动作。

唐姬的心跳轻轻掠过时间,接近某种终极的到来。

"你看那只蛾子。"唐姬困倦地说。

一只黄色的蛾子在他们之间的区域内舞蹈着,而他们之间的区域像有堵墙在围着,因此蛾子的舞蹈动作紊乱,烦躁不安。蛾子柔弱的身体在每一次舞蹈的停顿中均剧烈地碰触到"墙壁"上。这时蛾子就急速下坠,不过很快某种无形的力量便将它托起。

蛾子重新舞蹈,又重新触壁,周而复始。

许渚和唐姬都被蛾子吸引了。

蛾子每一次在那堵无形的墙上碰撞后都有些雾状尘埃扬起。

在这些雾状尘埃出现的时候,唐姬的嘴角便有浅浅的笑意。可那笑意竟然在出现之后默现出一派苦涩的哀伤。

许渚的目光长久性地注视着蛾子,他觉得蛾子就是自己。一有这感觉,许渚就被一种索然无味的情绪袭击了。他们好像站起来了,向城市外的旷野前进。

唐姬迎风而立。

"你需要什么吗?"唐姬问许渚。

许渚所答非所问:"我想找她(他)。"

"谁?"

"我找不着了,像消失了一样。"

"会找着的。"

唐姬转身,她披散的黑发挡住了许渚的视线。

唐姬回转身,许渚看到唐姬遮映在发丝后的双眸像早春的明月。

"你需要什么吗?"唐姬再次问。

许渚张开双臂将唐姬揽入怀中,并且有条不紊地开始为唐姬宽衣解带,把她像放一件物品那样平放在地上,然后开始做爱。

唐姬积极主动,热情奔放,许渚很满足。

一阵轻风拂面,许渚和唐姬同时都笑了,他们搞不清怎么能那么长久地观望一只蛾子飞翔。

在他们的观望期内,我竟不知羞耻、心理阴暗地为他们叙述出一场在某种意义上属于野合范畴的性爱景观,并且还像模像样地加入了简短的对话。

我感到自己在道德上对不起作为朋友的许渚和唐姬。

我把自己毫无廉耻、心理阴暗的举动告诉了杨媚。

杨媚惊呼道:"你是不是需要看心理医生?"

可惜在当下心理医生的生意并不火爆,也就没有几个从业人员。

许渚和唐姬没有任何故事发生,他们看完蛾子的舞蹈后就分手了。

许渚的情绪依旧。

许渚在整个休假阶段(也就一天半)流连忘返于长安的角角落落,像一位化缘的和尚,也许在这背后有某种目的。比如说是不是在寻找魏晋,或者在微服私访一直萦绕于心头的那一桩桩暴力抢劫案。不管哪种目的,他必定一无所获。

魏晋已不在长安。

我正在进行合法的商贸活动。

我都有点怜惜许渚了,但一想到他曾经和杨娇……我就不禁怒火中烧,狠狠地抛向窗外一个冷眼,我认为自己的冷眼会准确无误地砸在他身上的。

我坚信。

许渚结束化缘和尚形象的契机是这个下午在姹紫嫣红的街心花园,许渚碰见了一身便装的老张。

老张坐在花园边的石凳上,面色安详。他像欧洲那些坐在广场边掰着碎面包喂鸽子安度晚年的中产阶级,只是老张面前没有鸽子而已。

许渚面色疲惫、灰头土脸地经过老张面前时,被老张看见了,他喊道:"小许!"

"张调,你怎么在这儿?"

许渚递给老张一支烟。

老张像怕被谁听见似的小声说:"我把张凌的包送技检科查了指纹,除了张凌和你的指纹以外,还有两个指纹。"

许渚一听,差点笑出声来,不过他还是忍着没笑,他说:"肯定是那两个派出所人的。"

"不是,和他们的对不上。"

"你没和张凌见面说?"

"没有。我观察了,看不出吸毒。"

"那……"

"我觉得张凌,"老张停顿了几乎有一分钟才说,"可能比吸毒还可怕。"

"在贩毒。"

"对。今天上午我偷偷看了她的传呼,上面有留言,说是让张凌傍晚在街心花园左侧等，这不我悄悄跟来了。"

老张说完，朝花园左侧一努嘴。

张凌正站在一个冷饮摊旁吃冰激凌。

"人还没来？"

"没有，快了。传呼上没留时间。"

老张的目光笼罩着女儿张凌，既像一片柔软而有韧性的保护网，又像一张即将收紧的猎网。也许在这个世界上，现在能读懂老张目光的人还没有出现。

即将读懂的人应该是许渚。

22

　　种种假设和种种猜测都无法勾勒出杨娇在南方时间不长的生活。

　　从那次杨娇"流浪"进一家不知名的音乐社起，到现在，她只是偶然出现在我和许渚因爱情原因所产生的回忆里。

　　可以设想，在许渚注望张凌时，杨娇那美丽的身影出现在许渚视线范围内的瞬间，许渚那颗惊喜的心是怎样地在跳动。

　　许渚可以像一只兔子蹿向杨娇，然后在杨娇面前戛然而立。

　　可以想象得出许渚那激动的眼神里闪烁的光亮。

　　老张用手轻轻地拍了一下许渚，制止了许渚立刻就要付诸行动的念头。

　　杨娇和张凌站在了一起。

　　杨娇和张凌在一起耳语一阵。

　　张凌为杨娇买了一份冰激凌，她们的笑声飘荡在街心花园的上空。

　　"不会是判断失误吧！"老张想。

　　要不就是我自认为严密精细的叙述逻辑开始破绽百出。

　　反正她们的一举一动没有任何毒品贩子接头的迹象，要知道老张、许渚此刻无论心情如何，但眼神在这种时候是绝对的职业化。也就是说，她们有任何蛛丝马迹都逃不过许渚、老张的眼睛。

要知道张凌是做了几十年警察老张的女儿，杨娇是要在南方发展歌唱事业，曾有过风尘经历，但已从良的女青年。

张凌包里的海洛因怎么解释？

是我、是许渚、是老张的脑子里进水了？

我在桌前面向稿纸哑然失笑。

许渚和老张却没有笑。

张凌和杨娇各自离开了街心花园。

许渚和老张面面相觑，意味着此案又成了无尾之局吗？

许渚说："和张凌见面的那个人我认识，不过前一阵走了，失去了联系。"

老张并不在乎这些，他也没办法去在乎，他说："我看着不像啊！"

许渚干咳了两声，说："我们应该跟上去。"

老张说："不必了。"

老张站起来要离开这里的时候，许渚说："我写个报告给缉毒科算了，和咱们又没关系？你说呢？"

老张翻给许渚一个白眼，那意思是……

解释不清。

而许渚表层的意思却是他现在又不是刑警，你老张也快退休了，干这事儿纯属吃饱了撑的。当然，张凌是老张的女儿，就足以使这个表层意思站不住脚。可从另一方面，也就是说从以下事态的发展来看，许渚说把案子交给缉毒科的确不失为上策，可谁能预料到以后呢？

老张想和女儿正面交锋一次，但不知怎的没有那个勇气。虽然老张像所有正直、善良、严厉而充满爱心的父亲一样，但他就是没有勇气和女儿正面交锋。

老张连日来像个没有什么跟踪技巧，但非常执着的小警察，丝毫没有发现女儿的蛛丝马迹。

拖着一天的疲惫回到家，老婆把千篇一律的饭菜端上来，他吃完后就两眼发呆地望着凝固不变的天花板。老婆近日在家属院里与几位家庭主妇的小小聚会中听到了老张行将退休的消息，她看到老张如此这般，不知该怎么劝劝老张。老张不去上班没有人奇怪，一个三级调研员上什么班？老张也淡忘了他行将退休的事实，他只有一个想法，那就是自己把女儿包里有毒品一事查个水落石出。在他心里，是不愿把女儿的事叫作"案子"的，甚至在他的内心里，他希望永远也别查清楚，或是到最后错怪了女儿，几次都有许渚说女儿包里发现毒品是和他玩现下比较流行的黑色幽默的想法。

许渚在派出所开始了他捉拿小蟊贼的工作。那天看见杨娇仿佛是个幻影，许渚认为就是幻影。

老张几次把电话打到派出所，要许渚和他交换交换他跟踪张凌的情况，许渚都所答非所问地敷衍几句了事。到最后一次，许渚又故伎重演的时候，老张在电话那头发出了不满的声音，挂断了电话。

当时正是日暮西山，派出所小院里幽雅别致……许渚想，老张真是老了。

回到房间，屁股还没坐热，就有人叫许渚，说有他的电话，许渚说："说我出去了。"

那人说："是个女的。"

许渚拿起听筒，里面传来的声音一下子把许渚的心绪搅得紧张起来。

是杨娇。

杨娇告诉许渚她要来看他。

显而易见，杨娇好像又要利用许渚了。

杨娇在许渚面前总是狼子贼心。她在以前的风尘岁月中利用许渚，现在在她从事贩卖毒品的崭新事业中又将魔掌伸向了许渚，这不能不让人气愤。也许她今晚来探望许渚，还会和许渚上床。

卑鄙的出卖色相的手段令所有有正义感的人士所不齿。

我这样恶毒地攻击杨娇无非是要表明我是一个富有正义感的人士，不是一个道德沦丧之徒。

我失去了叙述杨娇面对许渚时可以淋漓尽致地展现其人性不论光辉还是卑下的机会。因此，在后来的岁月里，我痛心疾首，悔恨自己在小说叙述方面的无知浅薄和先天不足。

许渚静待着杨娇的到来。

在今晚，许渚和杨娇无故事可言，他们只是一次简单的会晤，没有出现重叙旧情的热烈场面。

许渚娓娓道来，杨娇倾耳细听，然后就结束了，就告别了。

在派出所门口，许渚看着远去的杨娇，才有了想揽其入怀的冲动，他不知道杨娇什么时候才能与他再见。此时一轮残月在天，加之派出所门前灯光昏暗，杨娇也已远去，又成了幻影。恰好一阵凉风袭面，真是断肠人在天涯呀！

杨娇还是那袭白裙，她穿行在寂静的大街小巷，倾听自己的脚步声。杨娇一句句回忆着许渚的倾诉，我就在许渚的娓娓倾诉中偶露峥嵘，杨娇从许渚的话语中寻找着有关我的叙述。

杨娇不愿找我，如此好像可以构成杨娇对我的爱情至深的辉煌篇章。

杨娇根据许渚倾诉中有关我的片言只语，想象着我的改邪归正，以及我即将出现的光辉灿烂的前景。头顶的半轮残月在杨娇看来分外明亮，分外妖娆。

杨娇决定还是不与我晤面了。

虽然时间是充足的，和张凌接上头后一切也还顺利，但杨娇明白她现在所从事的是一种冒险的事业，稍有不慎就有杀头之祸，何必要招惹周勃呢？生活将你逼向死角，到了置之死地而后生的境域的确是一种大气魄。作为女人，有这种体验的确不容易。

杨娇在子夜如约来到这个隐秘的地点。

张凌看起来先到多时了。

"你到了。"

"带来了吗？"

"带来了。"

"老地方。"

"老时间。"

这种接头对话陈旧而没有意义,不过很多情况下只能这样。

杨娇和张凌不便久待,匆匆分手。

躲在暗处的老张看着两个人分手各奔东西,迟疑了。老张打不定主意,该跟上哪一位呢?

老张后悔没叫上许渚,或是叫个别的人。

老张还是跟上了张凌。

可以大胆地假设,如果老张跟上了杨娇,那么一切都会提前水落石出。非常遗憾,老张就这样失之毫厘差之千里了。

在子夜到凌晨这段时间里,杨娇有条不紊地办理了她所需办理的一切,一笔毒品买卖就这样在老张略一迟疑下圆满成功了。

以后的一段日子,老张越来越发现女儿毫无反常之举。

23

黑色裙装也许可以起到某种暗示的作用，杨娇选中了这件价值不菲的黑色裙装。

杨娇穿上黑色裙装，走在色彩斑斓的大街上，她像一条恒温玻璃鱼缸里面养的热带鱼。

一袭黑裙的杨娇丰姿绰约，但并未引起行人的注意，杨娇没有要引起别人注意的欲望。但我有，我希望有人注意游走在南方街头的杨娇。

杨娇来到那家音乐社。那次和她闲聊的音乐人现在和杨娇已经是熟人了，不过他依然不知道杨娇是做什么的。

杨娇来到这位音乐人身旁时，身处长安的我和杨媚正在举杯相庆，谈笑间描绘着美好的财富蓝图。而杨娇此时同样有了一笔不小的财富，属于她涉足贩毒领域所获。

杨娇财富的具体数目，这里还是不详告的好，因为大家知道后肯定会为这巨大的利润而震惊。

杨娇喝了几口音乐人递给她的白开水，然后说："你们音乐社投资一张个人演唱 CD 得多少钱？再加些宣传，比如说在电台介绍那么几次。"

音乐人说了大概需要的数目。

杨娇盘算了一下，大概还得再做上两次贩卖毒品的生意，就问道："预付多少呢？"

音乐人说:"你想自费搞?"

杨娇说:"对!"

音乐人说:"百分之三十五吧!"

杨娇决定先交预付金,并且在进一步的磋商中谈了诸多细节问题,最后签订了合约。

杨娇交给音乐人的歌词,均为她和我在她的闺房里完成的我的诗作。

杨娇告诉音乐人说:"我这些东西你就先找人作曲吧,尽快搞出来。"

音乐人"哗哗"地翻着我的诗作,然后说:"这些歌词不怎么样呀!"

杨娇说:"不怎么样也麻烦你别给我润色了啊!"

音乐人说:"那好吧,做好我通知你,你来看看。"

杨娇走出门时想起应该把这个消息告诉我,但旋即就打消了这个念头。杨娇想,还是等CD做好了再告诉我。为此,我感到那些在脑子里稍纵即逝的念头的扑朔迷离与不可捉摸,以及过后那种令人撕心裂肺的懊悔与埋怨。

其时,我正和杨媚在床上翻云覆雨,充分享受着美妙。

我在这个时候,一直到叙述即将结束时,我都忘却了杨娇,我不知道杨娇为了个"爱"字已经在心情愉快地迈着轻盈的步子走向死亡,我甚至从来都没有发现过在杨娇身上居然还遗存着古典而辉煌的关涉忠贞爱情的巨大光芒。在我看来,忠贞的爱情只(特别是有过风尘经历的女人)存在于那些催人泪下且雅俗共赏的戏曲故事里,但时下竟出现在我的小说《验明正身》里。

大片的田野，雾霭岚岚，美景如画。

杨娇就像被人从田野里裁剪出的一段风景摆放着，而浮散在田野上的那一抹抹千古的岚色不正像她自己的爱情吗？

我为杨娇怆然泪下。

没有人知道在那个阳光明媚的午后，杨娇饥肠辘辘地徜徉在南方城市的街头时是怎样的一种心情。

不可否认在温饱问题迫在眉睫之时，在南方城市满大街贴满性病及壮阳广告的这片沃土上，杨娇重操旧业的可能性有多大。

杨娇当时的思想将永远成为一个不可言说的言说……选择涉足贩毒领域，从杨娇的智力上来说，她清楚地知道这是一条通向死亡的捷径，也可以危言耸听地说一句，杨娇在南方街头所做的决定，昭示着古典的忠贞的爱情观将悄然走向死亡。

至于杨娇是通过何种途径很快进入贩毒状态这一问题，可以去查阅数月前刊登在报纸上的一篇题为《由卖淫妹到贩毒女》的长篇通讯。

杨娇进入一个电话亭，给张凌打了BP机留言电话：十六日发。

老张和张凌是同时听到BP机响铃的。

还没等张凌抓起桌上的BP机，老张就冲进女儿的卧室拿起BP机看了。

"爸，你……"

老张一笑说："我让许渚打你 BP 机的，我的 BP 机停机了。"

老张比任何失魂落魄的人都失魂落魄，BP 机的留言对于老张来说，他将失去女儿。

老张是优秀的警察，像许渚一样，甚至某些方面比许渚还优秀。老张现在考虑的已不是如何收网，他孤独地承受着现实的打击。

"喂——找一下许渚。"

"是张调吧？"

"对！"

"许渚出现场了，他的片区里有个妇女来报案，说她的内衣和短裤被人连续盗窃了。"

"神经病！"

老张放下电话，出门拦了一辆出租车去会晤许渚。

一路上，老张感到有种悲壮的气氛一直萦绕着自己。

我能看出来老张一路上眉宇间紧锁的大义灭亲的庄严与肃穆。

并不是因为别的原因，老张要去找许渚，只有一个原因：老张视许渚为忘年之交。同时这一点也很可怕，因为其直接指向了老张仕途的不得意，和一个小警察，自己过去的小徒弟做莫逆之交，足以证明老张在同僚中的格格不入。

许渚的眼波猛地就定在老张的脸上，他惊诧，更愧疚，老张几次打电话约他，他都躲着，这才几天，老张霜愁满面，发生了什么事呢？

"你这是……？"

像一截朽木从峰顶落入山间，老张跌坐在椅子上久久不语。

许渚看着双鬓如霜的老张问："我能给你……"后半句是"什么帮助呢？"

许渚把话刹住了，他觉得如此说会伤害老张。老张呢，当然知道许渚的后半句话，见他刹住，心里不禁一热，觉得许渚善解人意。

"喝酒，咱俩说说话，没什么事。"

老张现在只想和许渚浅斟慢饮，一小口一小口地喝，话天上地下一句半句地从嘴里流出来，也许会好一点吧，总之离十六号还有五天时间。

这时，派出所所长听说老张来了，忙进屋打招呼"哟——张调，您下来视察工作。"

"视察个屁，我叫小许陪我喝两杯，没别的事。"

许渚闻言，不觉在所长面前有些尴尬，甚至有些埋怨老张，再怎么说自己是个小人物，老张那话……

"唉！"许渚竟然抑制不住地叹了口气。

当然，所长看出来这气是叹给老张的，赶忙说："那算我一个，陪你老喝两杯。"

老张一本正经地说："不行，今天我专门叫许渚喝酒，咱们改日吧！"

所长顿时觉得有些下不了台，自嘲地"嘿嘿"干笑两声，说："不够格，看来我不够格？！"

许渚说:"所长,您说哪儿的话?!"

老张说:"别误会了您,我是说……"

所长忙接了话下台阶说:"我还有个案子呢,你们喝,改日我请。"所长退了出去。

推杯换盏两个来回后,许渚的话里有些埋怨老张的意思了:"你怎么能那样说话呢?"

老张不说什么,一个劲地劝许渚喝酒。

看样子老张要一醉方休了。

按最初的想法,老张是想喝着酒将女儿的事给许渚说了,没有让许渚帮忙的意思,只是说说而已。

老张的确经不起这个打击。

老张几杯酒下肚就改了主意,他又不想说了。

闷酒有滋有味。

酒一杯一杯下肚,直到天昏地暗。

什么时候和老张分手的?许渚醒来后开始回忆。

许渚睁开眼睛,看见唐姬坐在床边凝视着他。

"你醒了。"唐姬说。

许渚想说话,张了张嘴,口腔内干涩得将话语尽数稀释掉了。

唐姬递给许渚一杯白开水。

"我在你这儿?"许渚问。

唐姬对许渚昨夜的酒后造访略感惊诧。

"老张呢?"许渚又问。

许渚坐起来,一脸歉意,他整了整衣服,又下意识地摸了摸腰间。

"枪又丢了?"唐姬猛不丁扔出句话来,说完她竟自个儿咪咪地笑了。

许渚也不好意思地笑了,解释说:"我根本就没带。你怎么知道我的枪丢了?"

唐姬说:"你喝得醉醺醺的,来了就告诉我你枪丢了,官也丢了。"

许渚默然。

许渚拉开门回过头说:"要是见着魏晋回来告诉我一声。"

许渚搞不懂自己酒后怎么来到唐姬这儿的,一路上他思考着这个问题。

到了所里,许渚忙着给老张挂电话,电话总是忙音,老张没有回家。老张能去哪里了呢?许渚坐在办公室里苦想。

一天时间过去了,夕阳洒在所里的小院里,仪态万千,他认为这样的夕阳将伴随着他千万次。许渚感觉自己的心态在这个霞光满天的时候渐趋于老态。

"真他妈的遗憾!"许渚在心里轻骂了一句,那一桩桩暴力抢劫案成了死案。不是吗?自打进了派出所,再也没听过类似的案子发生了。

许渚的情绪不免落下大片大片无奈与空白。

"到你那儿干吗呢?"

我重复着这句话,唐姬也许看见了我的失态。

唐姬说:"他也许是顺路吧。"

"你有魏晋的消息吗?"

唐姬摇摇头，然后我们相视无言，汗从我的额头浸出。

在我目之所及的地方，我看见恐惧是一头怪兽，正注视着我。

我的手开始无节奏地敲击桌面，弄出的声响与我的心跳相悖，猛然间，我的嘴咧开，傻笑出现在我脸上。

"真是自己吓自己。"我自语，傻笑像冰雕一样僵住了。

我说："你知道魏晋到哪儿去了吗？"

唐姬说："你觉得魏晋是不是拿了许渚的枪？"

凭直觉，凭我和魏晋多年的友谊，我断定是他拿了许渚的枪。但从我内心的另一面，在这个时刻，我否认直觉，否认我的判断，因为我清楚魏晋手中有了枪意味着什么。

我说："不可能吧！"

唐姬脱口而出："你不告诉我实话，你知道，知道魏晋到底拿了没有。"

"你希望魏晋拿枪了？"

唐姬垂下头，转身而去。

如今我能做的只有去设计某种假设了——假设唐姬转身离去的瞬间，我拦住她，也许……事实是我坐着。但有一点我敢肯定，就在唐姬转身离去的瞬间，我的脑子里闪过起身或开口（拦她）的念头。我的目光掠过唐姬侧向我的双肩以及垂于肩上的发丝和恐惧猝然相遇，我遭到了致命一击。

入夜，我的手一遍又一遍抚摸着杨媚的黑发，我欲言又止。

杨媚的指尖轻轻滑过我的胸前，她问道："怎么了？你出汗了。"

我再一次重复数小时前脸上绽放的像冰雕一样的傻笑。

"你热吗？"

我紧紧搂着杨媚。

一个令我战栗的毒念出现在脑际——魏晋持枪作案被击毙。

我为我的念想感到震惊。

我轻轻吻着杨媚，我不愿失去杨媚、不愿失去我刚刚到手的财富，虽然重色轻友不免遭到道德的唾弃，但捍卫美色和金钱的信念不足以将爱情和友情打翻在地吗？

我没有感到一丁点儿的害羞，即使如今在我的叙述过程中，我都感到心安理得。

只是魏晋不可能看到我的写作了，我准备在它付梓后前往那片湖光山色、春意盎然的公墓，将我的《验明正身》焚于魏晋的墓前。

杨媚酣睡如猫，我倾听着她轻轻的呼吸，心中诅咒着魏晋的死亡如期而至。我睁开眼睛，举目搜寻悬浮于空间的恐惧。我像一名巫师悄无声息地下床，站在窗前。透过窗帘，我的咒语撒向灯火阑珊的长安，我相信我的咒语必将击中魏晋，我听见咒语在击中魏晋的那一霎时，他轰然倒下的巨大声响。

窗前的我像荒塬上的衰草，被所谓的风抖动了一下。

24

星夜兼程、霜尘满面的唐姬站在铁丝网旁的土丘上。

不远处的劳改队队员在田地里挥汗如雨。

偶尔有风掀起唐姬的裙裾,露出她的小腿。

刘邦在无数次挥动锄头的间隙,眼皮撩了一下,目光忽地被拽出来,抛向唐姬显露在外的小腿。

锄头停在空中,像印制在明信片上的永恒闪电。

"刘邦,干你的活!"负责警戒的中士大声吆喝着。

"刘邦!"中士再一次叫道。

中士跑向刘邦,抬脚踹在他的腰上。刘邦跌卧在耕作的土地上的同时,锄头把劈中了他的额头,有血流出。

倒地的刘邦像一块被顽童扔掷的石块,他缓缓抬起头,目光透过一片血晕搜寻土丘上裙裾飘飘的唐姬。

刘邦看见唐姬从土丘上风一样飘卷着向他奔来。

刘邦的嘴角绽开一缕笑意,浅浅的。

猛地,那笑意僵死过去了,唐姬被荆棘状铁丝网拦住了,她的双手以受难耶稣般的姿势抓着铁丝网……血一滴一滴……静默寂然,重重地滴进了刘邦的眼波里。

显然,中士没有发现刘邦额头被锄头把击中,更没看见唐姬,"起来,干活!"中士命令着。

中士及所有在田间劳作的劳改犯们的目光"唰"地聚向唐

姬。这时，刘邦的眼睛悄悄地闭上了。

"他流血了，流血了！"唐姬继续喊着。

中士听见了，也仅是迟疑了片刻。

"起来！"中士接着大吼，再一次抬起脚。

"他流血了，他流血了！"唐姬尖叫着，声音直抵刘邦的耳膜。

刘邦忍受着，他不想动，把脸贴着湿润的土地，感受着额上流出的血顺着脸颊游走的滋味。

中士感到不可理解，难道这个平时勤劳的劳改犯真的被自己踹了一脚就踹得不省人事了？

突然，躺着的刘邦像被电击一般弹跃而起。

中士还没明白过来是怎么一回事，就栽倒在地了。其他三个警戒士兵和一个上尉同时将刘邦围住。

铁丝网下的土地上，从唐姬手中滴出的血散化成一瓣一瓣凄艳的桃花状，其中一滴被一株野草的草尖托住了，成了血色的晨露。

……

刘邦的目光转向唐姬。

唐姬看见刘邦依然是那么模糊，但不管怎么说，他们的目光此时毕竟紧紧地拥抱在了一起。

夜的黑色涂满土地。

劳作的人们早已收工，土地上空无一人。

唐姬安坐如佛，双眼睛紧闭。

对唐姬来说，数小时前，她和刘邦的目光相拥已遥远得仿佛有几个世纪了，具体来讲是以某种模糊的形式出现在唐姬的记忆中。

自从唐姬跃上土丘搜寻到刘邦劳动的身影时起，她的一颗悬着的心就已经放下了。因为看见刘邦就足以证明魏晋没有来过，由此推断，魏晋压根就没有拿走许渚的枪，即使拿了，也仅仅是玩玩而已。

唐姬在黑暗中甚至想告诉我，魏晋吸毒是她看走了眼。

现在的唐姬愿意这样想，天亮她就会打道回府，去寻找魏晋。

唐姬彻底睁开了眼睛，不再闭上。

她在黑暗中看见的魏晋真实而具体，她感到自己真的很好笑，怎么会莫名其妙地看到魏晋吸毒呢？

唐姬的笑像朝霞一般出现在清晨。

唐姬把自己装扮成教徒的模样，以虔诚的信念开始了寻访魏晋下落的漫漫历程。

既劳心又消耗体力的寻访，不久就将唐姬放倒在了床上。

唐姬眼望天花板，一口接一口地呼吸，像一条濒临绝境的鱼。唐姬的四肢抽动了几下，虽然她想爬起来，某种信念呼唤着她爬起来，走上街头……身体却断然拒绝了信念。接着魏晋会不期而至的念头以迅雷不及掩耳之势占据了寻访魏晋的信念，昼夜交替，日复一日，唐姬茶饭不思地和衣而卧，等待着魏晋的到来。

唐姬美丽的容颜像潮水般退去。

日渐憔悴枯槁的唐姬令我不忍相见。

多亏我没有再见过她，直至小说《验明正身》完稿的时刻，直到如今，唐姬成为我的重要叙述对象。我非常乐意唐姬按照我的意图就此躺在床上，如同古代害相思病的小姐一样，等待"一命呜呼"的到来。我喜欢诸如崔莺莺之类的角色在我笔下重新闪光，只是唐姬丝毫不理会我的喜好，她的容颜不可挽回地直坠而下，她连继续坠落的耐心也丧失了。

难道唐姬不知道她即将走向美丽的崔莺莺（尽管是以容颜为代价）？

唐姬展示着她未必是容颜方面的憔悴和枯槁，而是前往殉情地点。

那一天晴空万里，空气新鲜。

25

一连数月，我每日都在祈祷着能够进入梦境，借此驱散我对魏晋窃枪失踪后的恐惧。

白天，我只身一人去火车站、长途汽车站附近充斥着旅人汗臭的录像厅观看凶杀片还有鬼片，沉浸在血腥和鬼怪中的我呼吸平静，我希望在血腥和鬼怪的刺激下，神经紧张起来。

晚上，躺在床上我等待噩梦降临。

早晨，我沮丧地坐在床上，因为一夜无梦。

一支烟被我燃着，青灰色的烟雾袅袅升腾，我陷入了深沉的回忆，作为叙述者，我对那几天的恐惧至今想起来还心有余悸。

我坐在办公室里，长久地抚摸柚木写字台。我把脸深深地埋进柔软的窗帘里，深情地注视着欣欣向荣的长安。

我对魏晋的诅咒更加凌厉。

我对我们曾有过的友谊毫无留恋之情，我深信魏晋的存在意味着我的毁灭，难道不是吗？

一旦魏晋遭到警察缉获，那么……我不敢想象。

我数次约会许渚，他都告知我他正在办案，无法赴约，见谅！我根本不知道许渚正在办的案子将直指杨娇。当然，许渚也不知道。

我再一次拿起电话后,许渚对没有响应我不厌其烦的邀约深表歉意。

许渚说:"现在实在不行,晚饭我请你。"

约见许渚有什么用呢?

在等待晚饭来临的时光中,我静静地思考。

诺玛雪塬枯燥的生活渐渐像小溪一样流进我的记忆……

我注视着一明一灭属于我和魏晋的烟头。

我倾听我们的呼吸。

其实我并不愿意把自己讲述成一个视兄弟情谊为粪土的无耻之徒,只是现在我拥有的一切又怎能因魏晋的被缉获而付诸东流呢?

假若魏晋愿意和我共同拥有,我会欣喜若狂。

从另一方面说,我希望魏晋平安无事。

这种情况可能吗?

我的思考面对如今的叙述已趋于强弩之末了。

即将进行下去的感觉明晰地禁锢着我写字的手,后来的过程我仿佛已失去了叙述的意义。

等待多年后的晚餐成了我唯一的希望。

我曾经致信杨娇,约定了预定时光的晚餐。

杨娇在复信中欣然同意,并且在行文中对我进行的叙述大加赞同与鼓励。

晚餐是一定要如期举行的,也许和许渚的晚餐真的可以缓解或者说冲淡一下我的恐惧。

许渚很健谈,这与他以往的风格大相径庭。许渚不时地招呼小姐拿酒来,看样子好像要不醉不休。我小心翼翼地在他连续不断的言辞中插入一些有关魏晋的话题,我非常希望从许渚那儿得到魏晋的只言片语。

许渚说:"魏晋拿我的枪干吗呢?真想不通。"

我问:"你能肯定是魏晋拿了?"

许渚说:"八成。"

我说:"干脆通缉魏晋算了。"

许渚闻言居然把眼瞪了起来,不高兴地说:"那怎么行?不能肯定就是魏晋拿了。我想呀,魏晋要是真的拿了的话,恐怕玩段时间还得给我,他要枪干吗呢?唉,你最近见着魏晋帮我说一声。"

"没见到。"我进一步说:"以前你搞的那个系列暴力抢劫案有结果没?"

"那能有啥结果呢?不过你别说,是挺怪的,自打我去了派出所,就再也没发生过,好像是专门冲我来的。"

我说:"人家再也没做过,说明人家已经幡然悔悟,重新做人了嘛!"

许渚说:"但愿如此吧!"

我说:"当然,但愿如此!"话一出口,我看见某种刺激汹涌而至。

我的手指把玩着白色的酒杯,同时玩味着许渚的话语。

我体会到了魏晋和许渚的那次午餐时的心情——刺激。

我们的晚餐因许渚 BP 机的鸣叫而中断。

许渚看了眼 BP 机,表情不大自然,他说:"这不又有事了，咱俩改天好好聊聊。"

我没再说什么话，和许渚告别后，回家倒头就睡。

在整个睡眠过程中，我曾经希冀的噩梦滚滚而来。当我大汗淋漓地睁开眼睛时，即听见我的心跳趋于平静。

这时候，电话铃响起，我听了一会儿，想应该是杨媚打来的。

果然，我一拿起听筒，就听见杨媚说："这几天你干什么呢？也不来找我，也不接电话。"

我说："你不是毕业考试吗？你打电话了吗？"

杨媚说："怎么没打？你跑到哪儿去了？"

我说："哪儿也没去，就是去看了看录像。"

杨媚学着我的口气说："哪儿也没去，就是去看了看录像。"

我说："是呀，就是看了看录像。"

杨媚说："我都没录像好看。"那语气像是要立刻挂电话。

我忙说："怎么能那样比呢？你肯定比录像好看。我是怕去看你，影响你考试。"

"我考完了。等着我啊！我这就过来，有好事告诉你。"

杨媚依偎着我，令我幸福。

杨媚向我讲述了某人向她求爱的过程，而后问我观感如何？

我说："我又没看见，怎么讲观感？再说我又不认识这个人。"

我一手揽住她的腰，凑过去亲她。

"不要嘛,你真是个忘恩负义的东西!人家帮你发表过诗呢,你都忘了!"

其实我自己都搞不清我是否认识这个人,我笑着说:"真的,我不记得了,我只记得你。"

"你还记得我姐姐吗?"

"谁?"我一时没反应过来,脱口而出。

杨媚放大声音说:"杨……娇!"

我没吱声,我进入了时光隧道。

"我告诉你的第二件事就是昨天下午考试的时候,我从教室里往外看,看见了我的姐姐,她肯定是来找我的。等我考完试,走出教室,再找她,就找不着了。"

杨媚看着我。

我"扑哧"一声笑了,我说:"怎么会呢?你看走眼了。你姐姐这会儿正在南方当歌星呢!"

杨媚待我话音落了,立刻表现出一副受了冷遇的委屈样。她说:"看你,你都不敢相信了,是吧?被巨大的幸福暖流包围了是吧?是真的。我看得一点都没错,是杨娇。我怎么会连我的姐姐都不认识了呢?信了吧!你去找她吧!去找呀。"杨媚在我身上乱揉着。

"不去,我不去!"

我招架着说:"我只要你,谁都不去找,再说人家又没来找我,我干吗找人家。"我索性紧紧抱住杨媚,让她动弹不得。

杨媚安静了,她轻声在我耳边问:"真的吗?"

"骗你干吗？"

"真的？"

"真的。"

说完，我的目光跃向窗外，有一群鸽子正从天空飞过。

我没听见鸽哨的声音。

是不是可以做如下假设：

许渚非常清楚杨娇和我的关系，或是非常明了杨娇的风尘岁月，因此我认为许渚注定不会长久地爱恋杨娇，也许会有那么一两次上床的事情，原因好像不必我再啰唆。

当然，以上是假设。我之所以如此，究其原因是刹那间捕捉到了许渚和我共进晚餐时，接到杨娇的传呼后，浮泛于脸上的某种令我不确定的表情。

我想大概是因为许渚羞涩吧。

许渚没有告诉我有关杨娇的任何信息。

假如许渚告诉我的话，我绝不会像从杨媚口中听到杨娇的消息那样平静。

我会去见杨娇，且不管我的心情如何，最少那种并不令人欣喜的戏剧性结局将无法诞生。

许渚照例热烈地拥抱了杨娇。

许渚的所有言行都反映了一个苦苦追求爱情的优秀青年的心情。

对杨娇来说，是否在许渚的拥抱和生活中产生内疚这个问题并不重要。现在最重要的是杨娇需要许渚和她一起前往某个并不神秘的接头地点，与张凌交割毒品。

杨娇天生有一种从事高智商犯罪的禀赋。

许渚完全沉浸在杨娇到来的巨大幸福之中。

"你什么时候回来的？"

"你什么时候走？"

许渚的话像个热恋中的高中生，透着傻气。

杨娇轻轻捧起许渚的脸，温柔地吻了一下。

杨娇自己都分不清此时亲吻的具体所指或是说含义。

他们像千篇一律的恋人，出现在马路边。显然这样的场所已经极度不适应他们了，很快他们就选择了一家宾馆。

杨娇的舌头像生长在温暖潮湿区域的植物，游浮在许渚的躯体上，其间还从喉部发出诸如"爱""想"等令许渚情绪高涨的单字。接着许渚在杨娇如火如荼、花样翻新的动作中，显得应接不暇。

许渚像个成绩糟糕，却依旧努力的好孩子，配合着杨娇。

杨娇的动作渐渐趋于平静，她的长发覆盖了许渚。

透过发丝的间隙，光线凌乱纷杂地印在许渚的皮肤上，杨娇的手指拨弄着这些光线，仿佛在弹奏丝竹乐器，是一种很古老的情调。

"明天你不要上班了，好吗？"杨娇娇声地对许渚说。

许渚沉吟。

"好不好吗？"杨娇撒着娇，完全进入角色。

"你明天陪我逛街，我要嘛！"

"好吧。"

杨娇冲完澡，看着橘色的灯光映在许渚安然酣睡的脸上，她划着一根粗梗火柴,点燃一支香烟,青烟从口腔内袅袅而出。

杨娇的目光追逐着渐渐弥散开来的烟雾,而后裹住它们,并且随着烟雾翩跹起舞。

烟雾在杨娇的头顶部位不断上升,最后消失。

杨娇的目光无数次在烟雾消失之地盘旋。

杨娇从这消失之地看到她和许渚在六十中念书时的岁月。

杨娇看到许渚吹小号时的身姿,并且很快听到了那时作为歌手的自己的歌声,以烟雾的形式袅袅消散的过程。而许渚用小号吹奏的乐曲一直作为背景音乐,随着歌声的消失而消失。

杨娇衔烟的红唇趋于冰凉,随之不禁全身打个冷战,长长的烟蒂抖落在地。

杨娇用冰冷的红唇贴着许渚睡着了。

许渚没有觉察出杨娇红唇的冰冷。

我在此刻却感到了杨娇的冰冷,不仅如此,我还感到了我的笔的冰冷,我仿佛是在冰面上刻写。

抬眼环视空寂的房间,我看见自己呼出的气体在房间凝成了一粒粒的冰花。这些冰花塞满了空间,冰结着我的情绪,我为对杨娇主观臆断式的叙述感到一阵源自魂灵的痛楚。

数月以来,我首次弃笔而去……

我向长安城北狂奔,爬上阔别许久的监狱近旁的水塔,眺望积木状女子监狱的监舍,我向监舍奋力挥手,顷刻就听到了建筑物"稀里哗啦"倒塌的令人欣喜若狂的响声。

在这些建筑物倒塌的过程中,杨娇的身影冉冉升起,缭绕于我的面前。

杨娇像一支香烟点燃后的袅袅轻雾,向我飘来……

翌日,我注视着杨娇依偎着许渚漫步在大街上的身影。

他们像每一对热恋中的年轻人,体态安然,动作亲昵。尽管街上很嘈杂,但依然遮盖不住他们呢喃多情的笑语和轻松愉快的脚步。

我被这幅幸福的图景陶醉了。

许久之后我平静下来,侧耳倾听……杨娇顺利完成了毒品交易所需的一切程序。这样杨娇便拥有了她所需要的所有费用,也许再来上几次,就能购得一辆"Enzo Ferrari 348 ts Targs"跑车。

多么美好啊!我在心底由衷地慨叹。

用不着我详细地讲述杨娇怎样利用许渚做完了这次数量巨大的毒品交易,我说过杨娇拥有从事犯罪活动的天分。

许渚仰望着渐渐远去消失于蓝天白云里的飞机。

许渚挥动的手臂此时已经停了下来,但没有垂下。

许渚此刻沉浸在杨娇临别的话语中。

杨娇说:"我就回来,回来。"

说话的时候,杨娇的眼睛如晨雾般拥揽着许渚,让许渚感到温暖。

电话铃声长久地响着。

杨娇在等待着我的电话,她要告诉我她已经有了足够的钱,可以出 CD 了。

我夹着烟，不去抽，任烟雾升飘在我和响着的电话之间。

杨娇听着一声一声的忙音，一遍一遍地拨着号码。

杨娇终于放下电话。

我拿起电话，我听见的又是忙音。

许渚一脸幸福地转身时，他看见老张斜靠在警车旁注望着他。

许渚向警车旁的老张走去。

"送朋友。"许渚说。

老张拉开警车门，许渚上了警车。

许渚看见张凌戴着一副手铐坐在后排。

警车缓慢地行驶在机场通往市区的路上，老张讲述了抓捕张凌的经过。

老张按张凌BP机上的地址守候，但他没等到张凌，也没有等到许渚前来会合。老张不知道许渚陪伴了作为交易人的杨娇，而杨娇从许渚口中得知了老张的蹲守。张凌在接完货后，鬼使神差地让老张碰个正着。

毒品还在张凌的手上，被老张轻而易举地截获了。

对张凌的讯问出乎意料的顺利。

老张问："给你交货的人，你还能联系上吗？"

张凌说："可以。"然后就向正在录音棚里灌制CD的杨娇发出了信息。

杨娇在一瞬间就决定了回复的信息。

"Enzo Ferrari 348 ts Targs"跑车毕竟诱人，只是要等灌制完CD再做。

"守株待兔"的寓言故事习惯性地在现实生活中上演，有些时候演出的效果还很不错。

许渚问："那个人肯定会来？"

张凌说："肯定。"

老张问："你真不知道那人叫什么？"

张凌说："不知道。"

简短的对话后，许渚和老张互相看了一眼，决定上演"守株待兔"这个传统节目了。

其实也不可能有更好的办法。

在我看来，其实老张和许渚的决策是正确的。因为只有如此，对张凌的结局才可能有利。

我和老张没有过接触，但毕竟老张长久性地出现在了我的叙述中，尽管只是起到一个过场人物的作用，但我不会忘记老张和张凌不仅仅是警察与毒品交易者的关系，他们还是父女关系。

老张把手放在张凌的头上，张凌柔软的头发和老张手心贴合在一起，他们都感到了温暖。

在此之前，警察与毒品交易者的关系一直纠缠着老张，甚至在不久前，老张面对缉获的数量巨大的毒品时，涌动于全身的是一种充溢着职业性的兴奋。

此刻，老张的手在轻微地颤动，像微风中的草那样。他看见在这个审讯室内"无奈"两个汉字雪花般飞舞，搞得他全身冰冷。

老张僵立成雕塑的造型令人不忍，以至许渚几次都没将火柴划着。

　　许渚起身拉开门出去,他燃着烟深深地吸一口,很舒服,他不愿再去想老张的事。

　　"小许!"老张叫许渚,"我看……"老张不说话了,看着许渚。

　　许渚感到很别扭,他明白老张会向他说什么。

　　老张说话了:"我看咱们把这事彻底搞完了再……"

　　许渚想止住老张的话,可只吐出个"那"字就说不出来什么了。

　　还是老张说了:"看守所是不是由你——"

　　许渚忙接过话头说:"放心吧!我送张凌过去。"

　　老张还想再对许渚说两句什么话,但没说出来,其实不用花费什么心思,完全可以猜测出老张无非是想说些感激的话。

　　他们一起在夜色下站了一会儿,许渚说:"我这就去给张凌办吧!"

　　许渚带着张凌上了警车,用铐子把张凌的手铐在把手上。

　　老张半扶着门,望着车内的张凌,缓缓抬起手,摸了一下她戴着手铐的手腕。他正要为张凌捋一下垂于额前的发丝时,许渚发动了车,发动机的声响让老张停住手上的动作。

　　门"砰"地一声关上了。

　　远去的警车尾灯映在老张的眼里,直到最后消失。

　　……

　　长期以来,我已经不再从事暴力劫掠活动了。

我的基本生活是坐在办公室里发呆（因为没有魏晋的消息而害怕）和不发呆的时候写作诗歌（离职业诗人的距离已不远），还有就是和杨媚一起品尝爱情的甜蜜，这里包括为一件不起眼的事而高兴或争吵及必不可少的做爱。

总之，我生活得非常有规律，但却不枯燥。

难道不是这样吗？

发呆，作诗，寻欢，争吵，做爱。

有哪一件是属于枯燥范畴的？

我怀念这美丽的日子，同时美丽的日子又是危机四伏的日子。

我在美丽但危机四伏的日子里，如漂驶在暗流汹涌的蔚蓝色大海上的一叶孤舟——迟早要被打翻。

最早我发现危机始于杨媚。

那时候，她刚刚大学毕业，在长安社会科学院的哲学研究所供职，为一位研究恩格斯所写的《路德维希·费尔巴哈和德国古典哲学终结》的有研究员职称的独身男人做助手。

杨媚每天把一条一条的短句抄在卡片上，供这个独身男人撰写著作时摘录。

杨媚告诉我说，等到该书出版时，他会在《后记》中写上向杨媚致谢这类话。

我不了解哲学界的事情，也许此话对杨媚很重要或者干脆就是一种荣誉，反正杨媚做得愉快并且卖力。有几次我在等待和她约会时都等烦了，因为已到了深夜。

杨媚却对我刚刚结束的焦急等待置若罔闻，她理所当然地被我迫不及待地抱在怀里。

我抚摸杨媚。

我亲吻杨媚。

我倾听杨媚的呻吟声。

我听到杨媚似乎是在呻吟的间隙呓语般地说:"德国唯心主义哲学是对法国革命和法国唯物主义的贵族式反动……"更使我不可理喻的是,做爱完毕后,她还会问我知道不知道做爱前她说的那句话是谁说的?

我说:"不是你说的吗?"

杨媚说:"你怎么那么笨!那句话是斯大林在1947年说的。"

杨媚经常这样不分场合、时间地向我提出一些有关哲学方面的小问题。

我觉得索然无味。

我几乎每天都能闻到杨媚身上黏附的那股子绝对低于一元五角钱一包的香烟的味道。

我说:"你能不能劝你的研究员抽些好烟。"

杨媚说:"他抽黄金叶香烟已经二十年了。你想过没有,一个坚持了二十年的习惯怎么可能改变呢?"

我还能再说什么呢?但这一切并不是真正的危机,我和杨媚的危机正处在静悄悄地逼近的过程中。

我根本就看不见危机,当然,杨媚也没有看到。

一双眼睛已经盯凝着她很久很久了,对这双眼睛我不愿含有情绪或者客观地描述,因为它属于刘邦。

手中的笔又一次跌落在稿纸上。

我的手僵住了，思绪也僵住了。

我站起来，双腿发软，再也无力气拨打那组我熟悉的电话号码，去听一听杨媚的声音。我像一条即将死去的鱼，张合着嘴唇，拼命地呼吸……

刘邦再一次出现在我的叙述中，我明白这预示着什么。

危机已经到来，翻船之日无多。

终于，在冬日干冷的正午，刘邦站到了杨媚的面前。

"你是杨媚？"

此处有必要省略杨媚的话。

"我是周勃的朋友。两天后还是在这里，你把钱给我，谁都不要告诉。"

杨媚并没有告诉我她碰到了刘邦。

杨媚告诉了许渚。

从理智上分析，杨媚将刘邦视为一名敲诈者。

我扯开窗帘的一角，眺望长安的万家灯火，然后我的目光上移，看见一抹青云在月之旁缓缓飘滑，我想到了"温柔"一词，温柔像针一样轻轻刺着我跳动的心……

我无法不陷入对那最后两天短暂时光的追忆。

我放下笔，打开箱子，拿出一本黑色封皮的日记本，我翻到这一页：

12月7日　晴

　　今天早上八点起床，媚儿已经走了。九点三十分到公司。上午无事，呆坐。中午接到媚儿的电话，说有急事让我在公司等，一直等到晚上十点，媚儿才来，一起回住处。我一路问媚儿什么事，她都不说，最后告诉我是和我开玩笑，睡觉。

12月8日　晴

早上和媚儿做爱，耽误了她上班时间，她到九点才走。但媚儿没有嗔怪的表情出现，我奇怪。到了公司无事，记日记，中午给媚儿打电话，接电话的是媚儿的研究员，他告诉我媚儿刚被一个男的叫走了。是谁呢？（想了整整四十分钟）算了，睡觉吧！下午四时醒来，现在是四时五十分，我得去社科院找媚儿，问问中午找她的男人是谁。

日记只记录到下午四时五十分，从此永远是空白了。

这是那两天的客观记录，我逐字逐行地读着。

我为我日记中客观而平静的记录激动不已，我发现我此刻是那么地热爱这最后两天美丽的日子。

我等着杨媚的电话，她每天中午都要给我打电话。

听筒里杨媚的声音沉稳平和，她问道："下午你有事吗？"

我说："没有。"

杨媚说："你等我好吗？就在公司。我现在还有事，等我！"

要找破绽的话，那就是杨媚最后的叮嘱——"等我"。

不过此时此刻我有什么理由去寻找杨媚话里的破绽呢？

等杨媚我已习以为常。

直到夜幕降临，我才有了一丝莫名其妙的情绪，但仅仅是一闪而过。

杨媚回来了。

我们像往常一样在街头漫步，顺便吃饭，接下来回到寓所，最后上床。照例，我先为杨媚宽衣解带，然后我搂着她吻她，我的手在杨媚的身体上抚摸，毫无新意，但却并不影响我的兴致，同样也没有影响杨媚的欢愉。

我停止了抚摸，俯看杨媚。她睁开眼睛，展示给我一张灿烂的笑脸——我的身体在杨媚的身体旁徘徊，像等待登台演唱的一位刚出道的歌者，我已经感受到杨媚身体的湿润，是那种春雨般的湿润，恬适静谧且弥漫着令人心醉的芬芳气息。

在我即将走进这春雨的时候，杨媚用手推了推我，她说："明天好吗？"

是的，明天。

注定明天有个阳光明丽的清晨。

在冬季的长安，阳光其实并不多见。

最早发现阳光的是杨媚，她摇醒我说："你看太阳多好。"

我眯缝着眼睛看，阳光像蛋清一样涂在我们的床上，我还看见杨媚的脸颊和阳光已融为一体。我几乎是怀着一种虔诚的心情将手放在杨媚的脸上，温暖的触觉令我瞬间充满了激情，我掀起被子。霎时，杨媚的身体就像一大片的阳光，被放置在了床榻之上。

我坠入阳光中。

场景的真实性并不暗示我叙述的真实性,我被一种类似虚幻的情绪所笼罩。

在日记中,我对这个清晨有"做爱"两个字的描写。

我又释然了,毕竟这个清晨的阳光不容置疑。

在这个清晨所进行的做爱活动是我和杨媚最后的"晚餐",这足以支撑我确实存在着不太真实的场景描述。

我们相互爱抚着,舒展而大幅度的动作把我们抽象成某种在风中摇曳的植物。

我搂起杨媚,她的长发覆满我的手臂,我们的身体贴在一起,影响了我的运动。

我听见杨媚的声音清新悦耳,如阳光照耀下的河流,泛着银色刺眼的光芒,使我无法看清她的容颜。

随着我们的运动戛然而止,我似乎看见一张古琴在落日的旷野中弦断了,我就是那张弦断的古琴主人。

抱起古琴,我伫立成了一截古木。

身前是满目的苍茫,身后是如血的落日。

静默中的温润、柔软、飘摇成为对即将逝去的美丽时光的全景式回顾。同时,手指之于杨媚的拨弄无疑充满了渴恋不舍的情愫。我几乎是在揉搓,接近于粗暴与野蛮。

不管是温柔也罢,粗暴也罢,它只是一种动作,根本无法阻碍事态的发展趋势。

当我又一次进入杨媚体内的时候,我即沉浸于无妄的虚空。

我非常得意，心情愉悦，因为在这个世界上几乎没有人在乎我的叙述。

我把黑的说成白的，把白的说成黑的，都无关紧要。

注定这些令我陶醉的日子都以过去时态出现在我的眼前，似乎与我根本无关。

我在这个清晨最后吻了一下杨媚的脸颊，一张芬芳四溢的脸。

门轻轻地被杨媚带上了。

我躺在床上，摸到床头的香烟。

我感到孤独，我置身在这个不大的居室里，却无比深刻地体验到了空旷与寂寞。

我躺在床上，盖着被子。

我的身体无处不黏附着杨媚的气息，只是气息而已。

杨媚正行进在上班的途中，不论我们在过去时的状态下有过多么狂迷忘情的结合，在现在进行时中，我无法回避地要去面对离别。

如此，巨大的孤独感不袭向我还能袭向谁？

我燃着香烟，烟雾腾涌重叠，尽显着我此刻的思维。

26

两天后的黄昏,我和刘邦重逢了。

我们似乎再度成为兄弟,成为一条线上的蚂蚱。

本来我们就是。

在我们的少年时代,我们都曾经以充满狂想与渴望的心情阅读过《水浒传》,梁山泊的好汉是我们的血液,一直都在我们的身体里流淌,没有干涸过。

有谁不愿意去当梁山好汉呢?

我在没有魏晋任何消息的时候害怕过,在我的叙述中,刘邦的再一次出现令我的腿软过,但这一切都是暂时的,构不成我的主旋律。

我心潮澎湃,我的手颤抖着,我努力使自己冷静,冷静,再冷静,把我的(英雄)流氓主义埋在心底,像岩石埋葬着岩浆那样,这就是我喜欢的。

面对刘邦,我的脸立刻长成一块青石,眼波在我们相距的咫尺空间内凝住,没有任何物事能激活这个凝住的眼波。

我的双唇努力开合,但没有成功。

刘邦的双唇努力开合,也没有成功。

所有的努力都宣告失败。

任时间在我们之间像刀子一样割划。

反反复复。

在反反复复的割划过程中，遥远的诺玛雪塬一点一点地浮出于时光之上，突兀在我们面前。

首先是刘邦一直揣在兜里的手拿了出来，一把B&T MK Ⅱ式手枪枪口垂下来了。

"我要打死你，周勃！"刘邦说。

我不动。

"你出卖我和魏晋，我要打死你！"

猛然间，我的脸绽放了笑靥。我说："打死我？我出卖你们了？"

我走近刘邦，从他手上拿过枪，在手里把玩起来。

刘邦也是在一瞬间笑了，他轻松无比地把自己埋进沙发里。

"你要拿这枪……"我举枪冲着刘邦说，"打死我。"

"我一推开门，就想扣扳机，打——死——你！"刘邦一字一顿地说。

刘邦接着说："可瞧你那一脸的茫然的样子，我……算了，不提了。不过你这浑蛋可真是把我和魏晋卖了。"

我问："我把你俩卖了？"

刘邦说："卖了！不是你是谁？"

我说："那你打死我吧！"我递枪给刘邦。

刘邦持枪指向我说："你以为我不敢打死你？"

我说："你当然敢把我打死！"

僵持了一会儿，刘邦把指向我的枪口收了回去，怒吼道："周勃，我们是不是兄弟？"

我沉吟了一会儿说:"是!"

刘邦质问道:"那你为什么出卖我和魏晋?"

我没有回答。

刘邦说:"魏晋被许渚抓走了。"

刘邦死死地盯着我。

我以为穷极一生都不可能去解读刘邦这个时候的眼神……杨媚脑子里产生的第一个念头就是找许渚。

在刘邦和杨媚约定的时间和地点,他们站在了一起。

刘邦问:"怎么,周勃没来?"

杨媚说:"周勃说他没钱了,你以后不要找他了,他没钱!"

"不可能!"

刘邦听了杨媚的话语冲动起来,他一把抓住了杨媚的肩,刘邦不可能再有别的动作,他只是冲动而已。

当刘邦的身影出现在不远处的许渚的视线里时,许渚优良的职业敏感立刻指导了他所有的思维。

刘邦是越狱而逃。

紧接着许渚意识到……他克制了自己的思维……

许渚不愿再判断下去。

刘邦的手即将离开杨媚肩头的一刹那间,许渚已然冲至他们的身旁。

许渚闭着眼睛都能想象得到手铐与皮肤相交的一瞬间的感觉。但就在这毫厘之间,刘邦反手扣住了许渚的手腕。

刘邦的另一只手"唰"地抽出枪顶住了许渚的脑门。

刘邦的手指搭在扳机上。

"别……"

一个声音像箭一般射向刘邦,射向许渚,射向杨媚。

刘邦的枪口一偏,顺手将许渚狠带一把,然后撒腿狂奔。

不远处,魏晋骑着没有熄火的摩托车,向刘邦靠近。

刘邦一骗腿就要跳上摩托车。

摩托车猝然间倒了。

魏晋倒在地上,血从他的腹部汩汩流出。

刘邦回头甩开手枪,子弹贴着奔跑的许渚,击中了惊呆的杨媚的肩头。

刘邦一把扶起摩托车。

许渚开枪。

"快跑!"魏晋喊。

许渚已冲至摩托车近前。

许渚举枪。

魏晋猛地拔出枪,一跃,许渚一脚将魏晋手中的枪踢飞。

摩托车呼啸远去。

许渚铐住了魏晋。

魏晋看一眼许渚踢飞的落在地上的枪说:"那是你的。"

许渚避开魏晋的眼神,扶起魏晋,同时手铐落在魏晋的腕上。

对接下来的收拾残局我没有兴趣。

魏晋和杨媚同时被送往医院。

他们的枪伤没有大碍,仅仅是皮肉之苦而已,根据医生的判断,将息几日即可痊愈康复。

我问:"这就是经过?"

刘邦点点头说:"我该打死你!"

我把目光移向刘邦,说:"你不该!我告诉你,我没有通知许渚,我不知道你们回来了。说真的,没有魏晋的消息后,我是有些害怕,害怕魏晋毁了我已经得到的。"

刘邦说:"那现在呢?"

我说:"不知道。"

一阵沉默。

我说:"我要到医院去看看杨媚。"

刘邦说:"你为什么不说去看看魏晋?你去看那个出卖了我们的婊子!"

我的目光燃着,烫着刘邦。我说:"杨媚是为我好,她不认识你,所以她告诉了许渚你找她,她以为你是个骗子或者讹诈者。"

刘邦的嘴角泛出一丝冷笑,没有说话。

我说:"真的!"

刘邦再一次举起枪,指向我说:"你去我就打死你!"

我盯着刘邦,枪口与我的目光相遇。

刘邦说:"周勃,为个婊子你不值得!"

我说:"我又没有怎么样,不存在自投罗网。"

刘邦说:"你和魏晋的事我都知道了,你不要去。"

我说:"魏晋绝不会向许渚说我们的强盗经历,我相信他!"

我们需要逃亡。

准确地说，是我需要为刘邦准备逃亡的资金，当然还有必不可少的周密而翔实的方案。

资金本身不存在问题，但我无法进入制定方案的状态。我惦记着杨媚，我不厌其烦地问刘邦杨媚当时的状况。

"你有完没完？"刘邦吼叫道。

我无语。

当我把目光终于完成为一个点的时候，我说话了："我要去看看杨媚。"说完，我把目光钉在刘邦的瞳仁里。

刘邦垂下了眼帘。

刘邦问："这里安全吗？"

我说："不知道。"

行走在夜色里的我和刘邦脚步急促。

刘邦一次又一次压低着嗓音说："快一点，我们快一点。"

我被一阵莫名的情绪所袭扰。

我说："你是不是很害怕？那样的话，你还是不要去的好，约个地方你等我。"

刘邦的脚步更快了，将一地的月光踩得愈加凌乱不堪了。

在离医院不远的暗角处，我们停住了脚步。

我说："就这儿吧，你等我。"说完，我向医院走去，但很快我又折了回来。

"你不去了？"刘邦惊诧地说问，"怕了？"

我伸出手说："把枪让我用一下。"

刘邦问："干什么？"

我说:"也许我能把魏晋弄出来,有枪可能更好办一些。"

刘邦闻言迟疑了,但还是把枪给了我。

我向医院走去。

"周勃!"刘邦叫道。

刘邦跑过来,递给我一个弹匣说:"刚才去找你,枪里根本就没有上弹匣。"

接过弹匣,我把枪揣在怀里说:"别怕,我很快就回来。"

我转身的当儿,看见刘邦清澈的眸子里居然盈满了笑意。

"周勃,小心点,我给咱们去搞车。"

医院走廊的灯光若明若暗,一扇扇白色的门泛着晦涩的光芒。

脚步轻飘的我不时在每一扇门前停滞,透过窄小的窥视窗扫视每一个躺在床上的患者,没有发现在清晨还灿烂如阳光一般的杨媚的脸。

我的心不由得开始了狂乱地跳动,脚步更加轻飘虚无,像幽灵一般从一条走廊移向另一条走廊,我感觉到我的脸因长时间浸泡在走廊若明若暗的灯光里已经出现了昏黄色,加之我心跳的缘故,上面还泛出了细碎的汗珠。

"周勃!"叫我的声音仿佛是从地狱里发出的。

我站住了,我掏枪,我转身,我举枪指向声音之源。

我看到了许渚惊诧得几乎变了形的脸。

一刹那间,我为自己刚刚结束的一系列无懈可击的动作而懊悔不已,我的思绪以及我的手冰冷得如握着的枪。

我的目光跃过幽蓝的准星射向许渚的眉心,我看见那眉心处的皮肉像蜂翅般地颤动。

我挪动身体,把自己靠在白色的墙上。

"许渚,你别动!"我说,"别动,你动一动我就打死你!"

许渚没有动,那眉心处的皮肉不再颤动。

我稍稍向许渚靠了靠。

许渚说:"周勃,我以为你只是得到消息来看杨媚的。我们是兄弟,一出事我就给公司打电话,你不在。我……"

我接过许渚的话说:"你没想到我会这样。"这句话令我陡然有了某种快意。

许渚说:"我看见枪口就什么都想到了。"

我说:"杨媚在哪儿,我要见她!"

许渚说:"还有必要见杨媚吗?"

我问:"魏晋呢?"

许渚说:"在楼上。周勃,你把枪放下,我们毕竟是兄弟,现在还是。我能帮上你,只要你放下枪。"

在许渚说完话后,我的脸上立即露出那种独属于歹徒的狰狞微笑。

我举着枪一步一步靠向许渚,提醒他说:"你最好别动,我们是兄弟,对吧?"说着话,我把枪口终于顶到了许渚的脑袋上。

我迅即卸下许渚腰里别着的手铐,并铐住了他。

枪口下的许渚和我向走廊尽头的厕所走去。

我把许渚铐在抽水马桶的钢管上。

我抬起枪,枪托击中许渚的后脑,我向他的口里塞了手套。

我跑出医院,向街心花园冲去。

"快!走!"说着话,我将枪递给刘邦。

刘邦跟随我进入了医院。

我告诉刘邦,许渚就铐在厕所里,让他看一会儿,我就来。

披了清冷月光的杨媚已安然入睡,不知道我此刻正站在她的面前。

也许只要杨媚睁开眼睛,我就会停止一切接下来的行为。

在以后的岁月里,我常常这样想。

我总是努力地寻找着属于自己的善的意识。

我看着杨媚,倾听着她均匀的呼吸,嗅到了她呼出的甘甜气息。

我用手轻轻撩拨杨媚垂于枕畔的发丝。

我向后挪动脚步,向后,再向后,我退至门旁。

我看见杨媚的容颜最终模糊成了一道不会再属于我的风景。

爱情、金钱、宁静的生活以及偶尔为之的浮华,在这个时候都突兀成废墟,摊在我面前,还有什么比这更令我痛心呢?

我有些控制不住自己,握在铜质门把上的手开始抖动,不知从哪儿吹来的一股小风,我冷得瑟瑟发抖。

假如此刻许渚喊我,我肯定会束手待毙。

可是没有人喊我,整个医院静寂无声,我清楚地意识到刘邦此刻正处在焦急的等待中。

我步履杂乱地向走廊尽头的厕所走去。

"刘……刘邦!"我焦急地呼喊着。

刘邦说:"你看完了。"

我给许渚打开手铐,并从他的嘴里掏出手套。

刘邦握着的枪始终没有离开许渚的脑袋。

我问:"魏晋的病房里还有别人没有?"

许渚说:"有。周勃,你不要再做下去了,现在停止也许能好些。听我的,周勃,我还是把你当兄弟的。"

刘邦闻言使劲用枪口顶了一下许渚的脑袋说:"你个鹄貔,少来这一套!再说话,我先弄死你!"

我想劝阻刘邦,可我只在心里有这么个想法。

刘邦抬脚踹在许渚的身上,骂道:"看着你就来气,和那个婊子一起下套弄我。"

我的眼睛狠狠地刺向刘邦。

刘邦说:"周勃,也就你这种人才相信婊子!"

我握了握拳头,想揍一顿刘邦。

刘邦竟然说:"别以为我不知道,魏晋把什么都告诉我了。兄弟有今天,还不都是因为女人,要不我们会成这个样子?"

我随口问道:"什么样子?"

刘邦并不接我的话,他说:"我要找到唐姬,用刀捅死她!"

刘邦觉得还不够过瘾,又骂了一句:"婊子!"

随着刘邦从他嘴里吐出恶狠狠的"婊子"两个字,我的心彻底出局了。

在接下来的事态发展中,我仍然扮演着重要角色,但我确实不再投入激情。叫写作也好,叫叙述也罢,反正从这个时候起,我突然间产生了厌倦的感觉。这样说,我并不是要把我装饰成一个捍卫爱情的骑士或者是什么女权主义的拥护者,没那个必要!我的厌倦像荒塬上枯死的树,无枝无叶,光秃秃卓然耸立在我的叙述中。尽管如此,我要声明的是,我并没有怀疑我和刘邦的情谊,我们在诺玛雪塬的日子不可能抹掉,现在不可能,将来也不可能!

我说:"你以后不要在我面前提'婊子'这两个字。"

刘邦说:"我一定要捅死唐姬!"

刘邦说话时,眼角的余光不经意地与我的目光碰触了一下,立时,我的目光被一股无以比拟的冰冷冻结,这样的冻结直接导致了我一步进入迷狂的状态。

但我也知道,这冻结最终一定会被消融,只是不知道在什么时候。

我问许渚:"魏晋那儿有几个人?"

许渚说:"你把魏晋搞出去也是死路一条。"

刘邦看了我一眼。

我接过枪。

刘邦从许渚身上下了枪。

"我去搞车,你快点!"刘邦说完走了。

我重新将手套塞入许渚的口中。

我说:"我知道是死路一条,但我们是兄弟!"

两名便衣警察正看守着魏晋。

我打开枪机，性能优良的 B&T MK Ⅱ 式手枪正常发挥了高水平的速射效力，枪声顿挫有力。

两名便衣警察根本没有时间看清楚我，即倒在血泊里，鲜血迅即溅上了白色的床罩，还有白色的墙壁。

魏晋小声说："他们没死。"

我一拳捶在魏晋的身上，责备地问道："你他妈的跑哪儿去了？"

我们急速离开病房。

一辆"切诺基"打开大灯，正对着医院的大门。

我们拉开车门，跳上车。

刘邦娴熟精到的驾驶技术为我们刚刚开启的逃亡生活锦上添花。

我几乎是全身放松地躺在座椅上，半眯缝着眼睛做假寐状，偶尔也睁开眼睛眺望一下呼啸而过的长安夜景，像是一次驾车旅行。

"切诺基"驶上郊区公路后，刘邦猛地刹了车。

我一看魏晋的脸上浮满汗珠。

刘邦回头问："咱们这是要往哪儿开？"

我们仨面面相觑。

我说："我向那两个看守魏晋的人开枪了。"

魏晋说："也许他俩不会死。我听见枪响，就知道这枪比许渚配的'七七'式强太多了。"

刘邦说："在医院里，抢救应该是及时的。"

我说："'B&T MK Ⅱ'式手枪的性能就是好，几乎感觉不到后坐力。"说着话，我又掏出枪让魏晋和刘邦看。

我说："这枪确实稳，根本没跳弹的感觉。"

我们在"切诺基"里不合时宜地讨论起"B&T MK Ⅱ"式手枪。我们的讨论还是那种在朋友聚会中经常出现的热烈亲切的氛围。我深深地怀念对于我们仨来说是最后的一次愉悦的谈话。"B&T MK Ⅱ"式手枪从我的手上传到魏晋的手上，再传到刘邦的手上，我们把玩着、鉴赏着，使三个诺玛雪塬时期最亲密的兄弟同时抵达了重温旧梦的佳景。

随后，我们转入了设计逃亡之路的思维中。

魏晋抹了一把脸上的汗，我想这是因为他的腹部受到枪击的结果。

我递给他一支烟，顺便看了一下手表，凌晨四点二十分。

我推算着时间说："差不多离开医院有一个小时了。"

"这地方不能再待了。"我的话音一落，刘邦就要发动引擎。

魏晋摆手制止说："别急，我们再好好想想，一步错了，步步错。"他接着说："周勃在医院开枪的同时，也是刘邦搞车的时候，车主报案会把我弄出来，傻子都能看明白，所以咱们得赶快离开这车。"

我曾经说过杨娇拥有犯罪的天赋，这句话同样适用于魏晋。

魏晋继续为我们分析着眼前的严峻现实："我们必须前往我们最熟悉、最安全而警察又绝对想不到的某个地方。"魏晋说到这儿笑了一下，继续说："先休整一下，然后再想办法。"

我盯着魏晋问:"这个地方能是哪儿呢?"

刘邦说:"肯定不会是长安了。不过我还是爱咱长安,我爱它!"

我们仨相视一笑。

魏晋卖了个关子:"你俩真的想不出来了?"

我说:"扔了这车,先不管这地方是哪儿,你能走着去吗?"

刘邦说:"再搞一辆车,我来!"

魏晋说:"得周勃去。"

"我?"

魏晋说:"必须是你!"

我和刘邦有些不解,我问道:"必须?"

魏晋说:"对,必须是你!"他顿了一下接着说:"其实这是咱们和许渚赌一把,也许我们会赢,也许……"

虽然当时魏晋没有点透为什么说是和许渚赌一把,但如今追忆起来,确实是我们在和许渚赌。第一,我打死了那两名便衣警察;第二,在我打死这两名便衣警察的前提下,许渚在办案过程中没有向第三者提起过我。而许渚不向第三者提起似乎是天方夜谭,渺茫至极。

可后来的事实却是我们赌赢了,许渚没有向第三者提起我。

究其个中原因,并不扑朔迷离。许渚在医院走廊里喊我,看到我停步、转身、掏枪这一系列动作时,他已经准确无误地看到了数年来久侦不破的暴力抢劫案元凶——我和魏晋。

我的速度告诉了他,是与暴力抢劫案中凶手的速度相吻合的。在我看见许渚的那张惊诧得几乎变形的脸的下面,是魏晋当初给他说的那句话的现实版注释——速度和作案手段只能是练家子干的。

如今可以释然的是,许渚面对黑洞洞的枪口,眉心部位的皮肉颤抖并不是因为害怕或紧张,而是复杂的懊悔心态的表露。旋即他自然而然地想到了有关魏晋请他入股的骗局。至此,赌的关键就是股,也即钱,且不说别的,单就这钱是赃款还是公司运作所赚的钱,便使许渚迷茫了。

凭许渚的性格,他是不会放过我的。但在他亲手抓获我之前,也许有那么万分之一的概率,他不会向任何人提到我。

许渚已不仅仅是一名警察了,他已进入魏晋不断设计出的游戏中,还有我的叙述中。当然,有些规则许渚必须遵守。

是我在叙述,高明也罢,低劣也罢,许渚必须遵守。

魏晋的话已基本勾勒出我们前期的逃亡生活轮廓,现在只剩下一些细枝末节了。

刘邦把车横在路上,不一会儿,一辆"铃木"大货车刹住,司机探出头,开口就骂:"妈的,你们车坏了,挡车也不能把车横放在路当中呀!"

"老哥,抽支烟,消消气,实在没办法,麻烦您下来帮我们看看。"我忙跑过去递给司机一支烟。

司机骂骂咧咧地说:"车都修不好还走夜路。"不过他终于拉开车门下来了。

"别动!"枪已顶在司机的脑袋上。

司机不再说话了，他像个听话的孩子随我摆布。

刘邦已将"切诺基"（里面放着犹如面袋子一样的司机）开进路旁的树丛里。

等到司机向警方讲述他遭劫的经过时，人物只有一个。

我们驾驶着货车向来路冲去，这是魏晋的主意。

果然，在进入长安不到一公里处，一队警车与我们的车擦身而过，向原来的逃亡之路驶去。

一闪而过的这队警车中，好像有许渚。

在行车的过程中，魏晋为我们选择了诺玛地区。

"难道我们要一路驾车前往？"我问，"这得多长时间？"

刘邦说："那不毛之地能休养生息？"

魏晋说："先去诺玛再说。最起码我们可以在诺玛搞到我们需要的东西。"

在前往诺玛的途中，我们晓行夜宿，频繁变换交通工具，在某些情况下也使用双腿。为了解决旅途中的花销，我们还要轮番进行小规模的劫掠活动，虽然是小规模，但当我们抵达诺玛地区时，我们的双手已沾上了许多无辜者的鲜血。

坐在诺玛河畔，抬眼眺望逶迤的雪山时，我的心还是产生了巨大的惭愧感，我撩起河水，一遍又一遍地洗手。

诺玛河是由无数个温泉汇成的河，氤氲之气一年四季笼罩着它。在当地政府对外宣传的小册子上或是曾到这里来旅游的文化人的文章中，称诺玛河像一条玉带环绕在诺玛的雪山下，我觉得不是那么妥帖。本来许多事物都不可能那么妥帖。比如说诺玛地区的邮电通信事业至今仍滞后不前，接到一封信要两个月，一封电报要半个月。也正是这种落后的通讯状况，给我们的逃亡带来了莫大的好处。

我们在诺玛镇住下来，这里距诺玛镇武装部大约有二百米。

魏晋和我在镇子上溜达了几圈，没有引来异样的目光。

我兴奋地说："通缉令撒遍全世界，也不可能有一张飘到这儿。"

魏晋说："咱们明天就动手吧！"

我说："还是休息两天，再动手！"

魏晋说："也好。不过这两天千万不能让刘邦露面。他在诺玛待的时间长，万一有矿上的人来镇上，认出了刘邦，准保咱们得完。"

两天来，我和魏晋就在小镇上转悠，我们详细而周密地策划了下一步方案，并且向刘邦做了必要的介绍。

刘邦说："我也想去咱们最后一次去镇上存钱的邮局看看，咱们再去邮局旁边武装部门前的台阶上坐一坐。"

我说："你最好别去。"

魏晋说："要去也行，得最后咱们离开时，你去远远地看一下。"

月黑风高的时候到了，我和魏晋光顾了武装部的弹药库，一切都非常顺利。这里曾经是我们待了三年的地方，比对家里还熟悉。

魏晋说："等这帮爷发现的时候，春天都到了。"

如果诺玛镇不打仗，魏晋的话是正确的。因为我们选择的这个日子正是武装部民兵训练之后，刚刚结束点验后的日子，到来年民兵训练的时候，才会有人再点验。

我说："回去就走。"

魏晋没理睬我的话，他背着背囊走在前面，很有劲的样子。

魏晋扭回头问我："你现在相信我没有吸毒了吧？"

我问："你想唐姬了？"

魏晋"嗯"了一声。

我们默默地走路，不再说话，很明显，我们不说话是在回避刘邦。

在镇子边缘看见刘邦的身影的时候，我说："你不该不告诉我就做了。"

魏晋说："我不后悔。"他转过身，盯着我说："告诉你了你会怎么样？阻止我？和我一起去做？你会阻止我。我也一定会听从你的阻止，并且和唐姬结婚。你想过没有？刘邦从劳改队出来的时候，我们怎么面对他？"

我说："但现在刘邦要杀死唐姬，他说过。"

魏晋："你会看着刘邦杀死唐姬？"

我说："不知道。"

27

早些时候我说过要让唐姬消失。

行进在诺玛雪塬冬季的夜晚,我根本无法挥手将唐姬抹去。透过汽车的后窗玻璃,我看到了渐渐远去的诺玛雪塬上唐姬当年奔跑着的身影,我甚至避开汽车发动机的声音,听到了唐姬在雪塬上回荡久远的笑声。

我想象着唐姬,夹杂着破裂成碎片的回忆。

这些想象与回忆像冰凌一般刺着我的神经,我感到一阵无力的麻木。

我明白了为什么唐姬最后一次看过刘邦后,在投入对魏晋的寻访时,我中断了对她的讲述,因为我不知道如何将他们的关系纳入我的叙述中,这一点令我难堪。由此,我还中断了魏晋作为不可缺少的重要人物的叙述。

除了在冬季诺玛雪塬的夜晚这样的背景下叙述魏晋和唐姬外,我不可能再寻得见如此绝妙的地域和时间背景了。

刘邦开着车。

魏晋在车后座上睡着了。

我似看非看地望着前方的公路。

总之,我们现在的神经似乎非常放松了。

……

唐姬在长安寻觅魏晋一无所获,绝望必不可少地袭向她。

在那个曾经被当作新房的屋子里，唐姬跪在塑料地板上认真地擦拭，给价格昂贵的进口皮革打蜡，一下又一下地抻平双人床罩，打开组合柜清理每一件衣物……似乎一切都做完了，唐姬站在屋子中央，还有什么需要干的呢？她想了想，终是没想起来，就站到了双人床上，踮起脚尖，小心翼翼地把她和刘邦的结婚照卸下来，上面有一层细微的尘埃。

唐姬露出一丝甜甜的笑意，又有活干了。

真应该为勤劳的唐姬而高兴。

唐姬拿抹布轻轻拂掉尘埃。

唐姬捧着结婚照。

唐姬的手像小鸟展翅一般展开，相框落地的声音很大，玻璃的碎片也分外杂乱，不过从某一个角度看，那些玻璃的碎片覆压着完好无损的照片，很像天空中闪烁的星星。

唐姬发现窗帘没有拉上，闪烁的光芒很刺眼。

接下来唐姬要做的就是把玻璃碎片扫干净，然后把照片一下一下地撕成碎片，扔进垃圾桶。

唐姬把这些做完才觉得累了。

唐姬和衣躺在床上，睡一会儿或者想想事。

唐姬从事之前所有劳动时，脑子里一片空白，甚至可以猜测她所有行为都处在一种失控状态。

如此境遇，谁能把"坚强不屈"之类的词语用肩膀扛起来呢？唐姬去做任何可能出格的事情都应该原谅，包括自杀。

唐姬什么都没再做，她睡了一会儿就起来了，坐在梳妆台前，略施粉黛，拿着手袋出门了。

唐姬要去什么地方呢？我不知道。

没有人知道。

好像她已不再寻觅魏晋了。

刘邦朦胧的容颜照片，也已被装进垃圾袋扔了。

来找我，始终没觅到。

这一段确实是空白。

当我再一次见到唐姬时，她名字已不叫"唐姬"，她被一位满嘴台湾腔的迪厅主持人唤作"丝丝小姐"。其时，唐姬穿着漂亮的服装，迈着猫步为蹦迪蹦累的年轻人松弛松弛神经，主持人还向大家介绍说丝丝小姐是从香港来的。

也许在这一段真实的空白中，唐姬确实去了香港。

唐姬的猫步走起来比她当年绕着凳子跳《深沉的乐曲》的舞蹈时美丽多了。

唐姬走猫步的收入还是比较可观的，至少不会差于刘邦倒卖炸药雷管，况且走猫步也不会走进劳改队。

长安的街市一切都还是老样子，行人依旧熙熙攘攘，没多久就很难看见唐姬了。

如今关键性的问题是，行人中的魏晋没有被唐姬看见。

魏晋和唐姬好像是擦肩而过。

唐姬应该在屋里再待一会儿，那样她就可以和魏晋见面了。

魏晋躲到一家专门放映外国进口枪战片的镭射厅观摩一场接一场的枪战片。

毕竟从警戒森严的劳改队里抢出个大活人来不是件容易

的事，尽管魏晋和我有着一系列品种繁多、花样翻新的暴力劫掠记录，但劫狱这种高难度的活儿不是一蹴而就的，它不允许出现任何纰漏，同样魏晋也不可能找个地方学习一番。

魏晋只有自己组织自己观摩。

当魏晋觉得已经可以完成的时候，西行列车中的一节车厢里，出现了胸有成竹的魏晋。

当魏晋观察了刘邦所在劳改队的地形以及警戒情况后，他更进一步意识到按枪战片中的套路根本不可能成功。

魏晋在探视的日子和刘邦见了面，他向刘邦隐讳地谈了自己的想法以及所面临的困难。

他们约定在刘邦劳动的时候干。

魏晋把一辆提前搞到的车停在山岗后，他走向警戒线边缘的一位哨兵，问一句莫名其妙的话，就在话音陡落的当口，他非常顺利地解除了哨兵的武装。

魏晋冲着其他三位哨兵和一位带队的上尉喊道："都别动，动一下就打死他！刘邦，过来！"魏晋和刘邦会合，挟持着哨兵退往山岗后，魏晋又喊道："谁追，我就杀死他！"

监狱的应急分队接到情况报告后行动了，按惯例封锁该封锁的地方。狱方失算的是魏晋兜了个圈子，折回监狱的家属院，藏入锅炉房里的一个废旧锅炉里。魏晋提前在里面存放了食品，足可以待到狱方撤掉封锁哨的时候。

废弃锅炉的空间狭小，没有光线可言，散发着铁锈味。

刘邦搞不懂魏晋为什么冒险把自己搞出劳改队，他想问问魏晋，但终究没问，问有什么用？事情已经做了，况且自己也积极配合了。刘邦伸个懒腰,把自己的姿势调整得更舒服一些。多少事情不都是出乎意料的吗?

黑暗中,刘邦的嘴角露出一丝微笑,因为他想起了那句"人在江湖身不由己"的话。

"你在这里还好吧?"魏晋尽量用随意的语气问刘邦,"吃得咋样?"

刘邦说:"还行。"

刘邦问:"你和周勃的生意还好吧?"

虽然刘邦看不清魏晋,但他还是可以感觉到凄苦的笑浮在魏晋的脸上。

魏晋问:"你真的和唐姬在离婚协议上签字了?"

刘邦以沉默作答,他不愿意回答。

魏晋又追问:"你签字了?"

刘邦继续以沉默作答。

魏晋说:"我知道你签字了,是唐姬给我说的。她还说要和我结婚,我没有答应。"

一瞬间,我却发抖了。

我对魏晋的话倍感凄哀。

我不知道魏晋要把自己打扮成什么样子,我看到魏晋面对刘邦时的懦弱。

魏晋将自己想象成了捍卫情谊(道德)的斗士,可事实要如此简单,倒也不失为一件令人愉快的事儿。

"你没答应,"刘邦说,"唐姬和我离婚了,你没答应和她结婚?"

魏晋说:"我没有。"

刘邦说:"所以你把我弄出来了。"

魏晋说:"不是。"

魏晋开始向刘邦讲述近年来的一切。刘邦听着,不动声色。

魏晋说:"就是这些,我觉得我应该告诉你。"

魏晋把枪递到刘邦的手里说:"你可以打死我。"

"为那个婊子?"

刘邦说:"我们是兄弟,不值!"

刘邦把枪还给了魏晋,然后说:"我们俩接着干不挺好的。"

轮到魏晋不言语了。

"我知道是死路一条。还有什么路,你说说。"

刘邦说:"回去找周勃先搞些钱。"

魏晋握着枪柄,手心里浸出不少汗,他现在想打死刘邦。

魏晋不认为唐姬是婊子。

我也这样认为。

我相信刘邦听了魏晋的讲述后肯定会恨唐姬,甚至是魏晋。

现在刘邦真的后悔自己配合了魏晋的劫狱之举。

黑暗中,刘邦的眼睛贼亮。

魏晋只当没有看见,讲完了,也做出来了,他现在坦然了。

此时的魏晋非常思念唐姬,他想自己还是很爱唐姬的。

28

我们昼夜兼程，一路顺风地回到了长安。

我们大摇大摆地住进酒店。

我给杨媚打电话，听见杨媚的声音，我放下电话。

我又拿起电话，再次听到杨媚的声音。

我希望杨媚能在一次次的电话铃声中意识到是我。

抛却逃亡生活的顽固念头令我烦恼不堪，我清楚这念头极其渺茫。

我向魏晋和刘邦提出干掉许渚，他们没有同意，认为这是自投罗网。

魏晋说："我们现在必须尽快搞到钱，大量的钱，然后远走他乡，隐藏起来。"

刘邦也说应该如此，甚至还说我们可以在可能的情况下前往国外。

我们在宾馆的房间里居然十分可笑地通过了一项决议——逃往缅甸，从事职业贩毒活动。

刘邦对该项决议表现出异乎寻常的兴奋，他历数我们从事职业贩毒活动的种种优势，造成我们以前曾有的全部人生经验都是为今后所要从事的这一职业奠定基础的荒谬判定。

我没有反驳刘邦，因为我提不出更好的可以供我们赖以生存的职业。

刘邦说:"周勃,那我们就干吧!"

我还没想好以什么样的语气作答,魏晋就接了刘邦的话说:"我看咱们先搞一笔钱。"

刘邦说:"对,先搞一笔钱做本钱。"

"周勃,"魏晋叫我,征询我的意见,"你看呢?"

我说:"还是我来吧,你俩等着。"

"给我两天时间,我搞钱,也许这钱还能做点别的什么事,并不一定做毒品生意。"我想把公司所有的钱都提出来。

我已不愿征询他们的意见,我对从事毒品生意没有兴趣。当然,这不是主要原因,我已决定抛却逃亡生活,虽然渺茫,但我还是愿意试一试,谁能说没有希望呢?

我来到一家夜总会,正是下午的光景,客人稀少。

我给许渚打电话。

许渚问:"喂,哪位?"

我说:"是我。"

许渚问:"你在哪儿。"

我说:"我想和你谈谈,我告诉你刘邦和魏晋藏身的地方。我想咱们还是有合作基础的,怎么样?"

许渚说:"你说地方吧!"

我说出地方后,一下子全身瘫软了。

我对背弃刘邦和魏晋感到难以接受的恶心。

我向侍应生要了一杯冰啤酒,喝下去几口后,仿佛将我的恶心压了下去。看看表,离我和许渚会面的时间还有一个多小时。

在这一个小时中,我详密地思考着我的计划。

许渚的信誉值得称道,他只身赴约。

许渚看见我,脸上略略显出一丝惊异,随即消失。

我们几乎是同时都丢给对方一个微笑,很真实的那种。

令人不可思议的是我们竟然还握了握手。

我说:"坐下来吧,我们好好谈谈。"

许渚坐下说:"你先跟我走,到局里我们可以好好谈。"

许渚掏出手铐放在桌面上,劝告他说:"周勃,跟我回局里是唯一的出路。"

我说:"你知道你得到的那些分红的钱是怎么来的吗?"

许渚苦笑了一下说:"我知道,是你和魏晋的赃款。"

我惊住了,我的手下意识地去摸腰间的枪。

许渚说:"你除非把我打死,你今天才有可能走,要不就是你和我回局里。我告诉你周勃,我遵守电话里的约定,我一个人来见你。"许渚指了指桌上的手铐说:"我可以不铐你,我们是兄弟,我尽兄弟的道义尽量帮你,你跟我走,咋样?"

许渚目光的沉静立时令我慌乱不堪,我坐着,什么话也说不出来。

我的手已握住了枪柄,枪柄被我手心的汗浸湿,我打开了枪机。

我说:"你用过'B&T MK Ⅱ'式手枪,知道它的性能吧?"

许渚没等我说完话,"唰"地抽出枪,但没有指向我。

我不准备掏枪了,因为魏晋正举着枪指向许渚。

我顺手收拾起桌上的手铐和枪。

魏晋说:"应该我和你谈谈才对,周勃和你没啥好谈的。"

面对魏晋的突现,我知道许渚已临近死期。

也许刚才我有可能会跟着许渚走,丧失任何斗志的我除了苟延残喘之外,连掏枪的劲都没有了。

魏晋坐到许渚的对面,枪口仍指向许渚。

魏晋说:"你把警车的钥匙给我,我们一起走。我们是兄弟,我不会打死你,就像刚才周勃没有掏枪一样。"

魏晋开始和许渚谈话,他们除了中间有一把枪之外,一切都和从前没有区别,我甚至听见了他们的笑声。

魏晋像个演说家似的给许渚绘声绘色地讲我和他的故事,许渚不时提出一些疑问,魏晋一一给予合理的回答。许渚也将他对我们的侦查过程详尽地告诉了魏晋。

魏晋说:"原来是这样。不过许渚,你说现在是不是我赢了?"

许渚说:"我看不尽然吧!"

魏晋说:"假如我现在认输,我和周勃被你带走了,你说句实话,我们的结局是什么?"

许渚说:"死。"

魏晋说:"我们曾经是兄弟,好像现在还是。我想给你帮个忙,我和周勃跟你走,你能不能也给我们帮帮忙?"

许渚问:"什么忙?"

魏晋说:"不死。"

许渚摇摇头。

魏晋说:"那好像只有各走各的,你看呢?"

许渚说:"不可能,除非现在我死。"

魏晋说:"那只好我们不做兄弟了,我们需要活下去。"

我等待着枪声响起。

面对魏晋和许渚,我渐渐有了自惭形秽的感觉。我准备结束我的叙述,等到枪声响起的时候,不论怎么样,我都觉得许渚会随着枪声倒地死亡,作为小说《验明正身》的高潮,都是一种极致的美。

应该是这样的:一粒子弹射入许渚的体内,结束他生命的同时,血汩汩流出。

红颜色的血覆盖了道德世界里的一切。

生存在热血中,升腾成终极目标。

这真的很真实,也很美丽啊!

别的算得了什么?

不过我还是不愿意看到倒在血泊里的许渚,那情景对我日后的生活或是说回忆没什么好处,所以我闭上了眼睛。

我等待着,等待是个折磨人的过程,子弹射入人体后,血的涌出不也是个刺激人的过程吗?

我比较着,最终睁开眼睛,我看到许渚额角略略发青的血管在皮肤下轻轻地跳动着。

魏晋已经站了起来,枪口与许渚的眉心呈一条直线。

魏晋的手像磐石一样沉稳地托着枪。

许渚的眉心没有丝毫的颤动。

魏晋和许渚突然间就都笑了。

魏晋说:"我不想打死你。"

许渚说:"我根本就没想着你能打死我,还是跟我走吧!"

魏晋说:"我根本没想跟你走。"

显然他们又要重复谈过的话,实在是无聊。

我挪向许渚的身后,魏晋和许渚重复着谈话。

我掏出枪瞄准许渚,又垂下枪口。

他们重复的谈话依旧以朋友式的口吻在进行。我挥起手臂,重复了不久前我在医院厕所里的那个动作。

许渚倒在桌上。

魏晋站起来和我走出几步又折回来,用手拍了拍许渚,冲我半认真半开玩笑地说:"你下手是不是太重了?"我把许渚的枪及手铐还给了他。

其实我这样做是大家乐意看到的,对谁都有好处,包括这个正在进行的叙述。

的确,当鲜血一旦涌出并涂满我的双眸,我不知道这血会不会溅落在我面前摊开的稿纸上。这样说并不是要告诉大家我善良(害怕血),我非常担心鲜血在白色稿纸上会淹没或枪杀我的叙述。

血的红色。

稿纸的白色。

汉字的黑色。

红白黑构成的基调必定是一种令人窒息的气息,谁能逃出这气息?

我认为谁都不能。

黄昏长安的街道,魏晋和我在这样的背景下走路。

"我知道你会找许渚的。"

魏晋在路上说:"你不愿意做,对吧?"

我说:"我不愿意做。"

对魏晋无须隐瞒什么。本来嘛,他一切都看见了。想到此,我说:"你根本就……"我止住话,任何事情说得太透了都不怎么好。

我闷着头走路。

这是一条我们无数次走过的长安黄昏的街道,对行人、车流、空气、灯光、市声,我已经没有了兴趣。

我现在能做的只剩下随波逐流。我轻得像一片在天空飞翔的鸽子身上掉下的白色羽毛,能否落到地面上?什么时候落到地面上,都是未知数。

我提议说:"到别处坐一会儿吧。"我和魏晋的目的地当然是我们的下榻处,但我不愿前往。

魏晋说:"还是不要了吧,赶快走,晚了我们真的脱不了身了。"

魏晋的脚步开始加快,我说:"要走你先走。"

魏晋立马停下来。

"周勃,我告诉你,不管你怎么想,现在只有我们三个人在一起才可能活着,要不只有死路一条。"魏晋说完头也不回地疾步向前方走去。

我已缺少应有的激情。

我想冲着魏晋的背影大吼。

我想说,魏晋,你他妈的玩什么感觉?跑到天边把刘邦搞出来。

但我已失去了说话和骂人的力气。

我行走的脚步像神棍。

我感觉到我正在一步步走向死亡。

行进中的我连恐惧的情绪都没有力气去调动了。

好像我会从黄昏走向黎明，脑子里什么都没有想。

"过去""现在""将来"这些时间要素以及其中的内容都逃逸出我的思绪。我听到脑海里一座古老寺庙的晚钟在沉寂中响过之后，莫名其妙的手绘图案一幅一幅地在脑子里巡回展出着，这些图案没有一幅可以让我看清楚。越是想看清楚，图案变幻的速度就越快，我只能体味出目不暇接的感觉。

"还是回去吧，我们要活着。"

魏晋不知什么时候跟在了我的身后，他说："回去，好吧？"

魏晋不顾我的反对，像牵引着一只迷途的羔羊，将我强行拉回我们的下榻处。

一位刚刚补过妆的女人从我们的房间走出来，她的手袋里露出一管口红。

魏晋说："你的口红快掉出来了。"

女人没听见，匆匆走了。

刘邦坐在沙发里。

魏晋说："你倒是挺有雅兴的啊！"

刘邦很勉强地笑了笑，算作回答。

在魏晋和刘邦收拾行装的当儿，我拨通了公司的电话。

纯粹是一种赌的心态，我没法说自己有预感，杨媚此刻在公司。

"周勃,我知道是你。"听筒里传来杨媚的声音。

有那个必要再借此抒发感情吗?我认为没有。

杨媚说:"我在为你收拾东西。你知道吗?我姐姐走后,咱们做公司以来,你写了二百多首诗,可以出诗集了。以后你还写吗?"

我无言以对。

杨媚接着说:"许渚把什么都说了,我祝你好运!我再告诉你,我姐姐的专辑出来了,是我在医院时听广播里介绍的。"

杨媚说了许多话,我不愿也没有心情再复写下来。

如今我感到某种令人虚假的东西充斥于杨媚的话语中。别误会,我不是说杨媚的言说虚假,而是说作为受话者的我感到虚假,就像碧空中陡降的雪花,令我无法接受。

杨媚最后的声音从听筒里传出:"最好你别再打电话,那样只能令我无所适从,我不愿告诉许渚你和我通过话。"

这就是我和杨媚最后的话语诀别,我几乎连一句对应的话都没有。

在后来的岁月里,我从未再追忆过杨媚此时的话语。杨媚平和的语速随着岁月的流逝逐渐磨成了一把刀子,随时变幻各种角度划裂开我的皮肤,一点点深入,直达我的灵魂,而我的灵魂不就是那一幅一幅变幻莫测的图案吗?

眼睁睁地看着爱情如水逝去,死亡正一步步向我逼近。

我拿着被杨媚挂断的电话,凝固成一块危崖之上的石头,等待着……

29

醒过来的许渚看见桌上放着的枪与手铐，长时间地默默无语，没有任何动作，仿佛置身于化外之地，只有一阵一阵头部的疼痛还在提醒着他，曾经存在和还将存在下去的人物以及事件。

也许在许渚看来，我的重重一击干脆不要让他醒转过来，最少不至于令他陷入这种麻木的状态。对于我而言，我不愿看到像许渚这样的人死于非命。

渐渐体察出我和魏晋的险恶用心，许渚似乎明白我和魏晋已掌握了他的性格，像老中医那样号准了脉后，对症下药。

许渚收拾好枪及手铐走了，他依旧没有向任何人提及我，他相信他一定会亲手缉获我的（看来许渚也是美国警匪片的热爱者，正义终将战胜邪恶）。

难道还会有另一种情况吗？几乎多一半的警力都投入到对魏晋和刘邦的缉捕工作，每一个警方人员的口头禅都是"插翅难逃"这句话。

我提出要逃亡，现在就迅速离开长安。

刘邦说："要走你先走，我要待一段时间，我要找着那个婊子，打死她！"

魏晋坐在房间的角落里，用阴森森的口吻说："你敢！"

刘邦推翻了之前我们做出的决定。

面对魏晋和刘邦就唐姬的不同态度,我不愿,也没有什么需要说的话,我只说了一句:"刘邦,你说话的时候,别总是婊子婊子的。"

刘邦发出比魏晋还要阴森森的笑声。

笑声一波强似一波,击碎了我们那看似牢不可破的友谊,令魏晋无限怅然,然而对我已无关紧要了。

自打魏晋出现在我和许渚的面前后,我就心静如水地开始思谋起活着的问题了。

对于刘邦,我可以说:"那也行。刘邦,你留下找唐姬,我和魏晋先走。"

魏晋看了我一眼,仿佛我的话昭示着某种背叛。我没有在乎,因为我早就背叛了,甚至还做出来了。

魏晋说:"绝对不行!我们三个人得一块干。"

尽管魏晋的语气斩钉截铁,不容置疑,但事实上那原本逐渐形成的秩序正在被他这种久违了的江湖情怀所击破。

可爱又可怜的魏晋就是这样扮演着一个令人同情的鸱鸺角色。

我怀疑是我的脑子出了毛病,还是魏晋本人出了毛病。在这生死攸关的时刻,他居然举起"兄弟情谊"这面好像已经压到箱子底的破旗帜,招展几下,实在让我想不通。

魏晋的手指夹着一支香烟,在房间里来回走动,一遍又一遍地强调我们三个人必须在一起。

刘邦开始不耐烦了。

"我说过我要找唐姬,"刘邦说,"不管以后咋样,我要当着她的面问清楚。"

魏晋扭头冲着刘邦说:"问清楚啥?"

刘邦不理睬魏晋的话,掏出一支烟,也不燃着,眼睛毫无目的地在房间里游荡着。如此,不大一会儿,刘邦身上就蒸腾起神秘兮兮的味道来,令我只想呕吐。

我问道:"刘邦,你还想不想活命?"

刘邦说:"想,也不想。"

魏晋说:"你别卖什么关子了。"

刘邦说:"你这是什么意思?我说的都是心里话,咋能说我卖关子呢?"

我说:"要不这样吧,还是各走各的,谁也别……"

我话还没说完,就被魏晋打断了,他说:"绝对不行!咱们必须在一起!"

刘邦说:"谁给你当总导演的权力了?"

魏晋被刘邦的话噎住了。

魏晋在房间里来来回回地踱步,像一只笼子里的狼。

而刘邦仿佛根本无视魏晋的存在,他开始悠然地抽烟,悠然地吐烟圈,嘴角还不时随着烟圈露出一丝笑容。

我感觉已无法把握如今的刘邦了,想必魏晋也有同感。

最后的结局是魏晋屈从了刘邦,这有违魏晋的一贯风格。

魏晋说:"那我陪你去找唐姬。"

刘邦对于魏晋的屈从表现出预料之中的态度。他弹了弹烟蒂,然后看着魏晋,自顾自地笑了,一脸的漠然。

我看着他们,出局的感觉油然而生,我认为再待在这里是多余的。

我说:"你俩去找唐姬吧,我走了。"

他们对我的话没做出什么特别的反应,仅仅在我要出门的时候,魏晋问了一句:"上哪儿去?"

随着我走出门,魏晋的话以及我们多年的兄弟之谊都被我关住了。

我走过一条条大街小巷,中间没有停留,甚至脚步还不断加快。我知道现在的行走没有目的地,我能走到哪里呢?

这是我行走中唯一所思考的问题。

黎明将要到来的时候,我走到长安的边缘地带,这里一边是长安迷离灯火的尾声,一边是阡陌纵横的田野风光。我坐在水泥路墩上,喘着气。东方的朝霞即将出现,田野处飘来阵阵晨露的气息,令我心旷神怡。我打量着不远处的一座村庄,我想如果是魏晋和我一起的话,他一定会给我背诵一段描写晨曦中长安村庄的精彩篇章。

我决定在这个村庄租一间房子住下来。

我选中了村庄尽头的一户宅院。

房东告诉我有许多在长安打工的年轻人在此地租赁房子,他们的村子与长安市区的交通非常便利,而且房租低廉。

我入住后,足不出户,与外界隔断了一切联系。当然,这不包括我外出采购生活用品和食品。

坐在房间里唯一的圆凳上,我一个小时一个小时连续不断地发呆,只有感到饥饿了才胡乱吃一些食品,我根本品尝不出来其中的味道,食不甘味是我心事重重的另一面。渐渐地，我由长时间的发呆状态转入了对过去岁月无休无止的追忆。我离开圆凳，改为在房间里进行站、走、躺、靠等多种动作。随着这些动作的交错变化，喜怒哀乐等情绪也轮番占据着我。

由此，我感到了充实，并且偶尔走出村庄，在田野里散步，呼吸新鲜空气。

傍晚，我散步归来，发现了一把锈迹斑驳的柴刀默然躺在草丛中。

我捡起这把柴刀，虽然很重，但我还是握着它挥舞了几下。

我想我挥舞的柴刀动作可能是杀人的动作。

自从拥有了这把被遗弃的年代久远的柴刀后，我居住在村庄里的生活又有了新的内容。假如有心人留意一下，肯定会听见从我租赁的房间里传来的磨刀霍霍的声响。

我全身心地投入了磨刀这项工作，眼看着锈迹斑驳的柴刀逐渐显出锋利的刀刃，满意的笑容也绽放在我的脸上，并且映照在柴刀上。

我把锋利的柴刀侧向我，鼻尖和唇轻触在刀刃上，一丝冰冷的寒意贯通全身，痛快！

我提着柴刀，仰望黄昏的天空，还有天空下的树木、房舍、田野，我的目光在一定的范围内游弋，却始终没有移向另一边的长安市区。

当我被夜色彻底包裹的时候，我的心也淹没在黑暗中，但提在手中的柴刀却在黑暗中寒光凛凛，提示着我现在的处境。

可以说这次短暂的隐居生活是我在事件结束后长期幽居的预演。

我适应了沉默寡言，适应了在黑暗中与自己对话的形式（直接导致了《验明正身》的写作）。

打破我隐居生活的人物在此刻我还不知道她将要出现，但我不知道并不意味着她不出现。

我对她的出现表现出小心翼翼的谨慎态度。因为我知道虽然她在我的叙述中仅仅是个小人物而已，但又是那么的重要。由于她的出现，我和杨娇、刘邦、魏晋、唐姬、许渚重逢了，并且结束了冗长的叙述。

她在我过去的叙述里只出现在我和杨媚的一次谈话中，至今没有人见过她的容颜，没有人记得她的话语。

我和她相遇在田垄旁，青草和泥土的气味萦绕在我们身边。

我们的脑海中又浮现出多年前诺玛街头的一幕。

我解释说："当时的工期很紧张，我没有那么多时间等你。"

她说："耽误你时间了，真不好意思！"

我说："没关系，应该我向你道歉才是，你旅行包里的东西大部分没法还你了，不过你的那个日记本我还保存着。"

她听后惊喜之情溢于言表。

我问："你还写诗吗？"

她说："我没写过诗，只是我喜欢诗。你写诗吗？"

我说:"我不久前还在写,现在不写了。"

我邀请她到我的住处做客。

她欣然同意。

她对我房间内陈设的简陋没有感到惊奇,因为不久之后,我也光临了她的住所,简陋程度不亚于我。

落座后,她简要地和我谈了再次相遇的感受。

她自我介绍说:"我是一位流浪画家兼农民画鉴赏家。"

我知道在离长安不远的户县有一个闻名于世的农民画乡,那儿的农民擅长绘画,作品经常性出国门,在全世界的范围内弘扬了我们的民族文化。

她补充说:"我不仅鉴赏农民画,还收购农民画,然后出售给国内外的人。"

我和她就绘画方面的某些问题交换了看法,虽然我的观点非常通俗,符合一个不懂绘画的人的认识,但她还是客气地说我和她很有缘。

一直到送她出门,我都没有问她和那个乌拉圭年轻人最终的结局。看她现在的样子,结局似乎是不言而喻的。

第二天的黄昏时分,我如约去她的住处回访。

我欣赏了她的一些作品,都是色彩瑰丽的花卉,我想她是一个热爱生活的女画家。

她询问我的观后感。

我说了一些恭维的话。

接着她和我谈了一些有关艺术市场的话题,这样一来,我有些猝不及防。因为我从来没有接触过,所以说话吞吞吐吐。

不过她的谈兴很浓。我做了她的忠实听众。

时间不早了,我起身告辞,她没有送我。

我不介意,理解她,因为画家不应该拘于俗理。

几天后,她来找我,邀请我和她一起去南方出售一批农民画。

我同意了,久违了的激动再现于我的情绪中,我清醒地知道"南方"这个词和杨娇有着显而易见的联系。

……

她即将和我分手了。

隔了餐桌,她和我各点燃一支香烟,烟雾毫无规则地在我们之间飘散,我觉得很像我和她的交往,没有可供寻觅的轨迹。

她说:"祝你找到杨娇!"

我说:"谢谢!我会找到杨娇的。"

我说完,看着餐桌上放置的杨娇的 CD 专辑,至今我还没有听过。我不愿听到杨娇的声音,在南方湿漉漉的空气里。那些泼洒挟裹在声音周遭的音符密集成了一团团的色彩杂渺的雾,弥漫着我对杨娇在南方生活的窥视。

她说:"其实你找到这家音像社就可以找到杨娇了,很简单。"

我说:"我知道,谢谢你给我这次南方之行的机会。"

她莞尔一笑。

我握着她的手说:"祝你好运!"

她走了，继续她的绘画和鉴赏及销售农民画的工作。

我看着她像小鱼一样消失在人群中，钦羡之情油然而生。

她的消失令我怅然若失。

坐回餐桌旁，我开始回忆多年前诺玛街头与她的遭遇，以及刚刚过去的重逢。我凝视着她用过的那只玻璃杯，杯沿上残留的半轮残月似的口红印，让我嗅到一股香甜的气息。那是杨娇的？杨媚的？唐姬的？……唯独这气息不是来自她的。

为此我举杯抿了一口酒，向她（一个活生生的有着丰富的情感世界的女画家）表示我深深的歉意。

她在我的叙述里充当了一个道具，连配角都不是。我抚摸着餐桌上的台布，坚硬、冰凉的感觉袭遍了我的全身。

杯沿上的口红印凝成古代的某种利器打击过来，我招架，我躲闪。

我迅速逃出和她最后一次倾谈的餐厅。

30

我离开魏晋、刘邦,从某种意义上说是加快了他们走向死亡的脚步。魏晋完全以一副无所适从的面目相伴在刘邦的身旁。

刘邦主张频繁变化下榻的地点,借此迷惑警方的追踪。

魏晋现在已经不大说话了,他把嘴唇抿得紧紧的,手总是揣在口袋里(里面有打开枪机的"B&T MK Ⅱ"式手枪)。他永远都追随着刘邦,如果仔细观察,可以发现这个距离和角度正好是他抽枪向刘邦射击的最佳位置。

我这么讲没有丝毫魏晋会打死刘邦的意思,我不清楚是什么意思。

刘邦光顾了长安所有的夜总会,魏晋如影相随。

刘邦在夜总会里纵情声色时,魏晋闷头喝酒,只是不醉。

有时候刘邦也邀请魏晋唱一支歌或和小姐共舞,魏晋都婉言谢绝了。刘邦也不去强求,他搂着小姐,手从来没有闲过。发展到后来,刘邦提出将小姐带回下榻处,魏晋也以沉默作答。

沉寂的子夜时分,魏晋在下榻处不远的地方慢慢踱步,而刘邦正在下榻处极尽风流。

……

魏晋看着小姐从身边走过后,他向房间走去。

魏晋靠在床上，注视着另一张床上似睡非睡的刘邦，从他的呼吸声中，魏晋渐渐嗅到了死亡的气息。

魏晋把手从被子里拿出来，开始拆卸手枪，一粒粒子弹被他摆放在被子上，它们闪烁着沉静的光芒，令魏晋赏心悦目。他又把这些部件重新组合，子弹重新压进弹匣，握好枪，指向前方。

一整夜魏晋都在重复这项操作。

早上刘邦问魏晋："你不睡觉，玩枪干吗？"

魏晋把枪放进兜里后，洗了把脸。

刘邦说："吃饭去吧！"

魏晋起身跟着刘邦下楼，走在清晨的大街上，不言不语。

饭照例吃得有声有色，最近一段时间他们的胃口特别好，对美味佳肴的欲望超出了任何时期。也只有在吃饭的时候，魏晋才会处于放松的状态。这种状态将持续到午时，因为饭后的沿街漫步也是他们每日的一项主要内容。

在立交桥下的人行道上，他们遭遇了晨起的乞丐，布满尘垢的脸和脏乎乎的手在他们的面前晃动，一些用之四海皆准的乞讨话语回响在他们的耳畔。他们掏出零钱一一打发这些乞丐，博得乞丐们声情并茂的感激与祝福之词。

刘邦对此感到满足，走出很远了，他扭头冲魏晋笑一笑，这笑容是他每天唯一的一次。一般情况下，街上开始出现人流熙攘后，警察便出现了。午后和煦的阳光下，刘邦和魏晋会选择夜总会或酒吧。子夜时分，刘邦领着小姐回到午间选定的落脚处……刘邦、魏晋如此日复一日地度过他们通向死亡的时光。

我看在眼里，内心一阵紧似一阵地趋向干枯。

我为自己贫乏的想象力而内疚，进而想到也许对每一位具有正常智商的人来说，面对我的叙述和刘邦、魏晋的这一段生活都会哑然失笑，嘲笑我的想象力和洞察力，而我似乎只有强词夺理地说这就是事实。

多么虚弱无力啊！

我把痛苦写在自己的脸上，而后闭上眼睛，任时光贴着我的呼吸起伏。我睁开眼睛，什么也看不到，包括桌上摊开的稿纸上的黑色汉字。观察这些汉字，我看不到本该穿梭于其间的魏晋和刘邦的身影。

渐渐地，我后悔离开了他们。

难道不是吗？

风格迥异的小姐们在收费后整理衣衫时，有哪一位的目光注视过刘邦呢？没有人看见刘邦眼睛里漫布的血丝，更不会发现呆滞的神情正迈着幽灵般的步伐漫游在他的脸上。

刘邦把小姐们的身姿折映到自己的思维之路上，做成各不相同的路标，供他不断辨别这条既短促又漫长的死亡之路，不至于迷失方向。

多年前已离开长安的刘邦对声色犬马、浮华淫奢的部分长安（生活）景观专注而迷恋，他在小姐们的身上运动，呼吸着品牌不同的香水味，这是个陶醉的过程。刘邦相信唐姬是因为魏晋有钱而投入其怀抱的，和他拥有这些小姐没有任何本质上的区别。至于魏晋所谓的爱，简直就是扯淡，像个古老的传说，没有任何根据。不过必须注意到，刘邦捏着人民币一角递向小姐和小姐的手也捏着钱币一角时的瞬间，在两只手之间的钱币面上凸现出大段大段他远离长安时期的生活画面，尽管画面多多少少有浮光掠影般的缺憾，但对刘邦眼睛的刺激依然令他感到灼痛。

有的小姐会拢一拢垂洒到腮旁的发丝，淡淡一笑，对刘邦的付款行为表示谢意。

刘邦问小姐："知道她吗？"刘邦拿出唐姬的照片给小姐仔细观看。

刘邦的这一举动无疑是大海捞针，但却非常有效，因为马上就要发生的事实证明刘邦并不是徒劳的。

"是她？我好像在……"

小姐们不断地为刘邦提供唐姬行踪的蛛丝马迹。

刘邦认为有价值的时候会给小姐加倍付钱。

刘邦几乎是强打精神目送小姐出门，弥散的香水味道渐渐在房间里消失。每次差不多都是魏晋快进门的那短短数秒钟内，刘邦闭着眼睛在竭尽全力地从香水味中搜寻小姐们肉体的芬芳。

刘邦数秒钟内的搜寻执着而坚韧。

刘邦听着魏晋拆卸手枪的声音，那些金属零件被魏晋有意无意碰撞时发出的响动有如一条条冰凌，切入刘邦的神经，冰冷得令他痛不欲生。由此，刘邦自然想到了死亡，进而求生的欲望亦开始熊熊燃烧。

没有谁会认为刘邦的智力值得商榷，他不是傻瓜，首先逃离长安远走他乡是活下去的唯一可能，而留下来也就唯有死亡了。

刘邦几欲翻身而起。

我的叙述，也就是小说《验明正身》需要刘邦打消这个念头。（结局早就设计好了，刘邦死在了长安）。

更主要的是刘邦在翻身而起欲念（动作）到来后，仅仅不过一秒钟，一切又都烟消云散了。好像我如上所言是在讲刘邦活着的欲念消失了，其实不应该是这样的。至于应该是怎样的，我也说不清楚。

实在要勉强说的话，那只能说刘邦在精神上已进入了某种无意义的虚妄。而无意义的虚妄的承载体就是眠花宿柳、轻歌曼舞、美酒佳肴，这些承载体复叠起刘邦的虚妄精神，令我不可避免地进入了另一种虚妄之中。

我的虚妄承载体显而易见就是我如今的叙述了。

魏晋和刘邦在等待我的再一次出现，同样我也等待着自己那不可理喻的行为的出现。

31

南方潮湿多雨的气候环境和方言的隔阂令我仿佛置身于暗夜中的凄幽峡谷。

在雨中，我被不可名状的恐惧不断袭击着。

我的眼帘像北方农家古旧瓦房上的屋檐，承受着滴答的雨水，摇摇欲坠。

躺在油光闪亮的竹床上，无声无息的我静静地看着墙壁上因多雨潮湿而成长起来的微生物，一阵干呕。

不几日，我便像一位落第后无钱也无颜回归故乡的被困在客栈里的穷书生，影消形骸、骨瘦如柴。在此，竟然没有什么富家小姐与我相遇，救我于水火之中，实在令我伤心。

我默默地背诵过去我写作的那些诗歌，诗歌如雨般地发出淅淅沥沥的声音，浸泡着我瘦削的身躯。

在不知不觉间，泪水打湿了我的脸颊。

也许我会在这家南方城市的下等客栈的破旧竹床上命归黄泉。

一想到此，我的全身瞬间即被类似闪电的物质（意识）击中了，我翻身而起，匆匆结账，直奔火车站，登上了北上的列车。

没有比回到长安更令人欣喜若狂的事了。

我要尽快找到魏晋和刘邦，告诉他们我的感受……背井离乡的忧苦比死亡更加恐惧。

"我知道你会再来找我们。"

刘邦面对我的归来,兴奋的语调让我感到温暖。

刘邦说:"其实你回来也好,我们已经找着了唐姬,明天我们去看看她,打死她,然后按原计划远走他乡,去缅甸搞毒品。"

魏晋不动声色地听着,他木然的神情像一只濒临死境的动物,令人担心。

当然,我没有接刘邦的话茬,我也能理解魏晋如今的神情。

刘邦入睡后,魏晋给我说:"刘邦不可能找着唐姬。"

"明天我们就去见她!"

刘邦听见了魏晋的话,他说:"我找着了!"

我不知道魏晋和刘邦是否真的已经入睡。我动用自己全部的智力考虑怎样劝说他们,不让他们背井离乡。

我清醒地知道,这几乎是不可能的,我只有再一次离他们而去,隐匿在长安某个不为人知的角落。

我悄悄爬起来,走出门,来到街边的电话亭。

我拨打了许渚的 BP 机号并留言。

盯着电话,我的心是寂寞着。

电话铃响,我拿起电话说:"是我,周勃。"

"你在哪儿?"

"我想问你,假如我告诉你魏晋和刘邦的确切落脚处,我是否有活着的可能性?"

许渚迟疑了一下说:"可能。"

许渚骗我?我放下电话。

夜色正沉,是长安难得的静谧时刻,而我的心却狂跳不止。

彻底摧毁兄弟之谊,以义无反顾的姿态卖友求生带给我心绪的运动轨迹像阿什尔·戈尔基的《红色是公鸡的冠子》,铺展在我的前方,色彩迷离,构图奇诡,光线变幻无常。

最后用血的颜色做了最耀目的调子,招摇着我的心帜。

我在路灯下徘徊、徘徊,再徘徊……

借助路灯的灯光,我的思绪被席卷进了刚刚告别的南方的雨中。

我在南方到底做了些什么?

的确,我没再寻找杨娇,原因基本上已经说过了。我的下榻处是一家下等旅店,滞留的原因是气候。细细梳理有关南方的叙述对于小说《验明正身》又有何用呢?其实在小说的叙述临近尾声的时刻,有关我的一切都不重要。但我好像没有这样做,我一直认为自己是个人物。

"你以为你是个人物?狗屁!"刘邦就这样对我说,"到现在了,你还和我谈什么热土难离,你狗怂简直像个叛徒!"

我说:"我仅仅是要告诉你,我们去缅甸不是上策!"

刘邦说:"不要再为这个问题争论了!你如果要去,我们马上就出发!"

我说:"我不去。"

斜躺在床上的魏晋站起来,走到我面前,他把手按在我的肩上说:"一起走吧!"

我的唇开合了一下,旋即就被魏晋冷郁的目光冰封住了我可能奔涌而出的散发着热气的话语。

我们三个人默默地走在大街上时已是黄昏,夕阳被街灯涂得一塌糊涂。

我的手握着 B&T MK II 式手枪的枪柄,揣在兜里。

我知道这个时刻可能是我淡化出小说《验明正身》全部叙述的最后机会了。

我要起的作用仅仅是交代清楚最后的结局,以及准备进行打电话、爬水塔、呓语等游戏。

……

许渚接到我的电话后,他看着坐在对面的杨娇。

许渚沉思了一会儿说:"我想告诉你……"许渚顿了一下接着说,"刚才的电话是周勃打来的"。

一旦说出这句话,许渚即向杨娇开始了有关我及魏晋、刘邦事件的详细而周密的言说。

杨娇静静地听着。

如果把许渚的言说比喻为从他口中流出的一条河流的话,那么杨娇在倾听过程中的容颜就是静卧于河底滑润沉静的鹅卵石。唯一遗憾的是,大概出于许渚言说时情绪跌宕起伏的原因,他没有注意杨娇的表情。

杨娇说:"就是这些?"

许渚说:"我想周勃还会打电话的,一定会的。"

杨娇说:"我曾经爱过周勃。"

许渚问:"我呢?"

杨娇说:"你说呢?"

许渚低了头,把眼波投向办公桌上铺着的玻璃板。

许渚问:"孩子真的是我的?"

杨娇说:"是你的。"

杨娇望着许渚,眸间荡漾着的那一缕缕轻烟似的光影消散而去,她感到一阵内心的痛楚或者说是无奈。

杨娇下意识地躲避开许渚的目光。

能躲避开吗?

就像上次和许渚鱼水之欢之后,不期然地就孕育了她和许渚的小生命一样,无法避免了。命运的大轮子碾过来谁能抵挡得住呢?杨娇无数次地欲构建出对许渚的爱,结果是无数次的坍塌。做掉孩子在如今并不是一件难事,可一旦杨娇的手轻抚在已微微隆起的小腹上时,那种源于对生命的爱就将这一想法立时摧毁了。

做女人真难啊!

为了孩子选择许渚,不能让孩子没有父亲,杨娇认为应该是这样的。就如同不能熄灭拥有"Enzo Ferrari 348 ts Targs"跑车的欲望一样。

那么我之于杨娇呢?正如后来杨娇在狱中给我写的一封长信中所写到的那样,是一种不可消解的无奈。

顺便要提及的是在这封长信中,杨娇还非常详细地谈到她和许渚持续多年的关系以及她曾有过的风尘岁月,整封信不论是语言风格,还是内容,都类似卢梭的《忏悔录》。

杨娇问:"晚上你有时间吗?"

许渚还未说话,老张走进了办公室,叫许渚到另一个办公室。

老张的语气显得很兴奋,他说:"今天张凌的传呼果然接到'丑日发货'的信息了。"

许渚说:"今天就是丑日。"

老张说:"对!你那边的案子能走开吧?"

许渚想了想说:"行!只要你再接到传呼,马上给我打传呼,我立刻到。"

老张推了一把许渚说:"过去吧,好好谈。我看也该吃你的喜糖了。"

许渚走出去的时候看见老张的脸上弥漫着让人揪心的气息。

许渚重新回到办公室。

杨娇抬腕看看表,是该给张凌打传呼通知接货地点的时候了。

杨娇的手正要拿电话,不期然,电话铃声响起,许渚一把抓起电话。

"是我,周勃。你听我说,你十点钟来,我等你,记住,你一个人来!"

许渚思索着叫不叫队里的伙计们。

许渚思索着给不给杨娇说。

许渚思索着我的话的真实性,以及抓捕我的把握程度。

同时思索着我的叙述至此,其中是不是少了点什么东西？也许有一些逻辑上的纰漏，但我知道这并不重要。

我思索着，整整思索了大半个年头。我一遍一遍地翻阅着写作了百分之九十八的小说《验明正身》，我希望在已经成为现实的叙述中找到我需要找到的东西。

许渚的思索很快就有了结果，这一点在长安东大街1+1夜总会的混乱枪战中显而易见。至于我的思索实在糟糕，最少在《验明正身》中是不显山、不露水的。

我不可能将小说《验明正身》就此搁置在我的案头，唯一能做到的是接着将结局匆匆叙述完毕。

自然，匆匆的叙述已经有点像个容颜渐逝的妇女，词语句式频频出现重复——是语言的叙述，而不是音乐的叙述，复调令人尴尬。

许渚看看表，离十点还有四个小时。

许渚对杨娇说："晚上我不能陪你，我有事。"

在距离我与许渚约定的时间里，许渚和杨娇商讨了有关组建家庭以及对美好生活的种种设计，他们达成了大部分的共识，只有一点产生了分歧。

杨娇说："你必须辞职！"

许渚说："我要为我们的孩子挣钱挣房子。"

杨娇说："我已经挣得足够我们的孙子花了。"

许渚说："我喜欢警察工作。"

杨娇说："我不喜欢。"

分歧没有结果，永远也不会有了。

许渚看时间已经接近十点，就说："我去见周勃。"说完，许渚努力地冲杨娇笑笑,并且还吻了杨娇的额头。他感觉杨娇的额头冰凉,说:"你病了?不舒服?到我宿舍躺一会儿。"

杨娇不言语,随着许渚到了宿舍,被安排在床上躺下。

许渚说:"我就回来,等我。"

前往赴约途中的许渚并不知道他一出门,杨娇就跟上了他。

杨娇在后来给我的长信中没有提及为什么会跟踪许渚。

我估计是不是杨娇要看看我,那种默立在暗处用幽幽的目光注视的身姿总是令我情有独钟。

杨娇与张凌的交货地点不在1+1夜总会。杨娇被老张抓捕的时候,身上并没有带毒品。许渚绝对想不到他一走进1+1夜总会,看到的不是我一个人,魏晋和刘邦也同时进入了他的视线。

许渚连一秒钟的迟疑都没有,他转身就走,在一个电话亭里给他的警察伙计们打传呼。许渚对传呼小姐说要群呼后他分别报了号码,内容是速到1+1夜总会。这些号码中竟然有老张的传呼号。

是许渚的疏忽还是……

因为后来我得知老张并不是专案组成员,所以许渚为什么呼老张成为一个疑点。进一步讲,许渚呼老张将此刻躲在离他不远处的杨娇推入了绝境。

老张接到许渚的传呼想都没想就跑到分局,说明了情况,和队里的一个小伙计前往看守所提张凌,直奔1+1夜总会。

这是一首名字叫作 *Still My Bleeding Heart* 的摇滚乐,音乐结束后，1+1夜总会的主持人宣布请朋友们轻松一下，并向大家隆重推出野猫时装模特组合的最新节目。

主持人的话音一落，灯光转暗，一束淡粉色的灯柱打向三角铁焊接的舞台。

靠在距我们不远处的锈迹斑驳的铁柱子上的一个小伙子的声音传入我、魏晋和刘邦的耳中。

小伙子说："今天晚上那些女娃肯定不穿内裤。"我于黑暗中看见刘邦在听到小伙子的话后，眉心蒸腾起团团黑雾。

我啜了一口啤酒后，突然有了暂时离开的感觉，确切地说是想尿尿。

一泡尿救了我。

在我离开卫生间的时候，我听见随着主持人的一句"这位是来自香港的丝丝小姐，丝丝小姐"的同时，一声锐利的枪声刺穿我的耳膜。

我拔出 B&T MK Ⅱ式手枪，在就要冲进1+1夜总会舞池的一刹那，我像戛然而断的琴弦般停住了脚步。

我看见在舞台上倒下的唐姬和冲进来的大群警察，刘邦举枪向冲在最前面的许褚射击。

许褚踉跄一下，轰然倒地。

杨娇冲向许褚，在杨娇即将接近许褚的时候，她被尾随在身后的老张一把扭住。

老张身后是张凌，张凌指认出了杨娇，我站在角落里，瑟瑟发抖。

我的手渐渐松开握着的枪柄，手心里浸出冰冷的汗，像多年前在诺玛雪塬上握着一把雪,同时雪的冷意及其他一切都幻化成了杨娇清脆的声音:"你那么怕冷?"

是的,我怕冷。

殷红的血从唐姬圆润美丽的乳房下侧汩汩流出……

魏晋和刘邦做出了背道而驰的行动,只见魏晋从人群中冲向卧倒在舞台上的唐姬。

"魏晋快走!"刘邦喊道。

刘邦的喊声传入魏晋的耳朵,立即彻底摧毁了魏晋濒临崩溃的神经。

魏晋拥抱着唐姬,唐姬的身体在魏晋怀里蝉翼般地颤抖。

"魏晋快走!"刘邦再喊。

魏晋抬手就是一枪,子弹射入刘邦的眉心。

魏晋呼唤着唐姬,唐姬发出微弱的声音:"你……刘邦……"

唐姬倒在魏晋的臂弯间,绵软得如同那只多年前以同样的姿势倒在魏晋臂弯间的雪狼。

冲上来的警察包围了魏晋,魏晋被戴上手铐,他艰难地抬起手,捡拾一根缠在唐姬胸前的发丝。

灯光师早已逃离了工作岗位,舞台灯光继续按程序推进着。这时一缕清冷的灯光打在魏晋的胸前,那根发丝被照耀成了雪白的颜色。

是那只雪狼的?魏晋的头低下了……

发丝(雪白的)在魏晋的注视下飘然坠落。

32

这是夏天。

机场内,杨媚款款地坐着。

我将用白色锦缎包裹的小说《验明正身》手稿递给杨媚。

我说:"没事的时候读读它。"

杨媚问:"是你的诗?"

我说:"我已不写诗了,是小说《验明正身》,里面有你的故事。"

杨媚若秋水般的眼波落在她手上的小说《验明正身》上。

杨媚叮嘱说:"别忘了我。探望姐姐的日子记住去看她,有空也去看看寄养在老张家的姐姐和许渚的孩子,他快两岁了。"说完,杨媚从包里拿出一本书递给我。

我知道这是她协助那位研究员出版的著作,里面有感谢她的话。

我俩的脸上浅映出淡淡的笑意。

难道是冬季黎明时一缕冷冷的朝霞吗?

……

我前往髑山公墓,那里安葬着许渚、魏晋、刘邦、唐姬,我将把小说《验明正身》焚于他们的墓前。

当小说《验明正身》化作灰烬蝶舞在青山、绿草、墓碑及阳光中时,我是转身离去,还是伫立不动呢?我不知道。

返回长安我的寓所继续昼伏夜出的幽居生活，那么我相信我必定会被过去的、正在进行的、将要进行的时间切割粉碎成眼前这些飘腾飞舞的小说《验明正身》手稿的灰烬。

因为我知道在接下来的幽居生活中，叙述（写作）已经成为一种脱离了文体状态的虚化式回忆。

我能做什么呢？伫立不动，看灰烬最终飘落，让斜阳把我的影子轻轻地放在墓碑、绿草、青山之上，如同小说《验明正身》焚后的手稿，除了或明晰或不明晰的寓意之外，还有什么呢？

魏晋的暴力劫掠案、刘邦的越狱案和杨娇的贩毒案早就结案了。

至于说因为无路可走或良知的复苏去投案自首，接受法律的裁决，验明正身一把的话，又有谁相信我言说的真实性呢？

我做了，我去自首，反复地去自首。

我成了一名精神病患者，每天吃大量的镇静类药物。据医生说，这些药物可以有效地遏制我的幻觉。

我在长安曲江精神病医院四季如春、鸟语花香的病区内，咒语般呢喃这样几句话：

"我不是疯子。"

"我是罪犯。"

"你们是疯子。"

"我不是疯子。"

"我是罪犯。"

"我不是疯子。"

"我是强盗。"

"相信我,我是强盗。"

"我是罪犯。"

……

1995年秋天完稿于长安瓦胡同村
1996年初春修正于长安太白南路三号院
2001年岁末再修正于长安明德门小区
2024年早春修订于长安皇子坡北侧

附录

可读、可信与诗性叙事

沈 奇

小说家郭彤彤以其超乎寻常的语言天赋和叙事才能，为繁荣与平庸共生的当下长篇小说创作园地增添了一道可信任的特异的风景线，使我们疲惫的眼睛为之一亮。

《验明正身》写的是都市题材，且绕开了现今颇为流行的一般都市题材的模式，大胆切入"都市犯罪"这一领域，以"侦破小说"的外形、"心理小说"的内质、"诗性化"的叙事语言，述说了几个都市青年不堪欲望重负，终致沉沦毁灭的故事。

小说主题凝重深沉，精神含量大，颇有"现代启示录"的意味。

妙在郭彤彤并未因此而故作高蹈，玩弄"先锋"，而是首先立足于可读性，营构起一个扑朔迷离的犯罪与侦破框架，引人入胜，然后着力于对人物心路历程的深度刻画和对时代语境的幽微揭示，从而既有畅销小说的阅读快感，又有先锋小说式的艺术质地，读来见性见情、见肉见灵、见事见人亦见心，凄美感人，余味悠长。

应该说这部小说的最迷人之处在其语言。

畅销小说家视语言为工具，拿来就用，以情节感人，不求语言本身对读者的审美效应；先锋小说家视语言为目的，一味沉迷其中，不涉本事，乃至成了"空心喧哗"，难免除"专家"之外，难以拥有更多的读者。两者各有利弊，且都走到了极致，这也是当下长篇小说多产而少见精品的主要原因所在。

郭彤彤具有我们所不熟悉的独属于他的语言敏感，出手即令人叹为观止——这是一种整合了上述两路小说家语言特质的、格外鲜活灵动的叙事风格，它既不失其叙事功能，又赋叙事本身以审美情趣，使一部"侦破小说"充满了诗性化的意绪和氛围。由此，不但使小说的故事情节尤为迷离隐秘，阅读中处处有惊人的启悟和陌生化的语言撞击感。

在一个普遍丧失阅读期待感的小说时代，郭彤彤的《验明正身》让我们重新恢复了对这种期待的信任。而当这一信任落在了小说家郭彤彤身上时，无疑已具有了更为值得探讨的趋近于恒久的文学价值意义。

（作者为西安财经大学教授、诗人、文艺评论家）

成全与亵渎

段建军

《验明正身》写的是20世纪90年代几个年轻人为了爱所进行的成全与亵渎的故事。处于青春期的人充满激情与活力,又特别执着与绝对,他们把这份激情与活力,这份执着与绝对,用于追求爱情,把爱人视为自己的世界,把为爱献身作为自己人生全部的价值,作为自己人生的唯一追求。他们甘愿为爱受苦,为爱疯狂,似乎没有爱,人生就失去了全部的价值,活着就失去了本真的意义。为了追求生命存在之本真,他们亵渎一切阻碍自己实现爱的愿望的规矩。他们要在自己追求生命另一半的过程中,获得人生的真实与完满,获取自我的实现与精神的升华,于是走上了一条人生的狭路,走进了一道人生的窄门。

激情的主人公都抱有非如此不可的绝对主义人生观。他们对常人眼中宽广的人生大道和常人眼中方便的人生大门视而不见,一心要走常人觉得危险的狭路,进常人觉得费力的窄门,哪怕为此付出全部的青春激情和力量也在所不惜。这种生存的勇气是常人所少有的,若以此来参与常人所认知的生存竞争,也许能够所向披靡,获得成功。可是他们无心于此。这就让人大为惋惜，悲叹其中了邪，入了魔，不值得。在常人眼中，热衷于恋爱无异沉迷于情色。这是那些胸无大志的废才自我放逐的生存方式，是仕途失意、官场落败的精英们感到英雄无用武之地，进行自我麻醉时的一种人生选择。不论谁做了这种选择，都会把一个对社会有用的人变成了一个混世主义者，在无意义的人生中沉沦。它让青春的光彩日渐暗淡，让人生的价值日益苍白。这是常人唯恐避之不及的一种消极人生作为，青春期的主人公们却对此进行积极主动的追求，把它作为自己的人生目标，为其献身，进而演绎出一段段惊心动魄的成全与亵渎的故事。

为爱献身的主人公的人生作为与官场失意而自我放逐者的人生作为虽然表面看来一样，都不走常人认定的健康向上的人生大道，而走不思进取的人生狭路，但前者是听从生命本真呼唤而专情，以此追求自己生命的充实完满；后者却是消极躺平，以此麻醉自己。前者是积极地追求人生的完整；后者是消极地把人生整得支离破碎。无论专情的主人公如何积极追求，他们确实走的是一条人生的狭路，进的是一道人生的窄门。之所以这样说，是因为他们把爱情神圣化、绝对化，成为人生唯一的价值源泉，这样就把丰富多样的人生单一化了，把人生的价值狭隘化了。即使在青春期，人生值得追求的东西也很多，值得创造的价值也很丰富，不止单纯的一种情爱所能包括。

为爱献身的主人公不但走的是现实人生的狭路，进的也是爱情婚姻的窄门。他们身上也有古典情种的影子,如不计代价地为爱的对象献身,为爱的对象承受苦难,却不像古典的情种那么纯情专情。这与整体的时代氛围有关,20世纪90年代是一个消解崇高、躲避崇高的年代。那个年代为爱献身的主人公可以抛弃功名利禄、仕途经济以成全爱情,却不想把爱情崇高化。他们眼中的爱情很现实,为了这种现实的爱,他们可以背叛兄弟、恋人,甚至可以因为多情而亵渎友情、恋情。爱情在他们那里既是成全自己人生的动力,又是自己亵渎他人生存的主体。当爱发挥成全的动力作用时,它激发主体的全部激情,忘我地为爱的对象奉献自己,让自己瞬间化作情圣;当爱发挥亵渎的主体作用时,它无视他人的追求与向往,践踏一切阻碍实现爱的愿望的规矩。

于是这些为爱献身的主人公把自己变成了天使与恶魔合一的化身。他们是所爱之人的天使,愿意为爱人奉献自己的所有;愿意用爱情的力量战胜人间一切障碍,挣脱一切习俗和法律羁绊,跨越和填平人间所有的鸿沟;愿意成就爱人的所有要求,即使毁了自己的前途、自己的生命也在所不惜。他们把爱的对象当成他们的世界,拥抱对象就等于拥抱整个世界;失去了对象,就等于丢失了整个世界;有爱活着就有价值,失去爱活着就没有意义。他们清楚自己的存在是有缺欠的,活着的意义就是补充缺欠、完善自己。像周勃,少年时代就有坐拥美人在怀的理想,可惜被冷酷无情的命运的大轮子转到了不生产女人,只生产冰雪、大风和寒冷的诺玛地区。

在诺玛镇的岁月中,我嗅不到女性的芬芳,诺玛镇的冰雪覆盖了我开满鲜花的春心。

我脚步匆匆地回到了四处盛开着女性艳丽容颜的长安,心上覆盖的雪渐渐融化,而且渐渐被蒸发。我心里经过冰雪覆盖的鲜花重新开放,虽然没有当初的浓艳夺目,却具有寒梅争春的别样风景。

周勃清楚,爱的对象是自己人生的互补色,只有和爱人在一起,人生才是完整的;没有爱的人生就像冰雪覆盖的冬天一样寒冷且单调,有爱的人生就像鲜花盛开的春天一样温暖且艳丽。

博尔赫斯在一篇小说中借主人公的口告诉我们,写一部小说和建一座迷宫是同一回事儿,两者都是给人们建造小径分岔的花园。

不过一个是把花园建在纸上,供读者神游;另一个是把花园建在大地上,供观光者体验。

他要把小径分岔的迷宫留给后世,把揭示主人公形象分岔的小说留给自己。

《验明正身》采用碎片式的建构方式,用几十个富有诗意的碎片,勾勒出了几位主人公的激情燃烧和毁灭的轨迹,揭示了他们成全恋人和亵渎他人的双重人格,这种人格的每一面都只在一个分岔的小径上表现,不同的分岔小径表现了主人公不同的方面,他们共同建构了一部小径分岔的小说。

郭彤彤是一位优秀的结构游戏者,他把世界和人生进行有意思的解构、重构,同时召唤读者发挥游戏精神,对作品进行解构、重构。在解构、重构的过程中,读者会发现每一位主人公在生存成长的过程中,由于受朋友、恋人及情敌的影响,使他们的生命过程形成了诸多的褶皱,言语行为有了诸多分岔,不论如何努力,终将走向难以弥合的悲剧。

从成全爱情的小径进入小说,读者看到了为爱献身的主人公天使的面相:他的浑身充满着激情,他的行为以激情驱动,爱火用激情燃烧。爱的对象在哪里,成全的激情就在哪里喷发;爱的对象缺少什么,成全的激情就会尽力补足。激情赋予爱的主体以敢作敢当的勇气,激情赋予爱的主体在成全对象需要、实现爱人的愿望时,体验到满满的幸福。杨娇爱上了一辆法拉利跑车,爱人周勃就把——

> 线条流畅的"Enzo Ferrari 348ts Targs"跑车在我的脑海里图章般地盖印下来,挥之不去。我发现自己也喜欢上了那辆"Enzo Ferrari 348ts Targs"跑车。我们沉浸在那辆跑车所带来的虚幻的幸福之中。因为我并没有送给杨娇,但这种虚幻的幸福我后来认为比真实的幸福还要幸福。

从这一碎片中，读者能够感受到爱的温馨与美好。

从亵渎人生的小径进入小说，读者看到了为爱献身的主人公魔鬼的面相。

爱的激情让主人公走火入魔、无视习俗、亵渎道德、蔑视法律。

为了满足自己的爱欲，魏晋明目张胆地追求兄弟之妻；为了填补空虚的心灵，周勃毫无廉耻地与爱人之妹同床共枕。用周勃自己的话说——

> 其实在我心底，人伦道德已崩溃成古老的遗址，我只是偶尔以旅游者的身份远远地看它一眼。

他觉得自己是个挺恶心的人。这种恶心的人用无原则的行为把自己推向人生的狭路，推进爱的窄门。

纵览用几十个碎片建构起来的小径分岔的小说，读者发挥自己诗意的解构、重构智慧，就会把他们重构成为一个个一边在成全，一边在亵渎；一半是天使，一半是魔鬼的主人公形象。

不仅如此，笔者在用这些诗意的碎片建构主人公形象的过程中，居然同时描画出了不同主人公从激情喷发到情感毁灭的主要轨迹，因此笔者不禁感叹："凡人类所能享有的尽善尽美之物，并通过一种亵渎而后才能到手，并且从此一再要自食其果。"更重要的是，每一个主人公的分岔小径又和其他主人公的小径相交叉，有多少种交叉关系就会给主人公造成多少种身份，每一种身份都会形成一种身份关系，每一种身份关系都会给人生作为打上不同的褶皱，使人生过程变得皱巴。正是这种现实的人生褶皱，画出了主人公的悲剧画像，为主人公进行了"验明正身"。

（作者为西北大学教授、文艺评论家）

诗意浸润于深渊之中

——郭彤彤小说《验明正身》散议

张 碧

有别于当代中国小说的大部分叙述习惯，小说家郭彤彤作品中的人物多是些没有明确人生目的普通的小人物。他们在郭彤彤的小说中呈现着恣意而卑微的人生。然而，他们却往往又在喧闹而寂寥的命运景观中，暗自感受着内心的悸动与阵痛、生命的崇高与升腾。

大约是由于作为小说家的郭彤彤，对生命本质的厚重与驳杂有着异乎寻常的感悟，以及他对小说写作所具有的审慎姿态，长篇小说《验明正身》在多年之后付梓，使人们方才得窥这部有着独特文体的长篇小说营造诗意的无限、抒叹生命的深沉的手段。

一、别样的孤独境遇的书写

如上所言，郭彤彤在同样写作于20世纪90年代末期的几部中短篇小说中，塑造过一些毫无远大志向、却又以特有的生活方式，来体会和把握晦暗与愤懑人生的年轻人。

例如，郭彤彤曾在他的中篇小说《把你的床借给我》中，塑造了一个沉浸于自我的小世界中，唯以追求与妻子庾敏云雨之欢为乐的角色刘裕。对刘裕来说，与妻子的情欲之事，似乎是他寻求生命慰藉最为主要的方式，但同时，他也从貌似沉沦的情事中，逐渐萌生出关于自尊乃至问询存在价值的意识。然而，在长篇小说《验明正身》中，身处沉沦处境中的生命个体，则从一开始便在堕落的人生和理想的境界之间，不断地对自己的处境进行省察，并由此追索着自己的希冀所在，试图寻求人性的升华之途。

《验明正身》的主人公周勃，作为一名强盗，当然与他的同伴魏晋等人一样，试图通过暴力的方式，在获取生存下去的资本的同时也从中获取某种生命快感。但是，周勃却有着与一般强盗截然不同的精神理念与追求，这当然与其诗人的身份有关。在沉沉的生命暗夜中，周勃对诗歌境界的向往，甚至对诗性人生的追求，使其颇为神似一百多年前法国诗人波德莱尔笔下的那位诗人，在对天堂的神圣无比失望之后，转而试图从堕落的命运深渊中获取诗意。

周勃在走上强盗之路前，便已经有着写诗的爱好。显然，他的诗歌内容是我们管窥其精神世界的一方视镜。然而，郭彤彤却在《验明正身》的大部分叙述中，并未透露这方面的内容，而更多的是以周勃对世界以及自己生命轨迹的诗意性的描绘，来表现其诗人气质。周勃常以颇富诗情的眼光来回忆和描述自己眼前的景象，例如，在他的眼里，酒店大堂的女孩弹奏钢琴的音响，显得如此凄美；月色下，

"我"与魏晋的倒影,如"修竹"一般曼妙。尤其是小说中对魏晋、刘邦等人的生活和精神世界的想象,更是让人在周勃诗人般的眼光中体察到他对世界的这种感知与体悟方式。可以想见,在惊心动魄的强盗生涯中,这种诗意化的精神生活,正是周勃在令人绝望而无奈的生命深渊中寻求一丝生命真意的方式。

如果仅能选用一个语汇来形容概括《验明正身》中的人物,这个语汇也许是"孤独"。这种孤独不仅是周勃与兄弟们生活中最为本真的生存境遇,同时也是发自精神世界深处的、对冷峻的外在世界的体验方式。《验明正身》里的每个人都有着自己孤独的样式,对魏晋而言,这种孤独是暗夜中欲望的喷薄。杨娇在事业与理想的前行中所遭遇到的坎坷和不幸,直接导致其走向毁灭的不归之路的过程,同样是在孤独的陪伴下踽踽独行。他们都像卡夫卡笔下那些对人性极为绝望的孤独的影子,似乎唯有以与社会激烈对抗这样的极端方式,才能暂时缓解无尽的孤独与荒诞。当然,对于兼有强盗、商人,同时也是诗人几重身份的周勃来说,这种孤独还可能是惨淡的人生与诗性乃至彼岸理想之间的差距使然,这点在周勃对杨媚关于诗歌创作动机的回忆中即有所体现。总之,每个人都在以各自的方式体验和试图消解着这种孤独。

与魏晋、刘邦一道,周勃业已退出了"青年"的行列,面对着长安的霓虹阑珊和凄雨渐沥,曾经的共同经历令三人早已缔结了跨越血亲纽带的至亲般的兄弟关系。这种亲密关系成为他们在冰冷的长安市艰难前行,彼此溶解孤独的几近熄灭的火苗以及获取一丝人性温馨的方式,也当然成为他们精神世界的主要信仰与生活方式。作为信仰与生活方式的兄弟之谊,也是使自己面对共同的心仪之人唐姬时"止乎礼义"的原因。

当然,周勃、魏晋、刘邦在最基本的生存际遇中,这孱弱的兄弟之情的"信仰",只是为彼此给予了一丝温存与暖意,当他们各自与唐姬间的两性之情若即若离之时,这种"信仰"便如劲风中附着在树枝上的蝉壳,随时可能被吹落。

很明显,唐姬使他们之间产生了微妙的关系。

在刘邦暂别周勃和魏晋的数年间,他们在照顾唐姬的过程中,昔日潜藏于内心深处的爱意与温情逐渐浮现出来。这种爱意与温情,当然会从两性角度给予魏晋与周勃以一丝别样的温存,使他们得以感知来自异性的抚慰,一定程度地缓解了这种孤独感。然而他们与唐姬的复杂而暧昧的关系,却又使兄弟间的温情遇到危机。于是,当两性间的温情不能持续时,生命的寒意便会扑面而来,令几人倍感凄切和苍凉。在情与义的尴尬抉择间,几人便面临着埃斯库罗斯在《俄瑞斯忒斯》中所描述的那种人生窘境:无论他们做出如何抉择,都将以对另一种抉择的放弃,而重新陷入相对的孤独处境之中。

二、别具一格的元小说技法

虽然叙述者郭彤彤指认本书的写作源于一种"游戏"策略与心态,但从"风"翻开了我记忆中的"年历"来看,小说明显地是建立在叙述者的回忆基础之上。小说开始不久,即谈到了周勃的文学创作。周勃也正是以一种诗性的眼光与心态来回忆和叙述自己与其他几人的往事。如前所述,相对于魏晋与刘邦,周勃的文学书写是其实现惨淡人生中诗意升华的又一方式,而他也是正在创作的这部《验明正身》名义上的叙述者和作者。小说由此说明了作为叙述者的周勃,何以创作这部带有回忆色彩的作品的缘由。这样,读者也许即刻会注意到本书"元小说"的文体与技法。

一般而言,元小说的叙述者往往与被叙述的事件之间保持着时间与空间的距离,《验明正身》同样具有这种基本特征,例如有时"我"似乎为拿不定这"游戏"式的叙述策略而焦虑,实则在对魏晋等的观照中,从容不迫、款款而谈:"是我在叙述,高明也罢,低劣也罢……"这些都显示出小说对一般"元"技巧的继承。

然而与传统元小说不同的是,《验明正身》在叙述层次和被叙述层次上,有时也会实现时空逻辑的两相交融,从而使两个层次上的"我"的距离不那么明显,甚至"我"会对当年自己的行为和此时的叙述进行双重反思。例如,"我"——周勃等人在窃枪逃亡的危急之际,三人却悠闲从容地谈论起手枪的性能;"我"是自己回忆叙述的执行者,从逻辑上讲,此时本应是以冷静而客观的心态与情绪来回忆往昔的,然而"我"能够非常准确地意识到,无论是当年的"我",还是此时此刻作为叙述者的"我",情绪都非常不合常理。两个"我"的交融混合造成了小说时空间的错乱混杂,却也让小说的"元"技巧显得别具一格。

尽管在"我"这里所回忆的一切一如发生于眼前一般真实,但"我"有时也会站在多年之后的时空位置,对往昔的回忆方式进行品评,"我把黑的说成白的,把白的说成黑的,都无关紧要","注定这些令我陶醉的日子都以过去时态出现在我的眼前,似乎与我根本无关"。"我"由此说明了这一点:"我"的回忆虽受自己叙述方式的影响与干扰,却并不使"我"为自己回忆的真实性而有心理负担;独属于"我"精神世界的灵性,只是在快意的叙述过程中不断派生和延伸,叙述的内容本身似乎无关紧要,而在回忆中叙述自身的快感,则是显现"我"的精神世界的手段之一。

三、在"回忆"中品味人生

小说通篇采取"回忆"的叙述方式,或曰以"回忆"为全文的叙述策略。"回忆"式文体在法国文豪普鲁斯特的《追忆似水年华》等作品中开一代风气。这类小说打破了西方传统小说中以人的行动为线索的基本叙述逻辑,而将通过回忆得到还原的人类精神世界作为描写和表现的对象。以回忆为主题的作家,往往抱持着这样一种潜在的理念,即唯有通过回忆,方能建立起有别于他者的、最为独立的个体存在维度。可以说,正是通过回忆叙述的方式,才建立起只属于自己个人的精神历程和人生体验。因此,回忆便被视为人类精神史上至为重要的精神理念。与这种文学传统类似,在《验明正身》中,周勃,亦即"我",在很大程度上也正是通过回忆的方式来建构起属于自己的精神世界和存在世界。

如果在回忆的过程中以"我"的视角来加以观照整个事件,那么按理说,"我"只能从我特有的感知角度来对身边的各色人等逐一加以感知与描述;反之,当诸多人与事退出了"我"的视野、"我"的经验时,无论是人们发自肺腑的情感及其纠葛,抑或是日常浮浪的苟且之事,"我"便都无从知晓。然而,《验明正身》却一反常理,通过"我"的叙述,将魏晋、许渚的情事沉浮、杨娇的事业窘迫等和盘托出。具体而言,叙述者"我",即周勃,在回忆往昔的叙述过程中,将当年的自己置于所叙述的事件中,亦即成为事件中的人物;同时,感知视角受到限制的"我"又作为叙述者,对关于往昔魏晋、刘邦和许渚等人的活动和心理,做了"上帝"视角的全方位描述,并不时因自己的"游戏",亦即叙述技巧而犹疑、反思。换言之,"我"不仅回忆和记录了自己亲身经历的事与所感所想,以及与自己赴汤蹈火的魏晋、彼此猜忌的许渚、缠绵缱绻的杨媚等人相知相交的过程,同时"我"也能够全面地掌握所有其他人一举一动的信息,甚至能够轻易地进入他们的精神世界,读取他们内心深处的惆怅与迷茫。

《验明正身》的这种叙述策略即便放在整个世界小说创作实践的背景下来考察,都是颇为少见的,较之一般元小说而言,区别也显而易见,实际上小说是以这种貌似违反文学常理的方式来表现独特的生命感受与思考,并形成了与众不同的文体美学与表达方式。

在多数以"回忆"为主要内容的作品中,回忆叙述中的叙述者们基本都会严格地将其感知视域集中在"我"的世界里。与之相对,《验明正身》则明显超出了这种视域的限制,将"我"对生命与世界的阐释及欲望投射在"我"身边的诸多他者身上,构建了一个个浸渍着浓郁的"我"的意识的他人世界,这种极为独特的文体创新也是《验明正身》异于其他以回忆、倒叙为小说叙述逻辑的区别所在。

首先,周勃这种暗淡色调的诗意幻想体现于情事之中,作者似乎很钟情,也很善于写各种情事。这种"情"不是西方中世纪文化中但丁那样缥缈的情感寄托,而是从两性间肉体的融合中升华出的、超越了肉体与世俗的精神境界。在前述《把你的床借给我》中,"我"(刘裕)正是在与妻子庾敏的肉体之间的合与离中,自尊心得以激发,而一种关于生存意义的切肤感受也从平日玩世不恭的生存处境中渐渐苏醒。对《验明正身》里的周勃等几人而言,在与友人的伴侣唐姬朝夕相处之时,男女性之间幽然传递的情愫自然难免,然而兄弟的情谊毕竟横亘其间,这种被理性压抑的情感也便渐次发展为暗流涌动的欲望,也便只能在其他异性目标上寻求寄托。因此,在"我"的幻想叙述中,许诸与杨娇彼此的肌肤相依、魏晋与唐姬之间的耳际情语,无不显得真实、凄楚而圣洁,这些想象可能都是周勃("我")以属于自己的经验所做的推断。尽管周勃诗人的精神气质使其不时以哲人般的方式来反思自己的想象行为及其内心深处的叙述伦理,但这更是他在苦闷的人性处境中试图对自我欲望的投射和苦闷的解脱,并在这种快慰之中实现与自己的和解。这样,在对往昔的回忆中,周勃不仅与两个男人、三个女人之间做着不停歇的纠缠,同时更是不断与自己进行着久久的搅拌。

其次,这种幻想也源自周勃对人性的感悟。《验明正身》往往通过对"我"幻想过程中氛围的渲染,以此暗示与烘托人物行为所逐渐渗透出的精神旨向,尤其擅长以油画般绵密的视像化笔触,表现人物对世界、环境及周围的人至为细腻的感受。"我"在回忆自己面对杨媚的场景时,"阳光因时间的原因变成了一抹血色,又经过淡紫色的窗帘流出来,顿时就为尚在旅途的欲望增添了环境色"。"我"在自己的幻想中,以对色彩极为敏感的表达方式,象征性地再现自己即将喷涌而出的情欲。在为兄弟刘邦呵护唐姬的几年中,两人间若即若离的情韵,在太多类似唐姬为周勃烫伤敷药的琐事中逐渐升温。照理说,"我"对唐姬的认识应该更多的是通过这些琐事实现的,然而在"我"的叙述当中却是:独守空房时的唐姬,在沁人心扉的乐曲当中与虚幻的爱人间进行着锥心刺骨的性体验,却也为此泪眼滂沱。

这凄美的一幕周勃自是无法亲眼目睹,然而它们却与魏晋在沉沉黑夜中向朝霞的一瞥一样,恰是在这种似真似幻的叙述中,"我"的想象与他的实际经验、他对挚友的人生际遇的玩味、他对女性内心的深沉体味等,逐渐地发生着融合、展开。当魏晋离开"我"的住处时,"我只有疑问,而不可能有答案。但为了某种纯粹是我个人的需要,我想应该是这样的——"在"我"的幻想中,黄昏中魏晋与长安街市中行吟者们苍凉的歌声、魏晋在雪域中与之对视的苍狼,等等,都成为"我"以自己的人生体验与诗性气质、思维来揣度与体味魏晋生命质感的、至为感性的途径。此外,唐姬与魏晋之间曲折的爱情、"我"与杨媚之间真挚的情感、多年后兄弟三人的合作与纷争,同样在"我"的想象中交错、合并,它们是"我"对往事的理解,是其以自己多年之后的态度、评价与未能实现的欲念对往事所做的弥补,也便掺杂着无尽的怅惘与希冀,由此共同谱就了一支令人唏嘘的变奏曲。

最后,作品往往以周勃回忆中的意象营造方式来象征性地表达人物的精神理念。例如上文提及的在魏晋精神世界里的那只雪域孤狼,便是在周勃即"我"的回忆、想象的叙述中,对魏晋在特定处境中的精神气质乃至他本人的精神意向的刻画。英国诗人托马斯·艾略特认为,诗歌应营造形象化的意象,以此来传达诗人往往不易外显的情志。这种叙述方法在本书中也时有体现,且令人不免联想到海明威的《老人与海》里描述的老人梦中的"狮子"。如果说

"狮子"象征着老人在面对人生的逆境时对生命不公的愤懑抗争,那么"雪狼""绿色蚂蚱"等意象则应当意味着魏晋在颓唐而阴冷的生存绝境中,试图挣脱世间人伦规范的枷锁,而从内心最为幽深之处迸发出的无尽欲望。此前,在"我"和魏晋刚与刘邦重逢不久时,"我"便在自己的幻想中,安排魏晋在自己的精神世界中仿佛看到了这匹雪狼,魏晋甚至看到了自己胸前真的粘附着狼毛;此后,当"我"为魏晋悄然长出的白发而感慨时,魏晋说这根白发"是白狼的毛",令"我"不明其意,甚至立即"坠入了一团浓雾中"。乍看上去,"我"对魏晋精神世界中"雪狼"的幻想,早于"我"初次从魏晋口中得知其精神世界中的雪狼,这种时空"悖论"也许会令读者稍感错愕,但实际上"我"关于"雪狼"的描写,正是在两人这次貌似微不足道的交往中,对魏晋些微语言的体察,对其内心世界的猜度,在此后长期积淀和酝酿于自己的心中,杂合了自己的体验、意识和欲望,并在多年之后的回忆当中,由"我"将其以诗性的语言表述出来。由此,对魏晋的精神世界的形塑,正是在周勃本人多年之后的回忆中幻想和叙述的产物,而"狼毛"的出现则使这种回忆显得亦真亦幻,令人不禁为生命的质地而感慨不已。同时,"蛾子"意象也发挥着类似的功能。在"我"的幻想中,许渚和唐姬都紧盯着一只翩跹起舞的蛾子。这只蛾子象征着"我"本人在内心深处被撩拨起来的对唐姬某种若隐若现,却又不会骤然消失的欲望。然而周勃却在回忆叙述的过程中安排许渚和唐姬的这番行为,并对自己的这番联想感到无比的"羞耻",显然"我"在幻象快感和叙述伦理之间,饥渴、焦虑而痛苦地游移着。当然,这些意象有时也独属于"我"自己的内在世界,例如"白色的门",在"我"自己的体验和想象中,便是死亡的象征。死亡何以不是人们心目中普遍认定的黑色?这种极为个殊的极境体验,也许只能被视为周勃自己生命体验的结晶,无法以他人的经验加以阐释。可见,象征意象的营造是《验明正身》回忆叙述中表达主体情感与意志的重要表现手段,既是对文学意象传统中普遍技法的传承,同时更不乏对人性中个性化的、隐秘的精神要素的表达。

在小说最后,"我"将《验明正身》手稿拿给杨媚时,杨媚"若秋水般的眼波落在"小说上,为自己秋水般渐渐逝去的生命而感慨。然而这个感慨的动作与过程,本身又存在于读者眼前的这部《验明正身》之中,作品似乎在以这种"元"技巧暗示:生命总是在对往昔的回忆、怅惘与叙述之中,继续默然而孤独地前行着。"我"时刻保持着叙述节奏的张弛,"自然,匆匆地叙述已经有点像个容颜渐逝的中年妇女,词语句式频频出现重复",最后,他业已无暇去想象和表现这个世界。可见,"我"在自己的世界中,时而驰骋,又时而踯躅,但很明显,"我"在不断地以自己的推理和幻想,建立着同时属于他人和"我"的一块天地,这恰是"我"在尽力以自己的逻辑和幻想叙述着他们各自的轨迹,以此在自己无助的生命深渊之中,寻求源自于诗意的阐释与超脱,直至最终在构想他人世界的过程中倍感心力交瘁、笔力衰竭。原因在于，回忆"是语言的叙述，而不是音乐的叙述，复调令人尴尬"。

波德莱尔以诗的形式向诸众宣告：诗意不仅来自神圣与光明，同时也可能来自人在堕落于深渊中的深沉的体验、感悟与思考。光芒也罢，晦暗也好，无可否认，两者共同构成了生命的可能性的丰盈与宏阔，但在给予人以关于世界的意义方面，它们却是难分伯仲。在周勃的回忆叙述中，后者给予他的意义便显得比在其他人身上更加鲜明。

《验明正身》也许试图借此昭告世人：任何一个个体都在命运的长河中经历着灿烂辉煌、凄凉荒诞的境地，他在其中被验明了自己之于这个世界，同时也是这个世界之于自己的本真意义。尽管如此，不得不说的是：即便身处深渊之中，歆享、玩味着从无限的痛楚与绝望中溢出的诗意，然而，他对头顶那一方光明与亮色的向往，也许永远不大可能被彻底摒弃。

通往光明的路径可能是诗，更可能是爱。

（作者为西北大学文学院副教授、文艺评论家）

长安：城的迷思

杨馥宁

《验明正身》的作者郭彤彤年长我十多岁，他和我丈夫哲峰是伙计，因此我们两家走得近，我叫他"老郭"。老郭饭做得好，菜品繁复，以鸡汤为底料的麻食、拳头一样大的猪肉糜丸子……让人忘不了。老郭在厨艺上精益求精，有不耻下问的优点，曾向我讨教过腊汁肉的做法，为此，让我有满足感。

阅读了老郭的小说《验明正身》之后，我还真是有些想法。

说起城市，无论是从中国，还是世界的视野，都绕不开长安。

尽管绚烂、浪漫的汉唐时期的"国际化大都市"长安已经成为世界历史上一个华丽的词条，但是它身后的文化烟尘仍笼罩着整个中国，尤其是现今的西安。

居住在这座曾经辉煌的"长安"故地的人，长安是刻在每个人肋骨上的精神铭牌；是每个人文化的记忆源流；是西安当下成为网红城市，破圈屡屡登上热搜的文化基础。

西安这座城市，文脉始终繁盛，在已然过去的岁月中，有许多文学家的诗赋文章点缀过这座城的夜空。

这座城的风，咏唱过数不胜数的不朽的迷思。

及至当下，西安仍是中国文坛中一个不可或缺的地理坐标，仅小说艺术而论，"十七年"时期的柳青、杜鹏程、王汶石等人的巨著名篇；新时期以来，陕西文坛"三驾马车"的宏文巨著、"陕军东征"中一众小说家们的佳品，如同文化的经幡，悬挂在每个西安人的精神世界中，鼓舞着更多的人参与到建构西安乃至西部小说、中国小说艺术创作的伟业中。

老郭作为一个视美食为最高人生目标，将厨艺作为毕生追求的人，闲暇之余欲为陕西小说艺术创作添砖加瓦，弄出《验明正身》，就不足为怪了。

老郭七岁随父母从小县城华阴迁居西安，生活在北大街、小寨、新民街、建西街、太白路、明德门、韦曲镇至今，凡四十七年……四棱见线的古城墙盘踞在天地之间，拥岚叠翠的终南山横亘于城南，千古的泾河、渭河奔流于城北……西安这座城，默看历史风云，阔纳洪荒的气象，在老郭四十七年的西安生活中，给了他些微西安的大城气派，成为《验明正身》创作的重要时空背景。

老郭少时生活得很有些味道——省军区左近的小寨村、辛家坡村土坯院墙围着的农家小院搅团的香味，是他对西安城中村永远的记忆；现在"大唐不夜城"的昨日旧地，起伏的麦田、苞谷地，是老郭和大雁塔村、太平堡村小伙伴们逃学玩耍的天堂；建西街、文艺路一带的陕西省歌舞剧院、陕西人民艺术剧院、京剧院、戏曲研究院是他窥看20世纪八九十年代陕西表演艺术家们日常生活的一面镜子；北大街、新民街、自强路、菜市坑、西七路、尚勤路、中山门河南人的棚户区，是他和生活在这里的少年们相认老乡，用河南话吟唱青春歌谣的舞台；坊上的小皮院、桥梓口、庙后街的花家酸汤水饺、贾三灌汤包子、红红砂锅、强强烤肉等美食，是孕育他对美食厨艺愿一生追求的源发地。而那些悬挂在西安人的精神世界中的、昭示着强烈生命原力的文学经幡，经考证，竟然常常"铁马冰河入梦来"，激越着老郭的文学信仰和灵魂，孕育了他绮丽、个性的文学迷思。

老郭触摸着长安与西安人之间的血肉链接，以一种在场的身份，用《验明正身》致敬长安，同时亦为大众真实还原了一个区别于已然同质化了的农民进城视角下的大都市的在地之西安。

《验明正身》中的长安，遍布在文字的缝隙中。

整篇小说的叙事开端从与长安相距万里之遥的诺玛镇开始，这个荒凉不毛的小镇成为三个从长安出走的年轻人逐梦的开端，他们为了自己年轻的不知终点的青春悸动，背离了长安的安稳生活——

　　我们将不再拥有世间的铁饭碗，成为所谓的"社会人"。

长安这座城，看似被他们隔绝在了雪大如席的边城生活之外，却又以另一种姿态与他们保持着一种蛛网般密切的关联，来自长安慰问演出队的女人唐姬恰好就处在这个网状结构的中心。

唐姬、周勃、刘邦、魏晋、许渚，这些明显昭示着作者对汉唐盛世时期的长安的敬仰和回望的名字由诺玛镇开始分别从不同方向向这座旧城聚拢。

在《验明正身》所显露出来的某种小说预谋中，诺玛镇的出现既是叙事的启幕，亦是为煌煌长安设计了一个远距离时空之外的悲凉、寂寞、单一的灵魂分身。

当《验明正身》里的人、事最终落墨于长安时，长安事、长安人成为老郭关注的焦点。

老郭所具有的不同于陕西地域任何作家的先天优势在对长安诸事、长安众人的描述中得到了淋漓尽致的呈现。写长安诸事，老郭那种西安当地人的漫不经心、得意、娴熟扑面而来，他对西安深入缝隙中的熟悉，使他可以将长安城作为独属于自己的时空资源，在营构小说独特的审美风韵过程中起到重要的作用。例如《验明正身》中主人公要挣脱生存的苦难的窘况，长安那些不为人知的河南人所居棚户区角落，成为某种苦难的底色，空间让苦难低到了尘埃里——

长安土著的孩子们回到的家，大部分是那种高屋广厦。这些房子多数情况下都会坐落在整齐笔直的巷子里，像七贤庄、曹家巷、夏家十字、梁家牌楼、玄风桥大小学习巷等，它们比北京城东四头条到十条、西四头条到十条胡同里的房子还要规整，甚至某些宅院堪比北京史家胡同里的高门大宅。这些房屋基本上都是那种一砖到顶的房子，个别有洋灰建造的。而我们担族在长安的寓所和他们的居所相较，不是坐落在长安明代城墙圈里笔直的街巷，而是星罗棋布在北部城墙、东部城墙内外沿线。我们居住地的巷子纵横交错、蜿蜒曲折，房屋的墙体以年代参差不齐、造型各异的砖头或者某些来路不明的无机物体为主，屋顶多数是麦秸秆混合黄泥，也有豪华一些的，采用了具有现代工业化气质的建筑材料——牛毛毡。当然，更有些神通广大的担族后裔，他们神秘莫测地仿佛天降神物般地搞到了灰白色的塑料布，把它们罩在麦秸秆混合黄泥的屋顶上。刹那间，这栋房屋在我们担族的街区立即就有了鹤立鸡群的景观感。

老郭对长安市中静态景观的呈现，无论如何在过往的小说家笔下都还没有出现过，着实别致，其冲击力亦就不言而喻了。

《验明正身》更有对前面我提到的西安作家们的小说，如同文化的经幡，悬挂在每个西安人的精神世界中的寓言式呈现——老郭是这样开列了主人公强盗魏晋的阅读书单：

每一周，魏晋至少来西七路找我两次，会给我带各种质地、颜色的袜子，然后他比长安文化市场稽查大队的那帮货还专业地翻我门面房里的书堆，拿走《花花公子》《创业史》《故事会》《红日》《战争与和平》《阁楼》《查泰莱夫人的情人》《穆斯林的葬礼》《兵器知识》《龙虎豹》……好多书。他说是借着看，但大部分不还给我。

在《验明正身》中，柳青先生的《创业史》与《花花公子》《龙虎豹》《兵器知识》并列，赫然其中，这不能不说文学的确成为长安的一道都市景观，是最普通、最底层长安青年精神世界构成的一面经幡，是长安这座城与其他城市的底色的区别。

而当魏晋从文艺路一路骑着自行车，登上"神禾塬顶"时——

我们累成了狗，一只脚撑着地，一条腿吊在自行车大梁上，上半身尽量趴向车把寻找更大面积的支撑点。

魏晋气喘吁吁地说："你俩看，美不美？"

我和唐姬懒得理他，大喘气。我们知道魏晋的德行，接下来他肯定要给我俩背个啥。

果然我听见了魏晋的声音："听着，周勃、唐姬，你俩听着，听好了！'……在苍苍茫茫的稻地野滩……在大平原的道路上听起来，河水声和鸡啼声是那么幽雅……空气是这样的清香，使人胸脯里感到分外凉爽、舒畅……东方首先发出了鱼肚白。接着,霞光辉映着朵朵的云片,辉映着终南山还没消雪的奇形怪状的巅峰。现在,已经可以看清楚在刚锄过草的麦苗上,在稻地里复种的青稞绿叶上,在河边、路旁和渠岸刚刚发着嫩芽尖的春草上,露珠摇摇欲坠地闪着光了。'"

我们看着神禾塬下的王曲。

《验明正身》中的主人公、强盗魏晋的文化经幡,便如此被老郭招摇出来。只能说明一个问题:老郭根据个人的经验,试图在重构属于他的长安的另类图景。只是老郭如此地对文学陕军泰斗柳青先生的经典作品《创业史》的重构,有些残酷,但也许真实。

同时,《验明正身》要写困惑,写孤独,那就将这份困惑、孤独放在千年孤独的地标之下,空间赋予了极致的风雅:

我绕着钟楼来回兜圈子。

我的影子扔在东、西、南、北四条大街上,支离破碎,使得街灯不知所措地随地泼洒。

我把烟头甩在影子上,我想点燃寸步不离的我的影子。

世界上的影子有千万条,但是长安的影子一定别具风韵,没有哪个城的影子像长安一样牵绊着那么多人的前世今生，那些诗仙、诗圣、才子佳人让长安的影子具有了穿越历史、古今同照的审美情怀，因此长安的影子扔出去，就算碎了，也是月影幢幢，泼洒的是极致的风雅。

《验明正身》是在讲人下坠的过程，里面包括速度等问题，呈现长安的纸醉金迷是题中之义。老郭为这些纸醉金迷搭建了一个最世俗化的非虚构写作式的舞台，无论是诺玛小镇那个衣着暴露的舞台演出，还是"金翅鸟""1+1""城堡大酒店""金花饭店"这些人头熙攘的流淌着色与情的物质化舞台，将"纸醉金迷"淋漓地承托起来，像3D打印出来的物象一样清晰可辨。让我们当下的阅读重新回到了20世纪90年代后半期，那个至今令我们莫衷一是的时代。

除了长安的苦难、雅致、世俗这些面向之外，《验明正身》还有长安原野的清欢、午夜的低回，这些独特的时空标记都成为营构《验明正身》整个叙事架构的厚重根基。时空交错所形成的巨大张力，使《验明正身》富有了浓烈的地域性特征，在老郭笔下，"长安"这个彪炳千年的空间符号终于有了属于老郭自有的清晰面目，从文化地域的角度讲，也使得长安不再同质化。

除了以事来呈现长安，《验明正身》将更浓的笔墨泼洒在长安的人身上，毕竟有人才能做事。在写人的部分，我强烈地被老郭那种蓬勃的，甚至是急切的表达欲望所震撼。老郭塑造人物的目的似乎不是为了织就一个叙述本事，而是为了取悦自己，就像他多数时候研发出了菜品，自己先吃了个不亦乐乎。因此,在《验明正身》中有一种暴露自己、展示他内在情绪的质朴。

当《验明正身》中的叙述回归到了个体的视野之中,叙述成为主体,由个体进入世界,从一方天地到万物宇宙,个体与世界达成了和谐的必然路径,而老郭精神世界的外化则成为触发《验明正身》情节一系列离子反应的关键链环。请注意,在这个时刻,小说传统中叙事者(作者)所极力想要神圣化的叙事的"上帝之眸"被完全展示叙事者(作者)个体价值判断的"作者之眸"替换了。

《验明正身》叙事视角的转换直接促成了个体的迷思,缠绕成为某种思想的漩涡。

所以,《验明正身》中充满着老郭个人生存经验的迷思。老郭的迷思缘由其实很简单,他有不愿意写别人写过的东西的写作观。据老郭说,这样的写作观念来源于他的父亲——散文家匡燮的传承。也正是这种写作观,推动了文学的创新性发展。为此,老郭刻意回避了西安厚重的现实主义文学创作传统,以一种令我们略感陌生的方式,凿穿人物形象设计的壁垒,将现实生活中完全互斥的社会身份元素植入《验明正身》的人物之中,使他们富有了极端的二元对立的人性,相当复杂。

例如《验明正身》中作为诗人的周勃和作为强盗的周勃;作为挚友的魏晋和作为情敌的魏晋;三个好友中看起来最不起眼的刘邦和实质上驱动整个叙事流向的刘邦;坠入风尘,甚至沦为罪犯的杨娇和忠于爱情、具有自我奉献精神的杨娇；作为父亲的"张调"和作为警察的"张调"；这些人物形象的设定完全脱离了现实主义写作的羁绊。老郭以一种刻意为之的"捣乱"心态，用天马行空的想象，将人物一个一个架构了出来。在作者眼中，这个世界上没有绝对意义上的好人，也没有绝对意义上的坏人，好与坏的标签在特定的时刻会发生变动，甚至是颠覆性的扭转，诗人周勃并不比强盗的周勃高尚，风尘的杨娇和为爱执着的杨娇同样没有道德缺失。

老郭的迷思具有强烈的个人主义特征，所以他追求的是一种创作者个体的自在与平和。《验明正身》的叙事不铺张，不繁复，以小环境、小事件、小人物为主要元素，精心营构，巧妙布局。如果说有些小说是为了全景式展示一个世界的话，那么《验明正身》仅仅是想要给世界凿一个小小的孔隙。老郭追求做一个"厨子"，端不起"小说家"的架子，他只能以一种居于读者之上的态度铺张扬厉，营造一个属于自己的小说世界，并希望以他的小说，照见与他心有默契的一些人。

老郭收敛的创作动机使他的叙事语言干净、简洁又不失诗意，逻辑链条扣合严正，可读性强，阅读舒适度高。

在《验明正身》中，叙事时没有大江大河那样的奔涌压迫感，而是一种禅意的流淌，即使是伤害、背叛、血腥、情色这些描写，也没有那种尖锐的破坏感，而是带着一种悲悯的、共情的态度在读者和主人公之间建立一种共在的通路，达到执笔者与执页者的共同愉悦。

《验明正身》里的长安大之又大，老郭的文学迷思小之又小，如西安早市的一碗肉丸胡辣汤，你吃得，我吃得，他吃得，区别是辣子放得多与少。

在硕大无朋的西安和如星辰一般的文学迷思之间，《验明正身》的意义恰如一支烟花，从西安的某一处点燃，向着星空做最华丽的绽放，最遥远的两极因之而发生意向上的链接，产生了具有终极意义的炸裂式审美效果。

老郭，我的厨子哥，何时再烹美食？何时再有新作？总不能老是端出你一放三十年的小说食材，忽悠我们。其实新鲜的小说食材，也很适宜烹饪。

期待老郭。

（作者为西北大学文学院副教授、文艺评论家）

永不再触动的音弦
——有关《验明正身》的断想

杨怡瑄

音弦响起在故事的开端。在远离长安的诺玛镇，唐姬带着翻版的玛莎·葛兰姆的《深沉的乐曲》来到了这里，至此，诺玛镇与长安将分割成两块相互背离的土地。音乐总伴随着情感，伴随着梦幻的欲望与燃烧的身体，并把一切最终化为诗的文字。寒冷肃穆的边关与热烈激情的诗歌，相反的两极最终将碰撞出暴力与柔情的火花。主人公之一周勃的故事，将在"垮掉派"式的图景中迎来高潮与落幕。

郭彤彤成长在关中的核心都市景观中。不同于传统的乡土类陕西作家，他的都市生活经历使他将小说叙述原点落置在都市的深处。"长安"作为小说的叙述背景地，以及小说中带有古典气息的单字单姓的人物姓名——在世纪之交时，郭彤彤将古韵与都市话语融合在一起。

20世纪90年代的西安被重新带回唐朝的长安？这恐怕是郭彤彤的一点小心思吧！在这里，长安先后经历繁华鼎盛与没落衰败……富丽辉煌的物质欲望与衰败堕落的犯罪生涯是《验明正身》的重要叙事主题，同时长安的辉煌灯火在《验明正身》中被覆盖上了一层悬疑的阴影。

《验明正身》的故事发生在20世纪末,是一部典型的元小说。元小说是后现代小说的一种标识,被戴维·洛奇定义为一种"有关小说的小说,是关注小说的虚构身份及其创作过程的小说"。

元小说的艺术叙述手法能够产生"真实感",小说中的叙述者对自身的叙述行为进行坦白,从而使读者感觉仿佛是在与其对话。在《验明正身》中,叙述者主人公周勃从始至终都坦白并不断强调自身的叙事与虚构行为。在一些地方,他还会通过暗示后续情节强调自身的叙述主体地位——

> 这种毁灭不是一般的毁灭,而是一种使生命消失的毁灭。同样,我如此叙述,对小说《验明正身》也是一种毁灭,等于说我现在就要将结局呈现出来了。

作为第一人称的写作者,周勃对一些未能目睹的事实并不能如实知晓,而郭彤彤以一种坦白式的虚构将这种矛盾完美解决。周勃所经历的事件是他视觉的真实,而他没有经历或许会发生的事则是他视觉的想象。想象是周勃叙事中的主要连接段,它们在文本中形成一种巧妙的节奏,使得叙事文本带有一种诗性的音乐感。

在视觉的叙述之外,郭彤彤还给《验明正身》附加上一层听觉的背景。如果说视觉叙述是半虚半实,那么听觉叙述则是隐蔽在背景中的真实，它来自周勃有意无意的感官经验。小说开篇，周勃就从电话听筒的声音开始叙述，并且音乐作为《验明正身》的线索被贯穿始终。它是激情与犯罪的背景音，同时也是都市欲望的形象化身。恰如杰克·凯鲁亚克小说中爵士乐带来的痴狂与尼采哲学中音乐带来的迷醉，音乐在此被用来填补空虚的空间与心灵欲望。在空间中，人通过与声音环境的互动来把握自身的感受。周勃的整个故事以唐姬跳翻版的现代舞大师玛莎·葛兰姆的《深沉的乐曲》为开端，在寒冷而远离都市的诺玛镇筑路工区基地，玛莎·葛兰姆的《深沉的乐曲》足以带来新鲜动人的听觉冲击。这些歌舞可以说是整个事件的萌芽，它预示着一种无法被抑制的疯狂，为整个故事奠定了基调。

初回长安并投身于强盗活动时，周勃的听觉十分敏感，不时可见他对音乐的叙述。转向中期，投入爱的怀抱的周勃在情感上得到满足，而音乐感官却下降了。在最后，随着犯罪活动的复归，音乐又重新响起。在这里，音乐像是一种情感刺激的兴奋剂，给躁动的神经持续增加刺激。随着故事的发展，音弦的声响时强时弱，在最后的高潮中，音弦被子弹戛然击断。从远古时期，音乐就被人们所喜爱，作为一种与神秘巫术相连的伴随舞蹈的仪式被创作并使用。这是一种感性的艺术，其吸收酒神汪洋恣肆的力量，为文本附上一层眩晕的迷雾。它需要不断的刺激来激活感官的灵敏度。音乐塑造了《验明正身》的氛围，正是在音乐中，"垮掉派"式的都市图景跃然而出。

音乐总是与诗同时出现。在《诗经》中，富有韵律美的诗词伴着乐曲被人们传唱；德国"施莱格尔兄弟"的诗歌中，酒神音乐的热情被融入诗歌纲领。酒神精神可以说是一个诗学问题，而同时，尼采认为音乐是一种最纯粹的酒神艺术。"诗言志，歌咏言"，诗与歌总是相生相伴。在音乐中，周勃受到情感的激情感发，从此开始进行诗歌创作。如同英国作家奥斯卡·王尔德的《莎乐美》，歌舞盛宴与血淋淋的爱情总是在不断的矛盾冲突中达到统一。诗歌催发了无法抑制的激情，而激情则会引发无可救药的悲剧。这是一种在音乐最高潮处产生的悲剧，以音乐的感人力量引发人们最深刻的情感触动。

如果要对小说中的音乐类型进行分类，可以大致将其分为两种：轻柔的抒情乐与躁动的摇滚乐。轻音乐恰似日神柔美精神的体现，带来一种感官上的单纯美感。这种美感不具备刺激性，而以柔和与淡淡的伤感作为主旋律，同时它具有一种日神般的形象化的力量。

> 我看不见我的脸
> 只听见我的声音
> 我的手摸摸我的脸
> 却摸不着我的声音
> ……

歌声充斥在长安街头，其带来了视觉与听觉之间的背反，在长安城北城门楼，在黄昏后红色的弦月之下，映照着空旷寂寥的大地与嗜血的白狼。这种声音是都市的迷惘之声，它对主体的身份发出疑问与探寻，暗示意识与潜意识之间如声音与面庞一般存在着无法兼容的矛盾关系。正是在无法触碰的声音之中，潜意识的"白狼"才得以以真面目显身。

杨娇的歌声也带有轻柔的慰藉效果。在都市的金钱游戏中，唱片需要资金才能被录制并播出，音乐人的梦想也只是一种虚晃的环境。杨娇没有将梦想放置于虚无的音乐声里，而是将其投射在富有都市欲望的法拉利跑车中。法拉利跑车与音乐是生于都市梦幻泡影中的同卵双胞胎，以迥异的性格和相同的面容出生并成长。杨娇希望用周勃的诗来作为自己曲子的歌词，通过这种方式，将诗与音乐达成最后的融合。它代替书信，以听觉的方式直接触动耳朵的记忆，完成最后的告别曲目。

与轻音乐相反，躁动的摇滚乐则象征着一种颠覆与破坏，其在文本中共出现三次，一次是在周勃与唐姬独处于新房中——

> 我提议说："咱们听听音乐吧！"
> 音乐在新房里嘶吼成困兽状。
> 我的血管渐渐膨胀。

躁动的音乐在封闭的空间中好像被囚禁的困兽一般，

它作为周勃激情的象征以声音的形式具象化于新房中。这种音乐带有危险与疯狂的意味,在唐姬的请求下,摇滚乐被替换为轻音乐。

　　舒缓轻柔的音乐似小桥流水,环绕在唐姬的周身,我的目光也随着音乐流淌在唐姬的身上。

在此,摇滚乐的危险被轻音乐替换,它的攻击性被暂时消解,并达成稳定安全的协议。

另外两次摇滚乐的听觉描述都出现在犯罪行为中。这些犯罪行为不是阴暗猥琐的偷窃,而是更为暴力直接的抢劫与枪击行为,伴随古驰钱包与海瑞温斯顿纯金项链的刺激感,与音乐所带来的效果形成共鸣。James Hetfield 的歌声带有野兽般的愤怒力量,其直接指向都市化的犯罪景观——更暴力、更奢靡、更堕落。这种野兽象征与魏晋的白狼象征相互呼应,预示着魏晋正游处于失控边缘的摇摆状况。他像黑塞小说中的荒原狼,一半为人一半为兽,行走在都市边缘,并终将为寻找自身而踏入血的境遇。

故事结局,唐姬在被打断的摇滚乐曲目中被枪击身亡。她化名为来自香港的丝丝小姐,在 *Still My Bleeding Heart* 的歌声中奉献出自己血色的心脏。

　　我拔出 B&T MK Ⅱ 手枪,在就要冲进1+1夜总会舞池的一刹那,我像戛然而断的琴弦般停住了脚步。

故事以音乐而起，又最终在音乐的高潮中落下帷幕。如同一首播放在唱片机中的流行歌曲，在短暂的演唱结束后，音乐声就戛然而止。枪声击坏了演唱机，故事在此落下帷幕。周勃再也无法听到音弦触动所发出的声响，他的诗也从此断了续章。那些高潮、低谷，潮起潮落、来来回回，争吵或温存的夜晚与阴影中的罪恶，一切都在眩晕中变淡，陌生化，并最终消失。心弦的响声最终化为空洞的电话声，在日复一日的游戏中被一遍遍磨损，永远无法再被触动。而唯一能够留下的只有无法改变的回忆，这回忆将作为最后的力量支撑周勃今后的灰色人生，为之带来残留的音弦留响。

（作者就读于西北大学文学院美学专业，青年评论家）

2024年3月16日于韦曲皇子坡畔